古典文獻研究輯刊

二七編

第6冊

《紅樓夢》補天的雙重涵義之探析

姚 萱 著

國家圖書館出版品預行編目資料

《紅樓夢》補天的雙重涵義之探析／姚萱 著 -- 初版 -- 新北市：
花木蘭文化事業有限公司，2023〔民112〕

序 6+ 目 2+140 面；19×26 公分

（古典文學研究輯刊 二七編；第 6 冊）

ISBN 978-626-344-252-8（精裝）

1.CST：紅樓夢 2.CST：研究考訂

820.8   111021981

ISBN-978-626-344-252-8

9 786263 442528

古典文學研究輯刊
二七編 第六冊   ISBN：978-626-344-252-8

《紅樓夢》補天的雙重涵義之探析

作 者 姚萱
總 編 輯 杜潔祥
副總編輯 楊嘉樂
編輯主任 許郁翎
編 輯 張雅淋、潘玟靜 美術編輯 陳逸婷
出 版 花木蘭文化事業有限公司
發 行 人 高小娟
聯絡地址 235 新北市中和區中安街七二號十三樓
　　　　 電話：02-2923-1455／傳真：02-2923-1452
網 址 http://www.huamulan.tw 信箱 service@huamulans.com
印 刷 普羅文化出版廣告事業
初 版 2023 年 3 月
定 價 二七編 11 冊（精裝）新台幣 28,000 元   版權所有・請勿翻印

《紅樓夢》補天的雙重涵義之探析

姚萱　著

作者簡介

　　姚萱。靜宜大學中國文學系暨中國文學所畢業。

　　十歲時開始讀紅樓夢，十八歲開始研究紅學。從一個普通紅迷，到被它拯救，為此寫了一本有關《紅樓夢》的論文。希望平生能從一個書呆子、做一個讀書人，再成為一個知識分子。生命之途漫漫，情悟彼岸遙遙，願此生的絢爛與苦痛，都能如俞平伯論紅學所言：「我們在路上，我們應當永遠在路上。」

提　　要

　　本書以《紅樓夢》的補天涵義為研究主題。歷來學界熱衷研究的「補天」主題，以第一回女媧補天救世神話出發，多聚焦討論「盛筵必散」的世家末世，或有連結到作者藉此表達的自懺愧悔之情。然而，上述所討論之範圍，往往集中於世俗層面的討論，未觸及《紅樓夢》中理想層面的內容，且「補天涵義」之定義和範圍亦不明確。

　　除卻貴族世家遭逢的「末世之天」以外，在《紅樓夢》中，亦有承載作者理想的「補天」涵義存在。故本書將《紅樓夢》中的「補天涵義」，區分為「世俗涵義」與「理想涵義」，一方面歸納歷來學界在「世俗層面」的研究成果，另一方面，提出作者在「理想層面」的補天涵義，分別探析「補天之雙重涵義」的內容，並藉由賈寶玉作為雙重補天者的身份，探析補天涵義在《紅樓夢》中的全幅展現，期許能藉由補天涵義的完整討論，為《紅樓夢》一書開闢新的詮釋面向。

自 序

生命中會有注定的相遇

　　小學四年級的我，遇見書架上一本《紅樓夢》，恍若一種奇遇。那時的我，不懂文學、不懂人情、不懂悲劇、也不懂隱喻，只覺讀來口齒噙香，於是一翻再翻、一讀再讀，數百次重複後，便換一個版本，從兩百多頁的兒童版，到五百頁的青少年版，再到兩千餘頁的文言文版本（想來當時應是程甲本），看完了一遍、就再看一遍，直至書頁剝落，頁頁熟爛於心。

　　這份自十歲伊始的相遇，陪伴著我，度過了小學的每一節下課時間。書很溫柔、很安靜，毫不尖銳，也不傷人。或者說，《紅樓夢》文字背後的殘忍與悲劇，是當時尚是孩子的我不能夠體會的──然而，與此同時，年幼的我，也面臨著許多自身無法理解的，源自於病體的痛苦，以及來自他人的困惑。

　　長大後歸本溯源，自己在這趟無止盡重複性的閱讀過程中，最大的收穫，或許是，在尚未學會「閱讀理解」、也尚未學習去賦予事物「價值」之前，擁有一段沈浸而本能的閱讀時光，純粹的共情、體會和感受。看著和自己一樣「從會吃飯起就會吃藥」的黛玉，雖無法全然理解那份飄零孤苦的悲涼，卻能明白她的眼淚、甚至從中感獲到一份安慰──那是一種我亦面對的、永無止盡的病苦疼痛，以及旁人的嘆息、亦無人能告訴我緣由。我從閱讀之中明白，這個人物能夠全然理解我的感受，而我亦能共感並擁抱她的眼淚。於是，現實世界遇見巨大的衝擊或惶惑時，小說便是我的避難所。

生命裡也會有所重逢

　　十八歲的我，重拾起《紅樓夢》，並遇見了紅學。

　　高中讀第三類組的我，兜兜轉轉，還是因為《紅樓夢》走進了中文系。原本為了升學而短暫擱置的《紅樓夢》書卷，成為了我懷中上課的文本，如何不歡欣鼓舞。我的文學啟蒙意識晚，加之國文從不是高中時期的重心，進了中文系才知道，原來「原應嘆息」意味的不只是愛情悲劇和世家頹敗，原來「初試雲雨情」在寫性啟蒙，原來過去我所讀的一百二十回版本是程高續書，原來、原來，有這麼多散落的密碼，佈滿在我自以為無比熟稔的文字間。

　　大二那年，我選修了系上的「紅樓夢」，一個連申論題都不知道怎麼寫好的大二學生，就這樣走進了大四選修課教室中。對《紅樓夢》文本的熟稔，讓我成為老師的翻書小精靈，課堂上，往往提到類似話語或相關情節時，我便將原文頁碼翻出來，這讓老師留下了深刻的印象，也從此結下深厚的師生緣份。

　　初踏入紅學的浩瀚之海，每一則嶄新的知識或思路，都帶來宛如吸鴉片般的迷醉感；而紅學中無數個細碎無解的死結，都抓心撓肝地折磨著思緒，於是紅樓夢課堂下課後，若有機會，便拉著老師問問題。

　　「別再想這個問題，沒結果的。」老師常這麼說，無奈地笑：「你真是痴了。」

　　那真是最好的一段求學時光，癡迷於紅學的歲月，也是我最以「紅樓夢未完」為恨的時間，總希望哪天自己學會通靈，就遇見曹公托夢，解救一下背詩背得沒完還停不下紅學的自己。我在考據派、索隱派、探佚學、版本學、曹學、脂學等諸多領域輾轉，蓋夏圖書館五樓的紅學書籍、百家講壇系列及國內外開放式課程，填滿了每一個失眠的夜晚。

生命有無以名狀的破碎

　　也是從這個時候起，獨屬於「我」的生命課題，開始在靈魂的深處騷動嗡鳴。過往依稀朦朧感受到的，與外界之間的巨大割裂感，開始從感官上鋒利清晰。從生理上的疼痛，到精神上的崩潰，再到深感每次呼吸皆感痛苦，我失讀、失語、失學，墜落至生命的低谷。

　　所有書卷獎在此刻只是一張廢紙，因為生活幾近失能；文字無法再成為避風港，因為我無法辨識字句。但是，在「自我」已然解離碎化之際，我仍確切的記得，在生命歷程中，有一份純粹且持久的喜歡，比對生命的熱愛還要輕鬆簡單、還要本能純粹，也更為深刻的，彷彿可以賦予「活下去」一份意義——我還是喜歡《紅樓夢》，明明閱讀不了中文字，明知世界上沒有永恆，明明連

自我都朝不保夕，我竟在此刻覺得，自己能愛《紅樓夢》一輩子。

最終，「寫完一篇研究《紅樓夢》的論文」，成為自己許下的第一個存活願望。從一股執念、一片癡情，到一個很圓滿的句點。

重新拼湊自我，是個漫長的過程，從說話能力、閱讀理解、文字書寫開始練習。所幸《紅樓夢》已經烙在我的腦海裡，其他因腦傷退化的能力，一個一個重新拾起：說不了話就打草稿，讀一次不懂就讀十次，小論寫不好就挨批再改。我深知人有極限，更明白自己從不是天才，但我可以學、願意練習；若努力得不夠，就再拚命一點。

就讀碩班 870 天，讀完 113 本紅學相關書籍、74 篇學位論文、682 篇期刊論文；刮壞了兩張 ipad 類紙膜、三個 apple pencil 筆尖。碩士論文實際撰寫及修改的時間，一共 254 天，通車上課的日子，我每天在火車上讀期刊，除卻上課以及專題報告，便常駐在圖書館的研究小間讀專書，一直待到圖書館休館、趕末班車；而沒有課的日子，我則每天背著筆電和專書，到附近的連鎖咖啡廳，點杯飲料，找個角落的位置坐下，從中午開始寫論文，寫到咖啡廳打烊，披星戴月地回家。

曹公寫《紅樓夢》是「字字見來皆是血」，我寫論文則是「字字背後皆傷病。」每個月例行三次的固定回診不提，讀到最後一學期，長期的過度疲勞，使我不得不戴上護頸、反覆進出醫院復健肩頸脊椎，並開始打針以修補肌肉的破洞，19 針葡萄糖液，36 次骨科復健，外加無數顆止痛藥。巔峰時期，各種科別的藥量加總下來，一天要吃 27 顆藥。果真身體才是革命之本。

當時存活下來，我真的就只想做這一件事情。如若在做熱愛的事情，即使痛苦，也同時快樂著。

生命裡，總有一片無可奈何天

我非常慶幸，自己遇見了「補天」這個選題。於一名研究生如此，於一名閱讀者如此，更是如此。

在學術研究上，一方面，在論文撰寫過程中，幾乎觸及了《紅樓夢》文本所有能夠研究的內容，傳統紅學中的考據索隱探佚三者皆有，更包括了神話、哲學、人物分析、性別意識等主題；另一方面，在論文中提出的「理想涵義」，將過往讀紅學時總感缺漏之處，嘗試以自己的研究來填補。不敢靦顏誇口能有多少貢獻，只是，能夠寫完一本研究《紅樓夢》的論文，對一名紅迷而言，著

實心願足矣。

　　千百次翻閱後，我感覺自己又一次真正傾盡生命去貼近文本。眼看它高樓起、眼看它高樓塌，從明媚鮮妍的良辰美景，到落葉蕭蕭、寒煙漠漠。巧合的是，正論書寫至大觀園的崩敗時，存於現實世界中、我內心的烏托邦，也正一點一滴的毀滅。目睹珍愛的事物，在眼前毀得物是人非、美好盡散後，我再讀一次賈寶玉，忽然明白了人世凡塵對他有多麼殘忍——所謂「割捨」，意味著從心上剜下來，對秉「情不情」而生的寶玉而言，數次的被迫割捨，有多麼殘忍，他的懸崖撒手，才多麼狠絕。不是所有疑問都能獲得解答、不是所有關卡都會隨時間過去，也不是所有努力都會抵達終點。有些路只能自己走。情悟彼岸遙遙，此悟亦是生命之路，寶玉必須自己走完。

　　每個生命都有無可奈何之境、無可奈何之天。不是你的錯，也從不是誰的錯。那麼，一切究竟為何呢？當我曾執陷魔障於這個問題時，老師曾給我她的答案：

　　「生命本身沒有意義。如果有，是你賦予它的。」

　　這句話在許多的時刻，清醒的拯救了我。讀「情悟」之時，我總不禁想起它。那麼，我又賦予我的生命什麼意義呢？或許此處，適合援引俞平伯所說：「我們在路上，我們應當永遠在路上。」

　　紅學研究之路如此，生命之路，亦是如此。

你可以織夢，也可以補天

　　人的一生中，總會面對許多價值衝突和自我安頓的時刻。

　　書寫過程中，我發現，「世俗涵義」和「理想涵義」貌似是二元對立的價值範疇，實際上，卻相依共存而生。沒有現實奠基的理想只是空中樓閣，沒有理想引領的現實也必然枯萎。這不是單選題，更不是是非題。所謂的「價值範疇」，不過是各式各樣的「標準」。正如最令自身感到難以安頓的，莫過於，以某種價值來看，「我」這個生命真的很好，所面臨的「無可奈何」也從不是任何人的錯；然而，現實生活往往是，當你將自身擱置在群體之中，便必須服膺另一套價值標準，去競爭出高低優劣，拼搏個你死我活。

　　總結自己寫完論文後，最大的收穫，莫過於認知到「價值」的鬆綁，以及個體生命的獨特性。你值得感受到自己的獨特和無奈，也值得包容它們的存在。因此，容我在此提醒自己，每當感覺身處在各式「評價」之中無從喘息時，

要記得：你是一個特別的個體生命。每個人都是如此。

　　即便無可奈何天始終存在，只需銘記這一點，便足夠了。

世間所有的相遇，都是久別重逢

　　每抵達一個生命節點，再讀《紅樓夢》，總會看見不同的風景。你用生命去讀它，它會在某些時刻給予迴響。

　　我十歲初讀《紅樓夢》，十八歲始入紅學，二十七歲寫完一本研究《紅樓夢》的碩士論文。都說人們從書中讀到自己，隨著年歲漸長，對於《紅樓夢》中色彩紛呈的人物，我從單純的喜好、加上了世俗評價、轉而映射自我期待，在寫完論文後，則卸下了過往賦加的一切，化為一股很柔軟的憐惜。

　　寫下這本論文的初衷，是解決過往讀《紅樓夢》所遭遇的問題，是對自我安頓之時價值衝突的嘗試解答，更是與生命中那些無解，去嘗試和解；寫這完這本論文後，與其誇口言說「自我和解」，不如說，藉由《紅樓夢》，我對這個世間、對個體生命、以及無可奈何的叩問，有了更多的理解、體諒和寬容。

　　畢業後在家休養病體，已過殘夏，無比榮幸收到花木蘭出版社的邀稿，再一次翻開了自己的論文。回顧了近兩年的時光，我的腦中首先浮現的，是黛玉的〈問菊〉中的：「休言舉世無談者，解語何妨片語時。」一般讀菊花詩，提到〈問菊〉，似乎都強調「孤標傲世偕誰隱」，卻很少人注意到這首詩的尾聯。回首這一切，恍若冥冥之中注定的一場盛大的際遇，若如此，解語又何妨片語時。

　　讀《紅樓夢》最溫柔的一份體會，便是明白：世間所有的相遇，都是一場久別重逢。

　　第三回，林黛玉初入賈府，第一次與賈寶玉相見。寶玉見到黛玉說的第一句話是：「這個妹妹，我見過。」眾人笑他又犯癡，直道，怎麼可能見過她呢？寶玉笑道，雖未曾見過，卻覺面善，就當是舊相識，「今日只作遠別重逢，亦未為不可。」

　　人人都笑寶玉癡。只有讀者知道，寶玉說的是對的。他們見過。在前世，在仙境，靈河岸畔、三生石上。他們早就見過了。

　　凡塵中的賈寶玉和林黛玉如是；小說之外，我們曾經遇見的人，珍視的、美好的、溫柔的，尚在身邊的、已然分別的，以及即將迎面走來的，還有此刻正在閱讀的你，應皆如是。

世間所有美好的相遇，都是久別重逢。
都會久別重逢的。

姚萱　謹記
壬寅年秋分

謝　誌

　　原本匆匆趕在仲春擱筆，不想因故至冬天才得以口考後修畢完稿。這本十萬字的論文，真是從秋寫到冬盡，橫亙春夏，再到一年的冬末。

　　想來總是痴吧。

　　寫下這本論文的初衷，是解決自己過往讀《紅樓夢》所遭遇的問題，也是面對自我安頓時價值衝突的解答，更是與生命中那些無解的嘗試和解。

　　我非常慶幸「補天」這個選題。一方面，論文中所提出的「理想涵義」，將過往所讀紅學所感缺漏處，試圖以「補天涵義」予以補填；另一方面，研究過程中，幾乎觸及所有文本研究的主題，對於自身受益甚深，也對這個世界、對個體生命、對那些無可奈何的叩問，有了更多的理解、體諒和寬容。

　　十歲初讀《紅樓夢》，十八歲接觸紅學，二十七歲寫完一本研究《紅樓夢》的碩士論文。存活至今，《紅樓夢》陪伴了我三分之二的人生歲月，伴我度過懵懂徬徨的青春期，引領我步入中文系的浩瀚之海。癡迷紅學的歲月裡，在考據派、索隱派、探佚學、曹學、脂學等諸多領域輾轉，蓋夏五樓的紅學書籍、百家講壇以及開放式課程，填滿了二十歲每一個失眠的夜晚。

　　我曾深以「紅樓夢未完」為恨，每一個細碎無解的問題都折磨著思緒，每一則嶄新的知識或思路，也帶來宛如吸鴉片的迷醉感。世上沒有永恆，但我竟覺自己能愛《紅樓夢》一輩子。一直到深感每次呼吸皆是痛楚之時，乃至失讀、失語、失學、墜落至生命低谷，自我已然解離碎化的時刻，我仍然記得，生命歷程中，有這份純粹且持久的喜歡。比「熱愛生命」還要輕鬆簡單、還要本能純粹，卻也可以更為深刻的，一份，彷彿可以賦予「活下去」意義的喜歡。

完成這本論文，不僅達成了自己許下的第一個存活願望，也讓自幼「研究紅樓夢」這個夢想，從執念、一片癡情，畫下一個很圓滿的句點。

每個生命都有無可奈何之境，我們終其一生，都在學習與現實和自我和解。撰寫《紅樓夢》「補天涵義」的同時，我也在補自己的生命之天。最後，我竟慶幸紅樓夢未完，前八十回便足以泣血淚盡。所幸，文學有它的結局、生命則仍在繼續，紅學之路遙遙漫漫，情悟亦是生命之悟，正如俞平伯所說：「我們在路上，我們應當永遠在路上。」

感謝三位口考委員，謝明勳教授、張慧芳教授、朱錦雄教授、於口試當日提出的寶貴意見，使論文修改得以更加周全，並予以肯定評價。準備口試答辯的過程，宛如一次十七年讀紅樓夢來的總結呈報，獲益良多的同時，那些難以納入學術的文學閱讀之趣，永遠使人著迷；謝謝學妹雅雲，在論文口試及所會相關事宜上的大力協助，既是天使般的外援，也是現實中親暱可愛的妹妹；謝謝靜宜中文的師長，魯瑞菁老師、傅素春老師、洪麗玫老師，您們的疼愛看顧，是我求學歲月中的幸運。謝謝在靜宜的八年，後青春期，最為璀璨的歲月裡，我遇見了恩師、摯友，和一些人錯身告別，也與自己達成和解。此一次，是真正意義上的畢業。溫婉的求學歲月裡，是這些相遇與眷念，成就我來時路上的不辜不枉。

感謝花木蘭出版社的邀稿，以及《古典文學研究集刊》編輯團隊。謝謝總編輯杜傑祥先生、副總編楊嘉樂先生、主編曾永義先生，負責本書的許郁翎主任編輯、張雅淋編輯、潘玟靜編輯、陳逸婷美編，以及背後辛苦的編輯團隊，是與您們的悉心接洽、仔細討論，讓這本論文得以出版付梓。

謝謝親愛的家人們。我的爸爸、媽媽、弟弟、子曰、雪珀，無條件的愛織就的保護網，承接住我過往的所有墜落，世間廣袤無垠，你們所在之處，永遠是我的歸向。

謝謝錦雄老師。與這本十萬字的論文朝夕相處，從濃情熱烈到近乎相看兩厭。人何以處世、人如何為人，師傅始終是最好的楷模示範。您的開導、教誨、包容，及一路看顧，讓我得以織就了最大的夢。

謝謝慧芳老師。十九歲那年秋天，走入大四選修的紅樓夢課堂上，您是我生命意義上遇見的，第一位紅學家。

目次

第一章　緒　論

第一節　研究動機與目的

　　《紅樓夢》第一回，以女媧補天神話作為開篇，其中蘊含中國神話的文化積澱，以「被棄之頑石」塑造主人公的人物形象與性格，更藉由大荒山空間設定，安排了寶玉生命歷程的復歸，可謂在小說一開始，藉由傳統神話的化用，建立起小說的龐大架構及情節鋪墊。

　　「補天」是紅學學者廣為研究的主題之一，歷來的學術討論，著重的內容歸納有三：其一，以這塊被棄於青埂峰下的畸零石為討論對象，以賈寶玉的人物論為主要研究內容；其二，以女媧所補「末世之天」之象徵寓意為切入點，研究賈府由盛轉衰的百年末世之景；其三，藉頑石「無材可與補蒼天」的喟嘆之語，參照脂批中諸如「慚愧之言，嗚咽如聞」〔註1〕等資料，所透露出因家族敗亡而表達慚愧的痛心，討曹作者撰寫《紅樓夢》所欲表達的「自我懺悔」之旨要，並延伸至曹學、脂學等相關研究領域。

　　曹雪芹這名貴族出身的落魄公子，撰寫《紅樓夢》一書，歷經了「於悼紅軒中批閱十載，增刪五次，纂成目錄，分出章回」〔註2〕（第一回）的漫長創

〔註1〕 第一回批語。本論文中出現之批語皆出自陳慶浩：《新編石頭記脂硯齋評語輯校增訂本》，（臺北：聯經出版事業公司，1986年）。後文標清回目，不另一一註明。

〔註2〕 本論文中出現的《紅樓夢》原文文本，皆出自〔清〕曹雪芹、高鶚著；馮其庸

作過程，其中不僅面臨原稿遺失〔註3〕等意外，更是傾盡畢生心血仍未完成此本鉅作。〔註4〕第一回作者題云：「滿紙荒唐言，一把辛酸淚，都云作者痴，誰解其中味！」創作《紅樓夢》一書，無關世俗名利，更無法功成名就，僅僅是懷抱對於家族的緬懷、滿腔愧悔，以及對人世間無解的叩問，這才有「字字看來皆是血，十年辛苦不尋常」〔註5〕的泣血之作。

　　《紅樓夢》是一本懺書，小說描寫貴族家庭的詳盡之筆，處處映歷作者的過往經歷，主人公賈寶玉身上，更有著作者的高度自我投射。紅學領域中，不乏將《紅樓夢》視為曹雪芹的自傳小說之觀點。然而，純以文本詮釋的角度觀之，即使作者在某一人物設計上，具有高度的自我投射性，此人物在小說中，所表達出的信念、意圖、價值傾向，是否與作者之意完全劃上等號，也值得省思。無可否認的是，賈寶玉身為家族繼承人，承擔著家族的「末世補天之責」，卻厭惡仕途經濟，展現出了「名士風流」的生命樣態，與世俗所期望的方向背道而馳。而在寶玉身上，無論是生命傾向的抉擇，又或是婚戀歸宿的衝突，皆可謂是《紅樓夢》中兩種價值範疇對立最為鮮明的展現。

　　《紅樓夢》是一部敘事及思想都蘊意複雜的作品，難以單一歸類於某敘事主題或某思想流派。這一點，在「傳統紅學研究」觀點與近十年「回歸傳統價值」研究，這兩種截然不同的研究觀點之闡述中，可以窺見一斑。此處之「傳統紅學研究」，意指清代至二十一世紀初期，涵括紅學發展近兩百多年來的前輩先賢所匯聚的纍纍碩果，相關資料可參見如陳維昭《紅學通史》〔註6〕、《紅

　　　校：《紅樓夢校注》，（臺北：里仁書局，2003年）。後文標清回目，不一一另註明。

〔註3〕第二十回批語：「茜雪至『獄神廟』方呈正文。襲人正文標目曰『花襲人有始有終』，余只見有一次謄清時，與『獄神廟慰寶玉』等五六稿，被借閱者迷失，嘆嘆！丁亥夏。畸笏叟。」

〔註4〕第一回批語：「能解者方有辛酸之淚，哭成此書。壬午除夕，書未成，芹為淚盡而逝。余常哭芹，淚亦待盡。每思覓青埂峰再問石兄，奈不遇癩頭和尚何！悵悵！今而後惟願造化主再出一芹一脂，是書何幸，余二人亦大快遂心於九泉矣。甲午八日淚筆。」根據此批語推知，作者應是書未完而先逝。另外，有說法認為作者已完成八十回後大部分內容，只是為了躲避清朝文字獄而原稿未能傳世，在此特註。

〔註5〕《紅樓夢》回前詩，收錄於甲戌本凡例。關於是否為曹雪芹所做，學界尚有爭議。一說是作者所作之自題詩，置於第一回之前；另有說法為脂硯齋所題。

〔註6〕陳維昭：《紅學通史》，（上海：上海人民出版社，2005）。收錄資料涵括了1754至2003年間，中國及海外的紅學研究。

樓夢研究集刊》〔註7〕、《紅樓夢學刊》〔註8〕等。在傳統紅學研究的普遍觀點下，曹雪芹是一名主張反對傳統、反封建禮教的作家，《紅樓夢》的「大旨談情」（第一回），以及寶玉、黛玉等追求性靈自由等，皆顯示以精神的自我實踐為生命之終極目的；而小說中女性的紅顏薄命，無論是大觀園諸芳的悲慘命運、寶黛的婚戀悲劇，都源於封建禮教的壓迫，故而勇敢反抗的晴雯、司棋等人大受褒揚，被認為是作者所認同讚美的人物，遵循禮教規範的寶釵、襲人則受到貶抑，被認為是傳統禮教的維護者。傳統紅學研究大多認為，《紅樓夢》所欲提倡的，是追求性靈自由、婚戀自主、批判傳統社會、實踐個人主義等思想，在這個觀點下，具「天之棄材」秉性的賈寶玉，在悖離封建社會的期待的同時，仍堅持自我價值與追求而活，即使最終歷經世間繁華滄桑，所呈現的悲劇結局，應源於時代與個體之間的價值拉鋸。

　　然而，近十年，有學者在傳統學術討論觀點下別開蹊徑，提出了「回歸傳統價值」的看法。此類觀點認為，《紅樓夢》是一本滿清貴族世家的小說，而人的後天成長背景必然與形塑思想、價值觀息息相關，而在《紅樓夢》的時代脈絡下，未必人人皆是「追求平等」或「以個人的自我實踐為終極意義」。如歐麗娟說：「一般而言，《紅樓夢》的多數讀者都同意、甚至堅持曹雪芹是反傳統、反封建、反禮教的，情、禮（理）是對立的，小說所寫的就是情、禮（理）的對立所造成的個人悲劇，……（歐麗娟）持相反意見，認為曹雪芹和《紅樓夢》都是站在傳統的、封建的時代脈絡裡，去面對和思考他們所遇到的問題。」〔註9〕在這個思考脈絡下，《紅樓夢》這本描寫對象為貴族家庭的小說，本身就是在傳統之中誕生的作品，「封建禮教」下的意識形態是一切的先在規定，小說中人物的思想與價值觀亦生根於此，故而談不上「反封建禮教」。以此觀之，賈寶玉身為繼承人卻失職以致家族無力回天，應是愧悔之至，作者的深刻懺悔亦視為寶玉愧悔之情的參照。

　　上述兩者的論點彼此衝突，卻也在闡述《紅樓夢》的內容上，各有多姿精彩之處，這正呈現了紅學研究角度的豐富紛呈。就《紅樓夢》的內容探討，「傳

〔註7〕　《紅樓夢研究集刊》，（上海：上海古籍出版社）。發行期為 1979 至 1989 年間，出版共十四輯，收錄大量關於《紅樓夢》的優秀論文。

〔註8〕　《紅樓夢學刊》。發行期為 1979 至今，是紅學研究領域迄今屹立最久的刊物。

〔註9〕　歐麗娟：《大觀紅樓（綜論卷）》，（臺北：國立臺灣大學出版中心，2015 年），頁 iv。

統價值」乃是小說的時代脈絡、社會背景，四大家族係公侯富貴之家，貴族家庭的建立與運作，本身就建構在封建倫理與禮教精神之上；而「反封建禮教」之研究，則聚焦在《紅樓夢》中「名士」人物展現的生命樣態與精神思想，「大觀園」的理想性及重要寓意，追求性靈自由乃至於個人主義、婚戀自主、性別意識等。所謂「反傳統」的發生，是對傳統的缺失進行反省，但也不可諱言，對於缺失之處要能夠彌補，往往在一定程度上要破壞既有規範才得以展現。這樣的衝突，出現在《紅樓夢》中，卻以悲劇式收場，使讀者在嗟嘆之餘，也少不了深深省思。

　　回到《紅樓夢》的「補天」主題，無論是神話象徵、人物塑造、敘事節構、情節鋪墊等諸多方面，在小說中的重要性皆是不言而喻。只是，傳統學術中所討論的「補天」，多僅集中在世俗層面的討論上，如貴族家庭的傳承、世家面臨的末世、作者的自我懺悔……等，在探討的最終，都不得不以傳統世俗價值，去評判一個功過得失。然而，除卻世俗層面之討論，《紅樓夢》的敘事內容，確有另一個凌躍於世俗之上，由作者傾心打造的理想世界——大觀園。在這個專屬於女兒的青春樂園裡，寶玉與眾女兒，譜出了最為美麗的青春樂章；而身為「天之棄材」的寶玉，傾盡畢生去奉獻實踐的，追求性靈自由、憐惜女兒之舉，亦是承載了作者的理想。

　　若我們承認，《紅樓夢》具有世俗的、根植於傳統價值的一面，也存在反傳統的、承載作者理想的一面。那麼，如此重要的「補天涵義」，是否也存在以理想面為切入點的內涵，能夠深入剖析、探討呢？以此觀之，寶玉畢生所奉行實踐的，是否亦可視為與世俗層面對舉、也於小說中實有的「補天之舉」？關於這一點，早有作家、研究者在著作中，提出類似的文學性敘述，比如白先勇在《白先勇細說紅樓夢》中寫道：

> 青埂峰下這塊靈石，後來就變成賈寶玉。三萬六千五百塊石頭來補天，剩下的這一塊使命更大，**它要去補情天**，所以賈寶玉到了太虛幻境，看到「孽海情天」四個字，情天難補，他得墮入紅塵，經過許許多多情的考驗。〔註10〕

又如陳玲瑩《賈寶玉的道家生命型態研究》中提到：

> 《紅樓夢》的複雜與深度就在於並不以呈現單一價值為自足，小說總不時安排某些情節以做更深入的省思與辯證。……鳳姐、探春、

〔註10〕白先勇：《白先勇細說紅樓夢》，（臺北：時報出版，2016 年），頁 46。

寶釵等人都具有齊家治國之材，他們可以「補天」，但補的是社會之
天，相對而言，女媧、**寶玉**則是以深情補「**情意**」之天，情意及真
情，也是超越形軀之生命，「情意我只做觀賞，不求完成；反向不做
捨離，正面不做化成」，道家式的補天表面上看似無助於現實，實則
其修補的是人心，只是往往被遮蓋而無法顯出。〔註11〕

　　《紅樓夢》中，雖並未將寶玉所實踐的一切明點為「補天」，然而寶玉秉
作者之理想所實踐的舉動，卻同樣能視為一種「補天涵義」去探討。這塊被棄
的頑石，雖未能補世俗的「末世之天」，卻承載著作者的理想，在紅塵之中補
「情天」。作者刻意安排了寶玉這個人物，活出了與世俗期待背道而馳的生命
情調，讓他在不可補世俗末世之天的同時，得以傾盡生命去實踐這個專屬於他
的、獨一無二的任務。是而，本論文以〈《紅樓夢》「補天」的雙重涵義之探析〉
為題，將《紅樓夢》中的「補天涵義」分為雙重涵義，先梳理傳統學術所討論
的世俗面補天內容，再進一步探討承載作者理想的補天涵義，最後，藉由賈寶
玉的生命歷程切入，歸納其作為雙重涵義補天者之展現，以求達到最為完整的
「補天涵義」探析。

第二節　重要文獻回顧

　　《紅樓夢》研究至今已成一門顯學。兩百多年來投身紅學研究的學者成
果，滴匯成淵源流長的大河，造福投身研究的後進，這些豐碩的成果，觸及領
域包羅萬象，所累積的資料、期刊、文章亦不勝枚舉。有關紅學學術研究，可
參考陳維昭《紅學通史》，此書完整收錄了自 1754 年至 2003 年間，中國及海
外的紅學研究，以史學觀念紀錄紅學研究的歷代成果與演變趨勢；此外，由中
國藝術研究院發行的《紅樓夢學刊》，自 1979 年創刊發行至今，乃是紅學領域
迄今屹立最久的刊物，集結了數十年來海內外紅學學者研究成果。

　　傳統紅學研究「補天」涵義，多有以下共通點：一、從女媧救世與石頭
神話為切入點；二、以「補天」談賈府百年末世；三、討論書中人物，如賈
寶玉、賈探春、王熙鳳，或有秦可卿、賈元春；四、悲劇結局下，「補天」
成為枉然的追求；五、認為「補天」思想與「棄材」之說具有作者強烈的自
我投射；六、認為「補天」涵義是《紅樓夢》批判傳統封建社會的一種陳述。

〔註11〕陳玲瑩：《賈寶玉的道家生命型態研究》，（臺北：文津出版，2008 年），頁64。

此類相關研究，例如：〈《紅樓夢》以「女媧補天」開篇的結構內涵〉〔註12〕、〈「女媧補天」與《紅樓夢》新解〉〔註13〕、〈是逆子貳臣還是孽子孤臣——曹雪芹補天思想淺談〉〔註14〕、〈論紅樓夢中的補天者形象〉〔註15〕……等。上述研究之補天涵義，均聚焦於世俗層面的探討，乃是筆者研究補天涵義的基石。

另外，「補天」一詞經常被作為文學性使用，如研究者引用小說原文「無材可補天」、「無材可與補蒼天」（第一回）等句為題目，或僅為小說末世背景之下敘述人物秉具「補天之才」的文學性形容；換言之，雖然題目為「補天」，內容未必與補天涵義相關。而關於「補天涵義」之內容，至今少有完整的脈絡性探析。故而題名具「補天」一詞，然內容與本論文研究主題不相符者，不多加贅引。以下列舉重要文獻回顧，針對對於本論文造成深刻影響的幾本專書與單篇論文，加以介紹討論。

余英時《紅樓夢的兩個世界》〔註16〕一書，是紅學界歷來討論大觀園的重要資料。書中收錄了〈紅樓夢的兩個世界〉一文，可說是上世紀七十年代上半期最重要的紅學文章。余英時所提出了「兩個世界論」認為，存在「兩個世界」的，不僅僅《紅樓夢》本身，紅學研究亦然。紅學研究領域的兩個世界，一是作者曹雪芹親身經歷的歷史世界，二是作者所虛構的藝術世界（即《紅樓夢》本身），早期的紅學研究，考證派大行其道，往往將小說的解讀全面等同於作者過往經歷，但「自傳派」的考證走到了技術崩潰的極端，過度著重旁證、外證，應該回歸到作品本身的藝術世界，意即使用小說文本的本證、內證。而《紅樓夢》這個作者所虛構的藝術世界，亦可分為兩個世界，即小說中的理想世界「大觀園」，以及大觀園以外的現實世界。文中重點有四：一、仙境「太虛幻境」與人界「大觀園」是二者合一的垂直投影關係；二、大觀園象徵著理想、情、潔淨的，是專屬女兒的青春樂園，外界則是現實、淫、骯髒、墮落的，二

〔註12〕徐祝林：〈《紅樓夢》以「女媧補天」開篇的結構內涵〉，（《內江師範學院學報》第 26 卷第 3 期，2012 年），頁 6～9。

〔註13〕趙云芳：〈「女媧補天」與《紅樓夢》新解〉，（《紅樓夢學刊》2007 年第一輯，2007 年），頁 177～192。

〔註14〕趙文序：〈是逆子貳臣還是孽子孤臣——曹雪芹補天思想淺談〉，（《北京宣武紅旗業餘大學學報》2001 年第 001 期，2001 年），頁 21～25。

〔註15〕李劼：〈論紅樓夢中的補天者形象〉，（《上海社會科學院學術季刊》1994 年 01 期，1994 年），頁 175～185。

〔註16〕余英時：《紅樓夢的兩個世界》，（臺北：聯經出版社，2002 年）。

者呈現鮮明對比；三、此理想世界建構在最骯髒的現實之上，隨著時間不斷被現實力量摧殘著；四、當理想世界與現實世界之間的拉鋸到達最高點，造就了理想世界的毀滅，《紅樓夢》的悲劇性也到達最高點。此專書深切影響本論文的觀點，是第三章「補天之理想涵義」發想的立足點。雖後有學者對「兩個世界說」提出質疑，〔註17〕但此書對《紅樓夢》中「理想性」的確立，在紅學研究上的貢獻價值，〔註18〕實有濃墨重彩的重要地位。

歐麗娟《大觀紅樓（綜論卷）》〔註19〕一書，是「大觀紅樓」系列的第一本著作。此系列截至目前為止，包括了《大觀紅樓（綜論卷）》、《大觀紅樓（母神卷）》〔註20〕、《大觀紅樓（金釵卷）》上下冊〔註21〕，以及《紅樓一夢：賈寶玉與次金釵》〔註22〕，是近代紅學研究中頗具份量的學術研究系列，討論議題從詮釋學、文本分析、神話、旗學、曹學、評點、人物論皆有研究，涉及領域甚多，兼具深度與廣度。歐麗娟是近代紅學研究中提出「回歸傳統價值」的代表學者，將《紅樓夢》視為「滿清貴族小說」研究，對小說中的封建禮法、倫理規範、傳統思想、生活模式等，都有詳細的挖掘。而這樣反對過往認為《紅樓夢》是「反封建禮教」的看法，激發了筆者對於解讀角度與價值詮釋的思考。此專書中，與本論文較為相關的部分有三章：「神話的操演與破譯」一章，針對第一回女媧補天神話與仙界神瑛絳珠提出全面研究，認為兩者分別奠定了賈寶玉和林黛玉的人格特質；「作品的主旨：追憶與懺悔」一章，將全書創作主旨濃縮為青春生命、貴族家庭、塵世人生三個面向之輓歌；「滿清貴族世家的回眸與定格」一章，考證曹雪芹之出生家族，借鏡滿清世家的階級，包括爵位、經濟、禮法、日常生活四大面向，討論書中「貴族末世」所呈現的具體模樣。上述內容，皆使本論文在第二章「補天之世俗涵義」的討論，在學界的傳統討論基礎之餘，更加具體凝鍊。

〔註17〕學者對於「兩個世界說」的駁斥，主要集中在兩點：一為余英時對大觀園之理想性的過度注視，二為對《紅樓夢》中「兩個世界」之看法不同，如其子余定國提出，在大觀園、園外世界之外，應有第三個世界，是為太虛幻境、大荒山的抽象世界。其後學者所提出各式「三個世界說」之說法，多沿襲於余氏父子之觀點之上。

〔註18〕余英時並非提出《紅樓夢》之「理想性」之第一人，而是〈紅樓夢的兩個世界〉一文發表後，引起紅學界對於大觀園和理想性的矚目及研究。

〔註19〕歐麗娟：《大觀紅樓（綜論卷）》，（臺北：國立臺灣大學出版中心，2015 年）。

〔註20〕歐麗娟：《大觀紅樓（母神卷）》，（臺北：國立臺灣大學出版中心，2015 年）。

〔註21〕歐麗娟：《大觀紅樓（金釵卷）》，（臺北：國立臺灣大學出版中心，2017 年）。

〔註22〕歐麗娟：《紅樓一夢：賈寶玉與次金釵》，（臺北：聯經出版公司，2017 年）。

　　王慧《大觀園研究》〔註23〕一書，以大觀園為研究主題，分別從紅學史研究脈絡、文學文化根源、敘事藝術角度、小說中主要人物與居住環境、太虛幻境等方面，綜合研究「大觀園」在紅學史上的研究、歷代園址考據，以及文本中的思想寓意。其中，「大觀園研究綜述」一章，詳細集論了紅學史上對於大觀園的研究脈絡，從舊紅學時代的曹家事蹟考據，至新紅學時代之七〇年代前的園址探究，再到新紅學時代之七〇年代後，因余英時之文章引起紅學界對大觀園的「理想性」的巨大反響，引起各式贊同或批評的聲浪同時，也使紅學討論更加著重於文本內部的探討；「大觀園中的主要人物與居住環境」一章，主要著重於「賈寶玉與怡紅院」和「妙玉與櫳翠庵」，前者寫賈寶玉於大觀園中的特殊性與重要性，後者寫妙玉之潔癖與大觀園悲劇的相互呼應；「大觀園與太虛幻境」一章，分為三節，從「太虛幻境」切入，討論第五回中的仙境、情、意淫、女子薄命等重要思想及寓示，接著「大觀園和太虛幻境」一節，基本上沿襲余英時之兩個世界說，討論大觀園的理想性及其作為仙境投影之相關性，以及大觀園之毀滅和悲劇，最後「關於情榜」一節，集結歷來關於情榜之推測及研究。此專書對於大觀園之理想性的討論，以及相關的紅學學術研究歸納，有助於本論文第三章「論『補天』之理想涵義」中的理想性解讀及大觀園之意涵呈現。

　　陳玲瑩《賈寶玉的道家生命型態研究》〔註24〕一書，選擇了道家哲學作為研究寶玉生命型態的參照觀點，以求達到發掘《紅樓夢》思想深度的和諧共鳴。全書正論分為三章：「變化」一章，討論《紅樓夢》中空間、形體、時間的變化，加入了大量的道家思想及神話資料補充；「情的意念與實踐」一章，將《紅樓夢》中的「情」觀與道家思想連結，把寶玉的「情不情」解釋為一種博愛萬物的慈悲特質，這源於天份中本有的一份「痴情」，致使寶玉在熱愛情與不情之餘，也對生命消亡的感知格外敏銳，以此可作為「由情至悟」之悟道過程的解讀參照；「名士風流」一章，討論寶玉性格中的名士特質，這種被世道所棄的「不材」、「無用」，是名士任情任真的生命情調，也使其能夠展現出自我的生命風姿，也正因此，透露出精神追求及理想價值對於寶玉的重要性。此專書對於寶玉的生命型態解讀，影響了本論文第四章「論『補天』涵義的全幅展現──賈寶玉」中，關於寶玉「悟道」及生命經歷的具體理解。

〔註23〕王慧：《大觀園研究》，（北京：中國社會科學出版社，2008 年）。
〔註24〕陳玲瑩：《賈寶玉的道家生命型態研究》，（臺北：文津出版，2008 年）。

　　張慧芳師〈論《紅樓夢》賈瑞與秦可卿之死複線並行的結構與意義〉〔註25〕一文，否定了歷來認為賈瑞只是丑角的扁平解讀，將其與謎團眾多、關注者眾的秦可卿連結，注意到兩者的死亡，在小說中是以「複線平行結構」方式書寫，死亡意義的解讀也可相互對照。此論文中，將二者死亡的意義，闡釋為第五回「好色即淫，知情更淫」，這兩名因「淫」導致死亡的人物，成為了《紅樓夢》現實世界中因慾望而死的具體案例。此篇論文雖發表於期刊，篇幅有限，然討論內容廣泛深刻，包括了賈瑞與秦可卿在小說中的文本梳理、慾望書寫、死亡象徵的討論，更使用敘事學、哲學、心理學、佛教等研究作為敘述補充。此外，張慧芳師憑藉佛教研究之專業，具體闡釋了第一回空空道人「因空見色，由色生情，傳情入色，自色悟空」的證道過程，更於論文最後，針對小說中的男性世界與女性世界，做出角色與總體的評述。此篇期刊論文中，對於「情、淫」的闡釋，以及對於《紅樓夢》中「女子悲劇命運」的理解，對筆者造成了深刻影響，不再受限於過往淺薄思維，認為「女子薄命」僅因為是「禮教壓迫下的第二性」，忽略了作者在「大旨談情」之餘，也大筆力寫的、女性源於「情」的悲劇苦痛及無所託付。總括來說，此篇期刊論文，對於本論文第三章「補天之理想涵義」之定義內容有深遠影響，是能夠將作者理想、寶玉價值追求、大觀園等關鍵詞串連起來的重要關鍵。

第三節　研究範圍與界定

　　余英時在《紅樓夢的兩個世界》一書自序中提到：「紅學研究中也同樣存在著兩個世界：一個是曹雪芹所經歷過的歷史世界，一個則是他所虛構的藝術世界。前者一向是紅學考證的對象，後者則是本書特別關注的所在。」〔註26〕關於這一點，可借作本論文在研究範圍劃分上的解釋。本論文所討論的範圍，即余英時自序中所提之「作者所虛構的藝術世界」，即是《紅樓夢》文本本身；而本論文所探析、討論的，是《紅樓夢》這部文學作品中所呈現的「補天涵義」，以文本分析及詮釋為主要研究方法。

　　在「補天」的學術討論範疇中，不乏考證派、索隱派的研究，或將之視為

〔註25〕張慧芳：〈論《紅樓夢》賈瑞與秦可卿之死複線並行的結構與意義〉，《靜宜人文社會學報》第七卷第一期，2013 年 1 月，頁 265～294。
〔註26〕余英時：《紅樓夢的兩個世界》，頁 4。

曹家興衰的自傳紀錄，或與明朝亡復之事相提討論〔註27〕。上述研究在紅學中，自有其重要性及學術地位，然而，由於與本論文的研究主題不相符，故而並不歸屬在本論文討論的範圍。

　　本論文的討論，以《紅樓夢》前八十回為主要範圍。前八十回（以甲戌本、庚辰本為底本）是公認最接近作者原意的內容，而目前最廣為傳世的一百二十回《紅樓夢》，後四十回程高本續書之中，有許多與前八十回線索明顯不符之處，例如：關於元春、香菱的死亡明顯與判詞不合；寶玉的人物結局，更是考取科舉後拜別父親才隨二仙出家，大大違反賈寶玉的性格特質。故而本論文討論僅採前八十回作為主要討論範圍，並根據前八十回之伏線、以及脂批中透露的線索，試圖推測出最接近作者原意之文本內涵。

　　本論文中的相關引文，以臺北里仁書局出版、由馮其庸等學者校訂的《紅樓夢校注》〔註28〕，此書前八十回以甲戌本、庚辰本為底本，後四十回以程甲本補足，為清版面，行文時不另一一註明。此外，各處引注之脂硯齋批語，則皆出自陳慶浩《新編石頭記脂硯齋評語輯校（增訂本）》〔註29〕，於行文時標清回目，不再另外註記。

第四節　研究方法及步驟

　　本論文以「《紅樓夢》『補天』之雙重涵義」為選題。就目前紅學界研究狀況來看，關於「補天」的研究，集中在小說明點出的、世俗面的女媧補天神話及相關衍生主題；而小說中未明點出的、承載作者理想意義的「補天」，往往在此討論主題中被忽略，偶有學者在研究中出現類似的論述，卻也因未能集中聚焦而散落。故而，筆者將本論文意欲探析的補天雙重涵義，予以命名為「世俗涵義」與「理想涵義」，研究方法以文本分析為主，以《紅樓夢》前八十回文本為主要研究材料。

　　「補天涵義」之定義章節部分，包括第二章「『補天』之世俗涵義」及第

〔註27〕相關著作如廖咸浩：《紅樓夢的補天之恨——國族寓言與遺民情懷》，（臺北：聯經出版公司，2017年）。

〔註28〕〔清〕曹雪芹、高鶚著；馮其庸校：《紅樓夢校注》，（臺北：里仁書局，2003年）。

〔註29〕陳慶浩：《新編石頭記脂硯齋評語輯校（增訂本）》，（臺北：聯經出版公司，1986年）。

三章「『補天』之理想涵義」，研究步驟如下：第一節「從文本溯源補天涵義」，從前八十回中溯源文本，梳理與「補天涵義」有關的重要情節和寓意；第二節「『補天』涵義的內涵探究」，主要問題為「欲補何天」與「如何補天」，就此二問題探問背後意義，探討補天涵義之定義及內容；第三節「補天涵義在小說中的具體呈現」，討論補天涵義落在小說中以何種具體形象展現，如補天者（人物）或其他的形象呈現（如大觀園），討論內容包括補天者的資格審定、補天者如何實踐補天之舉、補天結果的成敗評估等等。

　　此外，因賈寶玉同時身兼世俗義、理想義之補天者，且探討其補天涵義時，難以脫離其生命經歷與悟道歷程，故而另立一章討論。

　　第四章「論『補天』涵義的全幅展現——賈寶玉」，討論補天之雙重涵義，落在「賈寶玉」一人物上的全幅呈現。賈寶玉是全書唯一具雙重涵義的補天者，在世俗涵義上，是寧榮二公欽定的嫡系繼承人；在理想涵義上，是統領大觀園的「諸艷之冠」。第一節，從賈寶玉的「悟」為切入點，敘述前八十回寶玉歷經的四次「啟悟」，並參照脂批遺留的線索，試圖解釋「懸崖撒手」之情悟結局，作為寶玉「情悟」生命經歷的俯瞰；第二節「補天之世俗涵義」與第三節「補天之理想涵義」，則分別論述世俗涵義與理想涵義，落在「賈寶玉」身上的具體展現，並評論其作為補天者的作為和結果。

　　第五章，結論，就本論文之內容做歸納總結。

第二章 論「補天」之世俗涵義

　　歷來學術界在討論「補天」一主題，說法基本上集中於幾個面向：其一，以補天神話寓意，討論賈府之百年榮衰；其二，討論主人公賈寶玉，身具天之棄材與情痴情種之稟賦，及後天對於繼承家族之失職；其三，討論眾金釵在文本中呈現的「補天」之舉，其中以王熙鳳、賈探春二人的討論最多；其四，以作者自懺之創作主旨，延伸至曹學、脂學等研究領域。

　　基本上，學界之討論，皆是在傳統社會之中，以家族、群體、倫常為主之「世俗價值」為歸依的敘述脈絡，因此，筆者將歷來討論之部分，歸類於補天之雙重涵義的「世俗涵義」內，而以上諸面向之討論，在小說中的起源，皆從第一回之女媧補天神話為伊始。

　　本章分三節討論。第一節「從文本溯源『補天』之世俗涵義」，從開卷之女媧補天神話切入，探究神話中蘊含的意義；第二節「『補天』之世俗涵義的內涵探究」，討論究竟是何原因，使公侯之家從本有的「富」與「貴」，衰頹至「百年末世」的無奈困境；第三節「『補天』之世俗涵義在小說中的具體呈現」，分別從第四代男性、第四代女性，以及家族敗亡後遺留下來的第五代嫡系子孫，評價賈府子孫，對於「振興家族」一補天終極目的之成果。

第一節　從文本溯源「補天」之世俗涵義

　　《紅樓夢》中的「補天」一詞，起源於開卷處的女媧補天神話。小說在一段作者自序後，便是女媧煉石補天神話，不僅以此神話揭開了故事序幕，奠定了全書書寫的基本框架及象徵意涵，使故事形成完整環扣的敘事結構。此外，

此神話之中的每一個環節要素，也被吸納到後文情節及人物塑造之中，融入作者所欲表達的重要思想及寓意，形成前後呼應的巧妙安排。

　　以下，就《紅樓夢》中關於「補天神話」的幾大重點，細論其相關呈現及思想寓意。

一、石頭：天之棄材與畸零之石

　　《紅樓夢》第一回開卷處的女媧補天神話，寫到這塊頑石的來歷：

> 原來女媧氏煉石補天之時，於大荒山無稽崖練成高經十二丈、方經二十四丈頑石三萬六千五百零一塊。媧皇氏只用了三萬六千五百塊，單單剩了一塊未用，便棄在此青埂峰下。誰知此石經鍛煉之後，靈性已通，因見眾石俱得補天，獨自己無材不堪入選，遂自怨自嘆，日夜悲號慚愧。（第一回）

　　細見此段文本，「大荒」意指時間之最初，「無稽」象徵空間之不可考，而女媧煉就的靈石「高經十二丈、方經二十四丈」〔註1〕，以及補天實際使用的靈石則為「三萬六千五百塊」〔註2〕，其運用之數字「十二」、「二十四」、「三百六十五」，皆與時間〔註3〕有關。

　　至於這塊被遺留的頑石，在經過鍛煉後，靈性已通，卻獨自己不得入選而日夜嗟歎。這樣能夠言語、有思想、有慾望的「靈性已通」，極近似人，故多學者認為作者此處明用煉石補天神話，暗用了搏土造人之神話。且這塊被遺留的頑石，脂批注：「數足，偏遺我。『不堪入選』句中透出心眼。」女媧補天神話，彌補了末世之天的完整，而這塊獨留未用的頑石，在女媧多煉一石而未用的失誤下，卻代替了這個被補之天，成為另一個要補的個體。〔註4〕而在文本「便棄在此青埂峰下」旁，有一筆脂批云：

> 妙！自謂落墮情根，故無補天之用。

　　「青埂」諧音「情根」，作者藉由頑石被棄於青埂峰之下，令讀者明白它「以情為根」的獨特之處。此頑石是「落墮情根」的天之棄材，乃是一塊「畸

〔註1〕第一回甲戌夾批云：「總應十二釵」、「照應副十二釵」。

〔註2〕第一回批：「合周天之數」。

〔註3〕「十二」可能影射一日十二時辰或一年十二月；「二十四」可能影射二十四節氣；「三百六十五」則與一年共三百六十五日有關。另外，女媧補天所用之「三萬六千五百塊」靈石，歷來紅學研究者多認為影射世家百年。

〔註4〕見王佩琴：《紅樓夢夢幻世界解析》，（臺北：文津出版，1997年），頁90。

零石」──意即不完整、剩餘的。而頑石「落墮情根」的「無用」，正是與已然補天的三萬六千五百塊石頭的不同之處。

學界普遍認同此頑石之「無用」與「情根」之間的關聯性。「無補天之用」一句，是立足於以「經世濟民」為「用」的世俗觀點，與此相對者，便稱「無用」。以此觀之，那三萬六千五百塊為女媧補天所用的石頭，應無「情」之拖累，更不似此塊畸零石能夠口吐人言，似人有情、更為凡塵所迷。「無材堪可補蒼天」，是頑石一生慚恨，其「有情」之特點，更可與寶玉因秉「情痴情種」之天賦，故一生「於國於家無望」、「古今不肖無雙」（第三回）相互對照。（詳見第四章第二節）

然而，此頑石之「無用」，亦可與道家「無用之大用」連結。《莊子・人間世》：「人皆知有用之用，而莫知無用之用也。」〔註5〕「用」是一種來自於人世的價值衡量標準，世人只知追求「有用之用」，卻不知，「無用之用」，才是超越意義上的「大用」。世俗之「有用」，源於世俗的衡量標準，而這樣的標準，逐漸形成了違反自然、悖於天性的外在框架，對內在的性靈造成了束縛；由此觀之，世俗之「無用」，其實是一種超越層次的、對於主體的「大用」，正因為別於世俗之用，所以更不會被世間標準所綑綁，也才更能夠保住自身的本性和價值。

「無用之大用」一理，於《紅樓夢》之中，展現出有別於傳統儒家價值觀的風采──世間有用之用，奠基於世俗價值，於靈石是濟世補天、用以救世，於貴族子弟是考取功名、追求仕途經濟；而無用之用，是順應自然本性，於石是「以情為根」的本性，下凡歷劫至富貴場、溫柔鄉，為一情痴情種，於人，則是順應身為情痴情種的本性，以本性裡一段痴情、真情，奉獻予世間一切有情與無情，去體貼憐愛所有青春女兒。

此外，頑石之「畸零」，也應與道家「畸人」有關係。這意味著，「畸零」一詞，在儒家觀點下為貶義解釋，然而，以道家觀點來解讀，會得到完全相反的解釋。關於「畸人」，《莊子・大宗師》有言：

> 畸人者，畸於人而侔於天。故曰：天之小人，人之君子；天之君子，
> 人之小人。〔註6〕

所謂「畸於人而侔於天」，意味著，象徵自然的天道，和人為所建的世道，

〔註5〕〔清〕郭慶藩編，王孝魚整理：《莊子集釋》，（臺北：木鐸出版社，1982年），
　　　　頁186。

〔註6〕〔清〕郭慶藩編，王孝魚整理：《莊子集釋》，頁273。

有著截然不同的標準。世俗所認為的君子，於天道而言，是不符自然的小人；而「畸人」，是天道的、自然的君子，卻因不符合世俗的標準，是為世道的小人，被世人以異樣眼光對待。而當自然與世俗，以一種截然對立的方式呈現，往往更令人不得不去思考生命的真相。

《紅樓夢》中最為典型的「畸人」，莫過於第一回所出現的一僧一道。小說中所描寫的一僧一道，在神界的形象是「骨格不凡，丰神迥異」（第一回），而在人界，卻是以癩頭和尚、跛足道人的形象示人，其形貌舉止更是「癩頭跣足」、「跛足蓬頭」、「瘋瘋癲癲，揮霍談笑而至」（第一回）。無奈的是，世人的目光，總是被花團錦簇的現象所蒙蔽，正如宿有靈慧的甄士隱，在夢境之中，雖對於一僧一道仙風道骨的樣貌感到敬服，口稱仙師、謙虛求教，卻在一覺夢醒之後，渾然忘卻二仙「到那時不要忘我二人，便可跳出火坑矣」（第一回）的叮囑，對於癩頭和尚求化女兒英蓮的舉動無動於衷，僅僅在二人離去時，隱隱悔恨應追問其來歷，這致使了英蓮於元宵燈會遭人拐走、以及甄士隱後續一切劫難的發生。由此例可知，凡人不識真人，以世俗的眼光去看待世間一切的人事物，只會看見二仙在人界的殘缺，無法見到神界時仙風道骨的不凡樣貌，也不能分辨出「真人」的真實身份，更無法覺察二仙所帶來的警示。至於「真人」帶來的天機警語，除卻一僧一道於夢中對甄士隱所言「不要忘我二人，便可跳出火坑」之叮囑，亦有智通寺旁對聯：「身後有餘忘縮手，眼前無路想回頭」〔註7〕（第一回），只不過寺內的龍鍾老僧「既聾且昏，齒落舌鈍，所答非所問」，賈雨村只得不耐煩而出，這不但顯示了一僧一道並非《紅樓夢》中「畸人」的唯一例子，也是隱隱預示了天機不可洩漏、紅塵繁華不過「到頭一夢，萬境歸空」的人世真相。

無用之「天之棄材」及「畸人」，在講究經世濟民的傳統價值範疇下，是於國於家無用、無可寄望者；在道家講求自我、順應本性的觀點下，卻是最能夠發揚本真的生命狀態。群體與個人，有用與無用，世俗與自然，回歸傳統與對抗禮法，這樣渾然一體又截然二元對立的價值範疇，是《紅樓夢》中最為特殊、也最值得思考的部分。

二、玉石：貴族隱喻與真石假玉

頑石在靈性已通後，因自己無材不堪入選，日夜悲號嗟悼，偶遇一僧一道，

〔註7〕此一對聯旁，批語云：「先為寧榮諸人當頭一喝，卻是為余一喝。」

聽聞了紅塵繁華，這才引發了下凡歷劫的一系列故事：

> 一日，正當嗟悼之際，俄見一僧一道遠遠而來，生得氣骨不凡，丰
> 神迥異，說說笑笑來至峰下，坐於石邊高談快論。先是說些雲山霧
> 海神仙玄幻之事，後便說到紅塵中榮華富貴。此石聽了，不覺打動
> 凡心，也想要到人間去享一享這榮華富貴；但自恨粗蠢，不得已，
> 便口吐人言，向那僧道說道：「大師，弟子蠢物，不能見禮了。適聞
> 二位談那人世間榮耀繁華，心切慕之。弟子質雖粗蠢，性卻稍通；
> 況見二師仙形道體，定非凡品，必有補天濟世之材，利物濟人之德。
> 如蒙發一點慈心，攜帶弟子得入紅塵，在那富貴場中、溫柔鄉裡受
> 享幾年，自當永佩洪恩，萬劫不忘也。」（第一回）

頑石偶然聽聞一僧一道所談論紅塵中的榮華富貴，不禁「打動凡心」，想「在
那富貴場中、溫柔鄉裡享受幾年」（第一回），再四苦求二仙，攜自己入凡間。
一僧一道勸阻無果，遂將頑石幻化成一塊扇墜大小、鮮明盈潔的美玉，攜至「昌
明隆盛之邦，詩禮簪纓之族，花錦繁華之地，溫柔富貴之鄉去安身樂業」〔註
8〕，是為俗界的通靈寶玉；此外，「安身樂業」句更有一側批言：「何不再添一
句云：『擇個絕世情痴作主人』？」正可與第二回中「若生於公侯富貴之家，
則為情痴情種」對照。連結脂批所透露的線索，頑石所投身之「富貴場、溫柔
鄉」，是「長安大都─榮國府─大觀園─紫芸軒（怡紅院）」，頑石所擇之主人，
更可能是個「絕世情痴」，而這位主人的條件，與居住於怡紅院中、身而為情
痴情種的賈寶玉完全吻合。

除此之外，仙界赤瑕宮神瑛侍者，也因「凡心偶熾」〔註9〕，在警幻仙姑
前掛號下凡，這一點，與頑石的「打動凡心」不謀而合。神瑛侍者下凡後，成
為「口中銜玉而生」的賈寶玉，而出生時口中所銜之玉，正是頑石所幻化而成
的通靈寶玉。〔註10〕至此，神界之頑石、仙界之神瑛侍者、俗界之賈寶玉及通
靈寶玉，彼此之間的脈絡已然清晰。另外，根據第二十五回，一僧一道藉由淨
化通靈寶玉，拯救因遭受魘害而命在旦夕的賈寶玉，可知「通靈寶玉」和「賈
寶玉」，實為生命共同一體的關係，由此亦可推論，上述四者應俱為一體。

〔註8〕脂批一一替其註明了地點，「昌明隆盛之邦」伏「長安大都」，「詩禮簪纓之族」
　　　伏「榮國府」，「花錦繁華之地」伏「大觀園」，「溫柔富貴之鄉」伏「紫芸軒」。
〔註9〕「恰近日這神瑛侍者凡心偶熾」一句，旁有側批云：「總悔輕舉妄動之意」。
〔註10〕程高本對於神瑛侍者與頑石下凡投胎成為賈寶玉的解釋有所謬誤。本論文採
　　　以庚辰本為底本、脂批為輔助，不採用高鶚續書為結局。

此外，有學者指出：「實際上，作者寫了六位一體：石頭、通靈玉、石書、神瑛侍者、賈寶玉、作者。這些意象、幻象、物相六位一體，有共性，有個性，有相通相似內在聯繫，又各有區別。作者還寫了一些意象、幻想、物相及事情加強六者的聯繫，如悼紅軒、赤瑕宮、絳芸軒、怡紅院，並在通部書把石、玉、瑛的品格精神在寶玉身上充分體現出來；最後，石頭復還本質，復歸山下，身上『編述歷歷』，是石頭『親自經歷的一段陳跡故事』（作者帶有自傳色彩的書）。所以說，石頭是投胎，起到了貫穿始終的重要作用。」〔註11〕針對此說法，雖說「作者」是否與前五者為一體的關係，尚有可討論的空間，不過，頑石、通靈寶玉、石書、神瑛侍者、賈寶玉之間五位一體的關係，應當無疑。

另外，也有學者指出，頑石從「石」幻化成「玉」後，「玉」與「貴族」之間的關係。女媧煉舊的之「五色石」是文采優美的精緻石頭，傳統所認為之「美石如玉」實已數半玉；加上第一回所說「此石自經鍛鍊之後，靈性已通」，則這些女媧煉造的石頭已是通靈之物，具備了玉的另一半條件，也就是文化意識。如此一來，石頭兼具五色之美與通靈之性，其實已經完完全全等於「玉」。而玉石又投生至「昌明隆盛之邦，詩禮簪纓之族，花錦繁華之地，溫柔富貴之鄉」（第一回），玉在中國文明中屬於貴族階級之禮器，賈寶玉這名秉正邪二氣而生的「情痴情種」，更具有「生於公侯富貴之家」這個先決條件，可見「玉石」本身就有貴族血統的隱喻。〔註12〕如此綜合前述，可歸納出二點：其一，以「石」與「玉」之間的轉化關係，替賈寶玉的貴族血統做了鋪墊；其二，藉由「通靈寶玉」和「頑石」之間的幻型關係，點明「假做真時真亦假」的一大主旨，而因通靈寶玉是為「真石假玉」，假玉為幻，真石是為畸零之石，「畸零」又與道家「畸人」之義可互通，故而「真石」才擁有真正的、超越世俗意義的價值。

三、末世：世家百年與自懺主旨

女媧所煉之石為「三萬六千五百零一塊」，而補天實際使用的靈石為「三萬六千五百塊」，脂批明言其「合周天之數」，一年共三百六十五天，百年則正

〔註11〕參展靜：〈《紅樓夢》兩個神話的意義〉，崔川榮、蕭鳳芝主編：《紅樓夢研究輯刊（第一輯）》，（香港：文匯出版社，2010），頁153。

〔註12〕請參見歐麗娟：《大觀紅樓（綜論卷）》，（臺北：臺大出版中心，2014），頁232～242。

是三萬六千五日，此處女媧所用之補天石數，象徵了貴族世家的百年榮衰。而在頑石懇求一僧一道携自己至凡間受享之時，一僧一道的勸阻之言，可謂預先透露出紅塵繁華的真相：

> 那紅塵中有卻有些樂事，但不能永遠依恃。況又有「美中不足，好事多磨」八個字緊相連屬。瞬息間則又樂極悲生，人非物換。究竟是到頭一夢，萬境歸空。倒不如不去的好。（第一回）

其中，「瞬息間則又樂極悲生，人非物換。究竟是到頭一夢，萬境歸空」句，甲戌側批云：「四句乃一部之總綱」，可見此思想是全書的核心，點明了紅塵榮華不過是過眼雲煙，這正與第一回〈好了歌〉的思想相互呼應：

> 世人都曉神仙好，惟有功名忘不了；古今將相在何方？荒冢一堆草沒了！
>
> 世人都曉神仙好，只有金銀忘不了；終朝只恨聚無多，及到多時眼閉了。
>
> 世人都曉神仙好，只有嬌妻忘不了；夫妻日日說恩情，夫死又隨人去了。
>
> 世人都曉神仙好，只有兒孫忘不了；痴心父母古來多，孝順子孫誰見了！

〈好了歌〉內容四句，分別唱功名、金銀、嬌妻、兒孫，正對照頑石所心動的「富貴場」（功名、金銀）與「溫柔鄉」（嬌妻、兒孫）。甄士隱在遭逢人生劇變、遇盡世態炎涼後，聽聞〈好了歌〉中「世上萬般，好便是了，了便是好，若不了，便不好；若要好，須是了」，因本具靈性宿慧，便作出了〈好了歌〉解註：

> 陋室空堂，當年笏滿床，衰草枯楊，曾為歌舞場。蛛絲兒結滿雕梁，綠紗今又糊在蓬窗上。說什麼脂正濃，粉正香，如何兩鬢又成霜？昨日黃土隴頭堆白骨，今宵紅燈帳底臥鴛鴦。金滿箱，銀滿箱，展眼乞丐人皆謗。正嘆他人命不長，那知自己歸來喪！訓有方，保不定日後作強梁。擇膏粱，誰承望流落在煙花巷！因嫌紗帽小，致使鎖枷杠，昨憐破襖寒，今嫌紫蟒長。亂烘烘你方唱罷我登場，反認他鄉是故鄉。甚荒唐，到頭來都是為他人作嫁衣裳！

〈好了歌注〉不但道盡紅塵真相，其中之字字句句，更可謂對照著書中所有人物的結局預示，正呼應了「樹倒猢猻散」、「落了片白茫茫大地真乾淨」的荒涼

結局。紅塵繁華，不過幻夢一場，而「美中不足，好事多磨」、「樂極悲生，人非物換」才是世間真相。

而關於頑石下凡歷劫的後續，再見後文：

> 後來，不知又過了幾世幾劫。因有個空空道人訪道求仙，忽從這大荒山無稽崖青埂峰下經過，忽見一大塊石上字迹分明，編述歷歷。空空道人乃從頭一看，原來就是無材補天，幻形入世，蒙茫茫大士、渺渺真人攜入紅塵，歷盡一番離合悲歡、炎涼世態的一段故事。後面又有一首偈云：
>
> > 無材可與補蒼天，枉入紅塵若許年！
> > 此係身前身後事，倩誰寄去作奇傳？

此段文本中出現的人物名稱：「空空道人」、「茫茫大士」、「渺渺真人」，可謂是呼應第一回開卷初，作者自序「因曾歷一番夢幻」，以及第五回脂批所言之「作者自云所歷，不過紅樓一夢爾」，經過不斷反覆的提示，強調人世間的紅塵真相，不過是空茫縹緲的夢幻一場。而此頑石「無材補天，幻形入世」，八字旁脂批言「便是作者一生慚恨」，「無材可去補蒼天」一句乃是「書之本旨」，「枉入紅塵許多年」是「慚愧之言，嗚咽如聞」，第十二回眉批則清楚點明：「此書係自愧而成。」藉由脂硯齋之補述，可以證明，因自我懺悔而進行贖罪之作，乃是作者的創作主旨之一。在這一點上，「無材可補天」之言，是頑石被棄無用的慚恨嗟悼，是主人公賈寶玉在紅塵一世的人生寫照，更是作者「字字看來皆是血」的辛酸血淚。

第二節 「補天」之世俗涵義的內涵探究

補天之「世俗涵義」，所討論的，乃是在小說成書的時代脈絡下，傳統儒家社會之中，以封建禮教為尊的價值範疇。以牽涉的面向來說，「世俗涵義」所討論，皆是在「世俗」的角度之下，以傳統封建價值為主，而非傳統紅學研究所主張的「追求性靈自由」、「反封建禮教」。

廣義來說，「世俗涵義」所談論的，是在當代社會脈絡之下，人身處在社會、家族、群體之中，受到封建禮法的規範，而以貴族世家的家族成員而言，既然享受其身份所獲得的利益，亦應承擔相對應的責任，人人各司其職，皆有所份。而在任何一種價值範疇之中，都會有它的崇揚價值與典範人物，以世俗

涵義而言，男人的正途是追求經世濟民，而女子則標榜「無才便有德」，這些都是源自於時代文化之下的價值典範。

此外，「世俗」一詞，更牽涉道人世中的一切相關，無論是令頑石心動的「富貴場，溫柔鄉」，還是紅塵間的悲歡離合、世態炎涼，皆是世俗中所發生的真實之景。這正與小說中的一大敘事主軸「盛筵必散」契合。

「盛筵必散」一句，在小說中，出自於第十三回秦可卿臨死前托夢之語：「眼見不日又有一件非常喜事，真是烈火烹油、鮮花灼錦之盛。要知道，也不過是瞬息的繁華，一時的歡樂，萬不可忘了那『盛筵必散』的俗語。」句句盡是諄諄叮嚀、懇懇囑託，而這一句俗語「盛筵必散」，也正如小紅所說的：「俗語說的好，『千里搭長棚，沒有個不散的筵席』，誰守誰一輩子呢？」（第二十六回）遙映著八十回後，大觀園諸芳散盡、賈府抄家敗落、寶玉懸崖撒手的結局。高樓起落，勝敗榮衰，瞬息繁華，一時歡樂，終歸萬境皆空，盡是紅塵真相。

《紅樓夢》既以「盛筵必散」為一大敘事主軸，談論賈府百年的榮衰，「補天」之世俗涵義，所談論的，自然集中在以賈府為中心的「公侯富貴之家」，以及其遭逢的末世困局，包括「何以致此」及「如何挽救」的問題。

一、公侯富貴之家的禮教與內涵

在第一回的石頭神話中，提到：

> 一僧一道……便說到紅塵中的榮華富貴。此石聽了，不覺打動凡心，也想要到人間去享一享這榮華富貴；但自恨粗蠢，不得已，便口吐人言，向那僧道說道：「大師，弟子蠢物，不能見禮了。適聞兩位談那人間榮耀繁華，心切慕之。……如蒙發一點慈心，攜帶弟子得入紅塵，在那富貴場，溫柔鄉裡受享幾年，自當永佩洪恩，萬劫不忘也。」……這石凡心已熾，哪裡聽得進這話去，乃復苦求再四。二仙知不可強制，乃嘆道：「此亦靜極思動，無中生有之數也。既如此，我們便攜你去受享受享，只是到不得意時，切莫後悔。」（第一回）

此段文本中再三出現「受享」一詞〔註13〕，可見頑石之所以「打動凡心」，源於紅塵中的榮華富貴，如此一來，頑石所嚮往的「富貴場」、「溫柔鄉」，便

〔註13〕前有學者注意到此現象，如周思源：〈紅樓鎖鑰話「受享」〉，《紅樓夢學刊》1995 年第 4 輯，頁 177～131。

僅有「生於公侯富貴之家」這唯一的選項。後文更敘述了僧道攜之「到那昌明隆盛之邦、詩書簪纓之族，花柳繁華地，富貴溫柔鄉去安身樂業」（第一回），脂硯齋則分別點名了這四句於現實界的具體環境，強調了「詩書簪纓之族」即是「榮國府」，「花柳繁華地」和「富貴溫柔鄉」分別對應「大觀園」和「紫芸軒」（即怡紅院），這直接證明了，賈府這樣的「公侯富貴之家」、「詩書簪纓之族」，與「詩書清貧之族」、「薄祚寒門」之間有著決定性差別，除了物質的富貴、禮教的薰陶，更有世代累積的文化底蘊，絕不可同一而論。

綜觀《紅樓夢》，屬於「公侯富貴之家」的，從書中至少可知有「賈史王薛」四大家族，見第四回賈雨村斷馮淵一案時，門子所呈上的「護官符」：

> 賈不假，白玉為堂金作馬。（寧國榮國二公之後，共二十房分，除寧榮親派八房在都外，現原籍住者十二房。）
>
> 阿房宮，三百里，住不下金陵一個史。（保齡侯尚書令史公之後，房分共十八，都中現住者十房，原籍現居八房。）
>
> 東海缺少白玉床，龍王請來金陵王。（都太尉統制縣伯王公之後，共十二房，都中二房，餘在籍。）
>
> 豐年好大雪，珍珠如土金如鐵。（紫薇舍人薛公之後，現領內務帑銀行商，共八房分。）

此中抄寫了本地大族名宦之家的俗諺口碑，下面所注的是自始祖官爵並房次，不難從中看出金陵四大家族的富貴之景，後文更係「四家皆聯絡有親，一損皆損，一榮皆榮」（第四回），可見其中關係之緊密，唇齒相依，榮損同俱。此外，還有與賈家聯姻的姑蘇林家，第二回敘述林如海家世一段道：

> 原來這林如海之祖，曾襲過列侯，今到如海，業經五世。起初時，只封襲三世，因當今隆恩盛德，遠邁前代，額外加恩，至如海之父，又襲了一代；至如海，便從科第出身。雖係鐘鼎之家，卻亦是書香之族。（第二回）

林家祖上「襲過列侯」、「業經五代」，可謂是比賈家更為歷史悠久的家族，至林如海一輩，更能自力勤奮從科舉入仕，重興家業，故而能夠與金陵四大家族的賈家有親。這樣豐厚的家族基業及書香底蘊，作者可謂是給女主角林黛玉最好的出身。

除卻上述，小說中與四大家族並林家同一等級的，應尚有曾接御駕四次的江南甄家、秦可卿路祭時出現的八公等。《紅樓夢》既以「公侯富貴之家」為

書寫對象，自然除了門第爵位的高貴、累世傳承的底蘊，更大筆描寫物質的榮華富貴，以及上層階級的禮教內涵，種種要素，缺一不可。

（一）「侯門勢派」的富貴榮華

小說之中，最為直觀的富貴想像，莫過於護官符中的描寫：「白玉為堂金作馬」、「珍珠如土金如鐵」，以誇張的比喻充分展現了一般市民對於貴族所享富貴之想像。然而，這樣受限於生活經驗的眼界見識，出現「庄農進京」之偽富貴敘事，實是出自平民百姓之筆。脂批針對此類偽富貴敘事進行了辯證：

> 可笑近之小說中，不論何處，則曰商彝周鼎、繡幕珠簾、孔雀屏、芙蓉褥等樣字眼。近聞一俗笑語云：一庄農人進京回家，眾人問曰：「你進京去可見些個世面否？」庄人曰：「連皇帝老爺都見了。」眾罕然問曰：「皇帝如何景況？」庄人曰：「皇帝左手拿一金元寶，右手拿一銀元寶，馬上稍著一口袋人參，行動人參不離口。一時要屙屎了，連擦屁股都用的是鵝黃緞子，所以京中掏茅廁的人都富貴無比。」試思凡稗官寫富貴字眼者，悉皆庄農進京之一流也。蓋此時彼實未身經目睹，所言皆在情理之外焉。又如人嘲作詩者亦往往愛說富麗語，故有「脛骨變成金玳瑁，眼睛嵌作碧琉璃」之誚。余自是評《石頭記》，非鄙棄前人也。（第三回脂批）

平民百姓受限於生活經驗的眼界見識，無法真正理解「公侯富貴之家」的富貴之景，《紅樓夢》因作者本身就是生長於公府的公子，具有相同等級的出身背景，其眼界見識自然不同於凡俗，在書中透露出的線索，可從日常生活中的一飲一食、起居排場與使用器物，觀察出這富有文化底蘊的富貴之景。

1. 飲食講究

從《紅樓夢》的飲食文化中，不僅能見到許多珍饌盛宴的場景，更能藉由「吃飯」這個日常不可或缺的環節，觀察貴族家庭的日常生活。第六回劉姥姥一進榮國府時，在側屋等待鳳姐的期間，正逢飯點：

> 約有一二十婦人，衣裙窸窣，漸入堂屋，往那邊屋內去了。又見兩三個婦人，都捧著大漆捧盒，進這邊來等候。聽得那邊說了聲「擺飯」，漸漸的人才散出，只有伺候端菜的幾個人。半日鴉雀不聞之後，忽見二人抬了一張炕桌來，放在這邊炕上，桌上碗盤森列，仍是滿滿的魚肉在內，不過略動了幾樣。（第六回）

展現出賈府用飯時的排場，且主子用完飯的炕桌上「仍是滿滿的魚肉在內」，

可見貴族女眷進食，僅是優雅少量的「略動了幾樣」，並非為求口腹之慾而大快朵頤。

此外，劉姥姥二進大觀園時，小說所展現出來的富貴榮華之景，可謂是作者藉莊稼老嫗之眼，向讀者展示何謂真正的公府富貴。除了大觀園的巧奪天工，令劉姥姥產生了求畫之感嘆，這樣的極致講究，更在飲食一項展現無疑。第四十回〈史太君兩宴大觀園〉中，寫到「一兩銀子一個」的雞蛋，模樣精緻小巧，劉姥姥使用的鑲金筷子難以夾取，不慎落到地上，便立刻被撿出去扔了，令劉姥姥不禁感嘆：「一兩銀子，也沒聽見響聲兒就沒了。」（第四十回）而要論製菜的精緻繁複，當論「茄鯗」，第四十一回鳳姐細論起作法：

> 鳳姐兒笑道：「這也不難。你把才下來的茄子把皮籤了，只要淨肉，切成碎釘子，用雞油炸了，再用雞脯子肉並香菌、新筍、蘑菇、五香腐乾、各色乾果子，都切成釘子，拿雞湯煨乾，將香油一收，外加糟油一拌，盛在瓷罐子裡封嚴，要吃時拿出來，用炒的雞瓜一拌就是。」劉姥姥聽了，搖頭吐舌說道：「我的佛祖！倒得十來只雞來配他，怪道這個味兒！」（第四十一回）

一道以茄子為主體的料理，吃起來僅有「淡淡的茄子味」，佐以數隻雞來搭配調味，極致精緻講究，絲毫不怕作法繁複、用料耗費，這是真正的富貴鼎盛之下，對飲食講究所衍生出的雅緻精巧。

此外，還有第四十回大觀園由湘雲作東、寶釵出資的螃蟹宴，因吃「螃蟹」切合時令，且蟹鮮味美，不只大觀園內的公子小姐愛吃，老太太等人更興致勃勃的一同來享用。論起這一宴的主角「螃蟹」，劉姥姥估算所耗費的金額：

> 這樣螃蟹，今年就值五分一斤。十斤五錢，五五二兩五，三五一十五，再搭上酒菜，一共倒有二十多兩銀子。阿彌陀佛！這一頓的錢夠我們莊家人過一年了。（第三十九回）

這樣一場貴宅內宴，所花費的金額約「二十多兩銀子」，足夠普通的莊稼人家過上一年。再回頭見第六回，劉姥姥從鳳姐處得到二十兩銀子，竟「喜的又渾身發癢起來」，足以想見公侯富貴之家的一飲一食，均所費不貲。這種炊金饌玉的飲食奢豪之景，與八十回後，寶玉面臨「寒冬噎酸虀，雪夜圍破氈」（第十九回脂批）之貧困潦倒，形成強烈的對比。

2. 物質珍稀

小說中，不乏稀世罕見之物，例如第十五回北靜王贈與寶玉的鶺鴒香串，

乃是皇帝御賜之物；第三十九回，妙玉拿來招待寶釵、黛玉等人的茶具，「瓟
匏斝」、「點犀䀉」及自用的「綠玉斗」，乃是出自仕宦讀書之家〔註14〕的稀世
珍藏。賈府中所使用的，亦多是經世家百年底蘊所珍藏之物。

　　第四十回，賈母攜劉姥姥等人遊大觀園，至瀟湘館，見窗紗的顏色舊了，
吩咐鳳姐開庫房，並向不識軟煙羅的鳳姐等人解釋道：

> 賈母笑向薛姨媽眾人道：「那個紗，比你們的年紀還大呢。怪不得他
> 認作蟬翼紗，原也有些像，不知道的，都認作蟬翼紗。正經名字叫
> 作『軟煙羅』。」鳳姐兒道：「這個名兒也好聽。只是我這麼大了，
> 紗羅也見過幾百樣，從沒聽見過這個名色。」賈母笑道：「你能夠活
> 了多大，見過幾樣沒處放的東西，就說嘴來了。那個軟煙羅只有四
> 樣顏色：一樣雨過天晴，一樣秋香色，一樣松綠的，一樣就是銀紅
> 的。若是做了帳子，糊了窗屜，遠遠的看著，就似煙霧一樣，所以
> 叫作『軟煙羅』，那銀紅的又叫作『霞影紗』。如今上用的府紗也沒
> 有這樣軟厚輕密的了。」（第四十回）

　　如此珍貴的面料，連出身金陵王家的王熙鳳都不認得，賈府不但擁有如此
珍稀的府紗，竟直接被賈母拿來替黛玉新糊紗窗，其中展現出賈母之見識審
美、對於外孫女黛玉的寵愛，及家族數代累積的殷實富貴。

　　《紅樓夢》中，以珍稀材料所製成的衣料，代表如賈母贈與薛寶琴的鳧靨
裘，以及送給寶玉的雀金呢。第五十回寶琴倚雪而立之風姿猶勝雙艷圖，所穿
著的「鳧靨裘」，原是取野鴨子頭頂上一撮毛所織成，足見須得耗費多少隻禽
鳥，才得織就一整件外氅；而第五十二回，賈母吩咐鴛鴦將賞給寶玉的雀金呢，
乃是「俄羅斯國拿孔雀毛拈了線織的」，編織方法更是罕見，能幹的裁縫繡匠
都不認識，僅有繡工精巧的晴雯推測出類似「界線」〔註15〕一法。而「鳧靨裘」
和「雀金呢」之描寫，大有影射唐朝「服妖」〔註16〕之意味，這種材料珍稀、

〔註14〕第十八回介紹妙玉身世：「本是蘇州人民，祖上也是讀書仕宦之家。因生了這
　　　　位姑娘自小多病，買了許多替身兒皆不中用，到底這位姑娘親自入了空門，方
　　　　纔好了，所以帶髮修行，今年才十八歲，法名妙玉。」
〔註15〕見第五十二回〈勇晴雯病補雀金裘〉。
〔註16〕《新唐書·五行志》記載「服妖」：「安樂公主使尚方合百鳥毛織二裙，正視為
　　　　一色，傍視為一色；日中為一色，影中為一色，而百鳥之狀皆見。公主又以百
　　　　獸毛為韀面，韋後則集鳥毛為之，皆具其鳥獸狀，工費巨萬。公主初出降，益
　　　　州獻單絲碧羅籠裙，縷金為花鳥，細如絲髮，大如黍米，眼鼻嘴甲皆備。」
　　　　〔宋〕歐陽脩、宋祁等撰：《新唐書·卷三十四》，（臺北：臺灣商務，2010年），

織法罕見下追求的極致奢華，以致鳥獸絕跡、迫使朝廷下令禁止捕捉的歷史案例，一方面明點賈府在物質上的極盡奢華，另一方面，也暗喻了賈府從奢極轉衰之結局。

此外，小說中亦有其他從外國進口的貨品。如第三回出現，王熙鳳「身上穿著金縷金百蝶穿花大紅洋緞窄褙襖」、「下著翡翠撒花洋縐裙」，寶玉「外罩石青起花八團倭緞排穗褂」，所提到的「洋緞」、「倭緞」皆是外國進口的布料。此外，也出現「洋漆」作為裝飾，如「兩邊設著一對梅花式洋漆小几」（第三回）、「右邊洋漆架上懸著一個白玉比目磬」（第四十回）、「又有一小洋漆茶盤」（第五十三回）、「手內捧著一個小連環洋漆茶盤」（第六十二回）。更有寶玉的懷錶（第十九回）、怡紅院的自鳴鐘（第五十一回）、鳳姐的金自鳴鐘（第七十二回）等，可見這樣的公侯富貴之家，更能夠購買到價格昂貴的進口物品。

不過，認為「公侯富貴之家」的生活，處處皆是「白玉為堂金做馬」，實是一大謬誤。小說中自有針對「富貴」的極致描寫，然而，在富貴珍稀已極的同時，日常陳設與服飾衣料的緞面，卻並非一味地求新、求奢，而是「半舊不新」。如第三回，黛玉欲拜見賈政，至王夫人房內，所見屋中陳設，炕上用的是「半舊的青緞靠背引枕」和「半舊的青緞靠背坐褥」，一旁的三張椅子上「也搭著三半舊彈墨椅袱」，位於日常起居、接待客人的正房，所採用的緞面，是耐髒的青色及墨色，展現出了生活實用性及主人的審美傾向。

又如第八回，寶玉至梨香院探病，作為客居的梨香院裡間，門前吊著「半舊的紅綢軟簾」，而寶釵身上的穿著「蜜合色棉襖，玫瑰紫二色金銀鼠比肩褂，蔥黃綾棉裙，一色半新不舊，看上去不覺奢華」。身為皇商之女，寶釵並不缺衣裳首飾，而是「不好花兒粉兒」（第七回），在疼愛妹妹的薛蟠提議，添置新衣時，提到自己更有許多沒穿遍的新衣裳（第三十五回）。同樣展現在穿著上的，還有第三回寶玉「身上穿著銀紅撒花半舊大襖」，乃是家常於私宅內所穿著的外裳，使用了「銀紅撒花」的華美緞料，隨著日常的使用，更加柔軟貼膚。

關於這些衣料緞面的「半舊不新」，推測有以下幾點原因：其一，好料子本身用料珍貴、品質講究，故而耐用時久以成「半舊不新」之態，才是世宦大家的常態；其二，生活中有極致罕見的珍稀織品，而日用之物的品質尚佳，能

頁 252。又見史料載：「安樂公主造百鳥毛裙，以後百官、百姓家效之。山林奇禽異獸，搜山蕩谷，掃地無遺，至於網羅殺獲無數。開元中，禁寶器于殿前，禁人服珠玉、金銀、羅綺之物，於是採捕乃止。」〔唐〕張鷟撰，王雲五主編：《朝野僉載》，（臺北：臺灣商務，1966 年），頁 38。

夠隨著時間用到「半舊不新」，而非略有舊色就淘換，映照世家富貴年久，在享受榮華的同時，亦有節省之道；其三，貴族世家在代代傳承下，不乏簇亮嶄新的華貴之物，正是「半舊不新」一項，展現出其與新榮暴發之戶的差別，突顯出百年傳承的文化底蘊。

3. 起居排場

《紅樓夢》第六回寫道：「榮府中一宅人合算起來，人口雖不多，從上至下也有三四百丁。」以此合計，榮國府人口總數，恰恰正是麝月所概括「家裡上千的人」（第五十二回）。這樣的偌大家族，無論食衣住行等日常生活，都是以集體為單位，起居排場非同一般。第二十九回〈享福人福深還禱福〉，賈母領眾女眷往清虛觀打醮一段：

> 少時，賈母等出來。賈母坐一乘八人大轎，李氏、鳳姐兒、薛姨媽每人一乘四人轎，寶釵、黛玉二人共坐一輛翠蓋珠纓八寶車，迎春、探春、惜春三人共坐一輛朱輪華蓋車。然後賈母的丫頭鴛鴦、鸚鵡、琥珀、珍珠，林黛玉的丫頭紫鵑、雪雁、春纖，寶釵的丫頭鶯兒、文杏，迎春的丫頭司棋、繡桔，探春的丫頭侍書、翠墨，惜春的丫頭入畫、彩屏，薛姨媽的丫頭同喜、同貴，外帶著香菱，香菱的丫頭臻兒，李氏的丫頭素雲、碧月，鳳姐兒的丫頭平兒、豐兒、小紅，並王夫人兩個丫頭也要跟了鳳姐兒去的金釧、彩雲，奶子抱著大姐兒帶著巧姐兒另在一車，還有兩個丫頭，一共又連上各房的老嬤嬤奶娘並跟出門的家人媳婦子，烏壓壓的佔了一街的車。賈母等已經坐轎去了多遠，這門前尚未坐完。這個說「我不同你在一處」，那個說「你壓了我們奶奶的包袱」，那邊車上又說「蹭了我的花兒」，這邊又說「碰折了我的扇子」，咭咭呱呱，說笑不絕。（第二十九回）

浩浩蕩蕩的隊伍，描寫出了宛如搬家一樣的壯觀場景，這還只是集中描寫家族中的主要女眷。同樣類似的場景，還有第五十九回準備替賈敬送靈，單寫賈母、王夫人房中之起居查點：「鴛鴦、琥珀、翡翠、玻璃四人都忙著打點賈母之物，玉釧、彩雲、彩霞等皆打疊王夫人之物，當面查點與跟隨的管事媳婦們。跟隨的一共大小六個丫鬟，十個老婆子媳婦子，男人不算。」（第五十九回）種種皆證明了，大家族以集體為生活單位，無論是日常起居、排場，都絕非薄門小戶可比。

此外，貴族家庭內外宅分明，禮教森嚴，見第五十一回，胡太醫入怡紅院

替晴雯看病一段：

> 只見兩三個後門口的老嬤嬤帶了一個大夫進來。這裡的丫鬟都迴避
> 了，有三四個老嬤嬤放下暖閣上的大紅繡幔，晴雯從幔中單伸出手
> 去。那大夫見這隻手上有兩根指甲，足有三寸長，尚有金鳳花染的
> 通紅的痕跡，便忙回過頭來。有一個老嬤嬤忙拿了一塊手帕掩
> 了。……彼時，李紈已遣人知會過後門上的人及各處丫鬟迴避，那
> 大夫只見了園中的景緻，並不曾見一女子。一時出了園門，就在守
> 園門的小廝們的班房內坐了，開了藥方。老嬤嬤道：「你老爺且別去，
> 我們小爺囉唆，恐怕還有話說。」大夫忙道：「方纔不是小姐，是位
> 爺不成？那屋子竟是繡房一樣，又是放下幔子來的，如何是位爺
> 呢？」老嬤嬤悄悄笑道：「我的老爺，怪道小廝們才說今兒請了一位
> 新大夫來了，真不知我們家的事。那屋子是我們小哥兒的，那人是
> 他屋裡的丫頭，倒是個大姐，那裡的小姐？若是小姐的繡房，小姐
> 病了，你那麼容易就進去了？」（第五十一回）

即使是身為下人的晴雯，在外男面前因診脈需求而露出手部肌膚，不但
胡太醫連忙迴避視線，一旁的老嬤嬤也「忙拿了一塊手帕掩了」，這正是男女
大防之故。除此之外，在「女兒之境」的大觀園內，胡太醫一路進入怡紅院，
領路、協侍看診的是「老嬤嬤」，竟不曾見到一名年輕女子，此正是園內的未
婚丫鬟早已收到知會先行迴避之故，再加上老嬤嬤之言：「若是小姐的繡房，
小姐病了，你那麼容易就進去了？」正展現出了「大家規模」〔註17〕的禮教
森嚴。〔註18〕

4. 文化見識

除了物質上的富貴，「公侯富貴之家」的必要條件，更有屬於上層階級的
文化見識，包括豐厚博覽的閱歷、超然雅緻的審美，更有深植於貴族階層的禮
法文化。深知《紅樓夢》之獨特的脂硯齋，不厭其煩地處處提示，書中所展現
的種種情節，都是建立於上層貴族的「大家規範」、「大族規矩」、「大家風範」、
「大人家規矩禮法」、「大家勢派」、「大家氣派」、「大家規模」、「大家風俗」、

〔註17〕第五十一回回前總批：「文有一語寫出大景者，如『園中不見一女子』句，儼
然大家規模。『疑是姑娘』一語，又儼然庸醫口角，新醫行徑。筆大如椽。」
〔註18〕正因此，司棋與表哥潘又安偷情，買通婆子私會於大觀園，展現出賈府管理疏
漏的嚴重問題。

「世家風調」、「侯門風俗」的「禮法井井」上，而以賈寶玉為敘事中心的《紅樓夢》乃筆筆「寫盡大家」。〔註19〕這一點，在第五十四回〈史太君破陳腐舊套〉，賈母批評才子佳人小說一段可得到呼應：

> 賈母笑道：「這些書都是一個套子，左不過都是些佳人才子，最沒趣兒。把人家女兒說的那樣壞，還說是佳人，編的連影兒也沒有了。開口都是書香門第，父親不是尚書就是宰相，生一個小姐必是愛如珍寶。這小姐必試通文知理，無所不曉，竟是個絕代佳人。只一見了一個清俊男人，不管是親是友，便想起終身大事來，父母也忘了，書禮也忘了，鬼不成鬼，賊不成賊，哪一點兒是佳人？便是滿腹文章，做出這些事來，也不得是佳人了。……再者，既說是仕宦書香大家小姐都知禮讀書，連夫人都知書識禮，便是告老還家，自然這樣大家人口不少，奶母丫鬟服侍小姐的人也不少，怎麼這些書上，凡有這樣的事，**就只小姐和緊跟的一個丫鬟**？你們白想想，那些人都是管什麼的，可是前言不答後語？」（第五十四回）

「享受過大榮華富貴」的賈母，可謂全書中少數經歷過公侯富貴之家鼎盛時期的人物，眼界見識、審美情趣自是不同凡俗。作者藉賈母之口，所批評的才子佳人小說，正如全書開頭所言之「古今小說千部共成一套」（第一回），因一般文人從未經歷過貴族世家的生活，故而誤將筆下才子佳人，限縮在平民百姓的經驗格局之中，忽略了世家大族缺乏隱私的集體生活狀況，以及古代禮法嚴謹講究媒妁的教養，使得故事中的外男如入無人之境般，長驅直入的進入小姐閨房，而小姐亦一見男子便私定終身，渾然忘卻父母禮法，如此一派偽富貴敘事，正如同第三回所言的「庄農進京」之流。脂批評價賈母這一席話，乃是「將普天下不盡理之奇文，不近情之妙作，一齊抹倒」（第五十四回）的卓識，真正的奇文妙作，應盡理近情且貼合貴族世家的所見所聞，這些都是沒有相同生活經驗的說書人無法體會的。

（二）「禮出大家」之精神內涵

「貴」與「富」之間有著決定性差異，物質上的高級豪奢可稱之為「富」，然而，擁有權勢地位的上層身份，卻不足以稱之為「貴族」。正如牟宗三所指出的：

〔註19〕請參見歐麗娟：《大觀紅樓（綜論卷）》，頁53。

貴族有貴族的教養，當然他不是聖人，但有相當的教養，即使他的
私生活不見得好。……貴族在道德、智慧都有它所以為貴的地
方，……貴是屬於精神的（spiritual），富是屬於物質的（material），……
貴就精神而言，我們必須由此才能了解並說明貴族社會之所以能創
造出大的文化傳統。周公制禮作樂，禮就是個形式（form），人必須
有極大的精神力量才能把這個 form 頂起來守禮，實踐禮。〔註20〕

《紅樓夢》所討論的敘寫對象，除了擁有「公侯富貴之家」的崇高門第，
更是以詩書與富貴相結合的「書香世家」，必然強調禮法教養的重要性。如：
賈府為「世代詩書」（第十八回）、「代代讀書」（第十九回）的「詩書舊族」（第
十三回）、「詩禮簪纓之族」（第一回）與「鐘鳴鼎食之家，翰墨詩書之族」（第
二回），林如海「之祖曾襲過列侯，今到如海，業經五世，……雖係鐘鼎之家，
卻亦是書香之族」（第二回）、「世代書宦之家」（第五十七回），薛家「本是書
香繼世之家」（第四回）、「也算是個讀書人家，祖父手裡也極愛藏書」（第四十
二回），李紈係「金陵名宦之女，……族中男女無有不誦詩讀書者」（第四回），
王熙鳳屬「詩書大宦名門之家」（第四十五回）。〔註21〕賈府及與之有姻的人
家，無一不是文化底蘊深厚，子孫經過代代詩書教養，才造就了深厚的家風底
蘊。而這樣源於家風陶冶出的詩書教養，最為直觀的展現，便是貴族家庭的日
常禮節。

由於貴族家庭中人口眾多、關係複雜，「禮法」便成為維繫倫常秩序最不
可或缺的規範。無論是貴族子弟本身私生活是否良好，或其生命傾向是否依循
世俗價值，這些「詩書教養」，都是維持群體生活之中的重要儀則，也可謂是
深入貴族子弟骨血的價值觀念，且於日常禮節中展露無遺。這一點，以江南甄
府遣人造訪賈府，接待間描述甄、賈寶玉待人謙和有禮一段，最為經典：
賈母笑道：「我們這會子也打發人去見了你們寶玉，若拉他的手，他
也自然勉強忍耐一時。可知你我這樣人家的孩子們，憑他們有什麼
刁鑽古怪的毛病兒，**見了外人，必是要還出正經禮數來的。若他不
還正經禮數，也斷不容他刁鑽了去**。就是大人溺愛的，是他一則生
的得人意，二是見人禮數竟比大人行出來的不錯，使人見了可愛可
憐，背地裡所以才縱他一點子。若一味他只管沒裡沒外，不與大人

〔註20〕牟宗三：《中國哲學十九講》，（臺北：臺灣學生書局，1983），頁160～164。
〔註21〕歐麗娟：《大觀紅樓（綜論卷）》，頁156。

爭光，憑他生得怎樣，也是該打死的。」（甄府）四人聽了，都笑說：
「老太太這話正是，雖然我們寶玉淘氣古怪，**有時見了人客，規矩
禮數更比大人有禮**，所以無人見了不愛，只說為什麼還打他。」（第
五十六回）

從賈母一番話中見得，寶玉乃是因其禮數規矩行勝大人，加之外貌出眾，
才格外獲得長輩的溺愛；即便在家裡稍有放縱，見外客之時，必然得要「還
出正經禮數」，否則，若有違背禮儀之舉，「沒裡沒外」、「不與大人爭光」，縱
使再怎麼得人疼愛，「也是該打死的」──此句凸顯了禮法規矩之於貴族世家
的不可撼動性，故所謂因自恃得寵而更有恣意妄為之行，是絕對不可能發生
的謬論。

除此之外，《紅樓夢》中日常的請安禮節，也因家族的不同成員之間，而
有著不同的禮儀關鍵須遵守：

1. 尊敬長輩，長幼有序

首先，面對長輩，晚輩須謹守著絕對的尊敬服從，如第七十五回寫中秋夜，
賈珍夫婦來到榮國府一段：

賈珍夫妻至晚飯後方過榮府來。只見賈赦、賈政都在賈母房內坐著
說閒話，與賈母取笑。賈璉、寶玉、賈環、賈蘭皆在地下侍立。賈
珍來了，都一一見過。說了兩句話後，賈母命坐，賈珍方在進門小
杌子上告了坐，警身側坐。（第七十五回）

見此段中，第三代（文字輩）的賈赦、賈政坐著與賈母說話，其餘小輩「賈
璉、寶玉、賈環、賈蘭」等人皆是站在一旁「侍立」，並未有資格坐下。因親
戚是客，賈珍在一一見禮，由長輩「命坐」之後，方在「進門小杌子」之上「警
身側坐」，這正是謹守著長幼尊卑的禮節。

除了尊敬長輩，同輩之間又以年紀較長者為尊，如第二十三回，寶玉入王
夫人房中拜見賈政一幕：

趙姨娘打起簾子，寶玉躬身進去。只見賈政和王夫人對面坐在炕上
說話，地下一溜椅子，迎春、探春、惜春、賈環四個人都坐在那裡。
一見他進來，惟有探春和惜春、賈環站了起來。（第二十三回）

房中僅有賈政和王夫人坐在炕上，小輩們則坐在旁邊的椅子。見寶玉入
內，被喚作「二姐姐」的迎春照坐不動，年紀稍幼的探春、惜春、賈環則起立
以表禮敬，這也符合了平輩之間的長幼有序之說。正如第二十回：「她家規矩，

凡做兄弟的,都怕哥哥。」

　　禮節不僅僅是處處應謹守的規矩,對貴族世家的子弟而言,更應是融入骨血的教養,並非僅是外在的繁文縟節,而是內化入裡的精神陶冶,包含了對尊長的敬意和孺慕。關於這一點,以第五十二回寶玉出門時繞避賈政書房一段,最具代表性:

> 寶玉在馬上笑道:「周哥,錢哥,咱們打這角門走罷。」周瑞側身笑
> 道:「老爺不在家,書房天天鎖著,爺可以不用下來罷了。」寶玉笑
> 道:「**雖鎖著,也是要下來的。**」(第五十二回)

　　秉持著對父親的敬重,寶玉在路過賈政的書房時,都會下馬步行。這一日雪下的大,寶玉不欲經過父親書房下馬徒步而行,故而選擇改道從角門離家。其實此時的賈政並不在家,但寶玉對於父親的禮節並不因「父親在或不在家」而有所取捨,此正是禮教內化的一大展現。

　　2. 媳婦侍立,小姑位尊

　　《清稗類鈔・風俗類》記載:「旗俗,家庭之間,禮節最繁重,而未字之小姑,其尊亞於姑,宴居會時,翁姑上坐,小姑側坐,媳婦侍立於旁,進盤匜,奉巾櫛惟謹,如僕媼焉。」[註22]小說中多處可見媳婦站立侍膳的場景,見第三回黛玉初次與賈母等人用飯之景:

> 賈珠之妻李氏捧飯,熙鳳安箸,王夫人進羹。賈母正面榻上獨坐,
> 兩邊四張空椅,熙鳳忙拉了黛玉在左邊第一張椅上坐了,黛玉十分
> 推讓。賈母笑道:「你舅母你嫂子們不在這裡吃飯。你是客,原應如
> 此坐的。」黛玉方告了座,坐了。賈母命王夫人坐了。迎春姊妹三
> 個告了座方上來。(第三回)

　　李紈負責盛飯、王熙鳳負責發筷子、王夫人負責盛湯,這些分工,乃是賈府的日常。而俗語說:「多年媳婦熬成婆」,王夫人同時是媳婦也是婆婆,才可以在賈母發話後,享受坐著吃飯的待遇;迎春等人待王夫人坐後才入席,亦是謹守長幼尊卑的規矩。相似的場景,還有第三十八回的螃蟹宴:

> 上面一桌,賈母、薛姨媽、寶釵、黛玉、寶玉;東邊一桌,史湘雲、
> 王夫人、迎、探、惜;西邊靠門一桌,李紈和鳳姐的,虛設坐位,二
> 人皆不敢坐,只在賈母王夫人兩桌上伺候。(第三十八回)

　　內宅設宴,雖替李紈鳳姐「虛設坐位」,二人卻遵循禮儀,皆不敢坐下用

〔註22〕〔清〕徐珂編撰:《清稗類鈔》第五冊,(臺北:臺灣商務,1917年),頁2212。

餐，只分別至賈母及王夫人兩桌伺候。前八十回中，無論是日常吃飯，還是設宴筵席，皆不可能見到媳婦與賈母、姑娘們平起平坐同桌吃飯的情節。

此外，賈母與未嫁小姐同桌吃飯，乃是因賈母格外寵愛女孩而有的待遇，這也展現出了未出閣小姐之尊貴於媳婦的風俗。另可見第五十三回，榮國府元宵開夜宴：

> 賈母歪在榻上，與眾人說笑一回⋯⋯榻下並不擺席面，只有一張高
> 几，卻設著瓔珞花瓶香爐等物。外另設一精緻小高桌，設著酒杯匙
> 箸，將自己這一席設於榻旁，命寶琴、湘雲、黛玉、寶玉四人坐著。
> 每一饌一果來，先捧與賈母看了，喜則留在小桌上嘗一嘗，仍撤了
> 放在他四人席上，只算他四人是跟著賈母坐。故下面方是邢夫人王
> 夫人之位，再下便是尤氏、李紈、鳳姐、賈蓉之妻。（第五十三回）

這是一次正式的家族大聚會，李紈、鳳姐等人是可以坐下吃飯的，其餘諸事有婆子下人伺候。文本中明確寫出眾人位次，賈母位於正榻，次一等的榻邊是由「寶琴、湘雲、黛玉、寶玉四人坐著」，接著才是賈府媳婦的位次，「下面方是邢夫人王夫人之位，再下便是尤氏、李紈、鳳姐、賈蓉之妻」，可見古代未出閣的小姐，在家中的身份地位尊於媳婦。

3. 待下寬柔，敬重老僕

對於長輩的尊敬服從，可謂是世家倫常中最不可或缺的一環。除了日常生活中的禮儀，這份對於長輩的禮敬，更延伸到長輩所賜的奴僕身上。《紅樓夢》中多處可見，積年老奴對少主人有權規勸和管轄，而少主人對於長輩所賜的奴僕，必須抱持著敬意，聽服管教。比如第六十三回，林之孝家的來怡紅院查夜時，對寶玉的叮嚀與規勸：

> 林之孝家的又笑道：「這些時我聽二爺嘴裡都換了字眼，趕著這幾位
> 大姑娘們竟叫起名字來。雖然在這屋裡，到底是老太太、太太的人，
> 還該嘴裡尊重些才是。若一時半刻偶然叫一聲使得，若只管叫起來，
> 怕以後兄弟姪兒照樣，便惹人笑話，說這家子的人眼裡沒有長輩。」
> 寶玉笑道：「媽媽說的是。我原不過是一時半刻的。」襲人晴雯都笑
> 說：「這可別委屈了他。直到如今，**他可姐姐沒離了口**。不過頑的時
> 候叫一聲半聲名字，若當著人卻是和先前一樣。」林之孝家的笑道：
> 「這才好呢，這才是讀書知禮的。越自己謙越尊重，**別說是三五代
> 的陳人，現從老太太、太太屋裡撥過來的，便是老太太、太太屋裡**

的貓兒狗兒，輕易也傷他不得。這才是受過調教的公子行事。」（第
六十三回）

其一，因襲人、晴雯都是賈母撥過來伺候寶玉的大丫鬟，基於對長輩的敬
重，寶玉在稱呼上不可直呼其名，應加上「姐姐」以示尊重，這代表出了敬重
長輩之賜僕，亦是對於長輩之尊敬的延伸；其二，林之孝家的乃是王夫人之陪
房，對於她所進行的規勸，寶玉反應是笑語稱是，加之襲人晴雯紛紛幫忙開解，
這才獲其稱許「這才是讀書知禮的」、「受過調教的公子行事」，可知即使寶玉
貴為賈母的寵兒，仍不可肆意妄為，須時時接受家裡人的管教規勸。

除此之外，貴族世家之中，資歷深厚的老僕之地位，連年輕主子都須敬重
幾分，當中，又以乳母的地位最為崇高。乳母的地位之高，一因賈府善待下人，
二是賈府的家風與傳統所致。「乳母子」是一種特殊關係的母子，當小主人尚
是嗷嗷待哺的襁褓嬰兒，一應吃喝拉撒睡之起居照料，皆是奶母親手照料，雖
無血濃於水的親緣關係，卻在朝夕相處中培養出另一種母子親情。

小說中的「乳母子關係」，尤以兩對乳母子為截然不同的代表。其中一位
代表，是寶玉的乳母李嬤嬤。這位奶嬤嬤，舉止橫行，不得人心，如第八回將
寶玉的豆腐皮包子拿走給自己孫子吃，又私自喝了楓露茶，使得寶玉怒罵茜
雪：「是你們哪門子奶奶，你們這麼孝敬她？不過仗著我小時候吃過她幾日奶，
如今逞的她比祖宗還大了。」並導致了後續攆逐茜雪之事，仗著自己奶過主子
的功勞，私自取走食物、橫行怡紅院、辱罵丫頭〔註23〕，可謂是稀鬆平常之
舉。然而，即使如此，王熙鳳、黛玉、寶釵等人見到不講理的李嬤嬤，仍是軟
語勸說，不曾有過疾言厲色地責怪。而李嬤嬤的兒子李貴，一直是寶玉上學時
的僕人，且第五十七回〈慧紫鵑情辭試忙玉〉中，寶玉因紫鵑的一句玩笑兒痰
迷心竅之際，手足無措的襲人第一個想到的，也是去請李嬤嬤，可見，李嬤嬤
與寶玉之間的乳母子關係，雖有李嬤嬤本身性格造成的缺失，卻仍發揮著不可
替代的作用。

另一位經典的乳母，正是賈璉的奶媽趙嬤嬤。這一對乳母子，可謂是在主
子成長之後，維持彼此敬重且仍親暱的關係。第十六回中，趙嬤嬤為了兩名兒
子的差事來拜託賈璉與鳳姐，一進屋，夫妻倆便殷勤地招呼，趙嬤嬤執意辭坐
炕上，才在炕下杌旁的腳踏坐了，謹守僕人身份的禮節。賈璉隨即挑了兩盤餚

〔註23〕諸如第二十回大罵病中的襲人「一心只想裝狐媚子」、「哄得寶玉不理我」等
　　　　語。

饌，鳳姐更貼心的讓平兒熱了早起燉爛的火腿肘子給趙嬤嬤，又道：「媽媽，你嘗一嘗你兒子帶來的惠泉酒。」後文更直接將赴姑蘇聘請教習、採買女孩子、置辦樂器行頭的差事，教派給趙嬤嬤的兩個兒子，一切水到渠成。如此一見，趙嬤嬤行事低調，雖有乳養主子的乳母地位，仍清楚自己身為賈府僕人身份，謹守相應的禮節，因此受人敬重。

賈府待下寬柔，敬重老僕，然而，卻也因此縱出了不知天高地厚的刁奴。若說李嬤嬤只是在怡紅院中橫行，迎春乳母的行徑便可謂猖狂，先是私自偷了纍金鳳典當作為賭本，後來大觀園聚賭事發，被賈母親自下令嚴查明辦，其媳婦等人才厚顏無恥地向迎春求情。正如賈母大怒道：「這些奶子們，一個個仗著奶過哥兒姐兒，原比別人有些體面，他們就生事，比別人更可惡，專管調唆主子護短偏向。」（第七十三回）事態會發展至此，一是刁僕可惡，倚仗體面資歷生事，二是主子迎春過於懦弱無能，對於下人毫無約束力，三亦隱隱透露出賈府數代以來的人事管理問題。

書中也不乏積年老奴仗著資歷，而在府內橫行霸道、醉酒鬧事，例如第七回中，尤氏提起焦大之時的無可奈何：

> 只因他從小兒跟著太爺們出過三四回兵，從死人堆裡把太爺背了出來，得了命，自己挨著餓，卻偷了東西來給主子吃。兩日沒得水，得了半碗水給主子喝，他自己喝馬溺。不過仗著這些功勞情分，有祖宗時都另眼相待，如今誰肯難為他去。他自己又老了，又不顧體面，一味吃酒，吃醉了，無人不罵。（第七回）

焦大乃是陪國公爺一起上過戰場的積年老僕，正是所謂「三五代的陳人」（第六十三回），在賈府之中，主子就連長輩所賜的奴僕都須敬重幾分，如焦大這般服侍過祖輩的老僕，功勞情份更是不同一般，仗著自己的資歷功勞，日日醉酒謾罵，竟人人莫可奈何。對於積年老僕的恩養寬縱，雖出對於祖先的敬重，所也展現出了賈府管理的問題，以及逐近末世的日暮之氣。

二、貴族世家的末世與傾頹

《紅樓夢》第二回脂批云：「作者之意原只寫末世。此已是賈府之末世了。」（第二回）直接點明了賈府雖為「公侯富貴之家」，卻已面臨「末世」之命運。此外，第五回中，賈探春與王熙鳳，這兩位「金紫萬千誰治國，裙釵一二可齊家」的女子，人物判詞之中不約而同的出現了「才」與「末世」的結合，種種

跡象，皆呼應了賈府所處的正是「末世」。

賈府所面臨的末世，應是「貴族世家的末世」，而這與賈府的「隨代降等」之承襲制度，有著決定性的關聯。所謂「隨代降等」，乃是清代指賜封後隔代降爵。以賈府為例，寧榮二公皆係軍功起家，獲封一等國公，現已傳承至第三代，賈珍世襲「三品爵威烈將軍」（代賈敬），榮國府賈赦世襲「一等將軍」，又加恩封賈政為主事、現升員外郎。

與「隨代降等」制度相反的，是「世襲罔替」的王爺，例如第十四回秦可卿路祭之際搭設祭棚者列，有東平郡王、西寧郡王、南安郡王、北靜郡王，更有義忠親王（第十三回）、忠順親王（第二十三回），上述所列之親王、郡王等，都是高於公府的皇親國戚，因與皇室有著血緣之親，得享王爵之身，故而子孫亦能永享富貴爵祿。

與賈府同為「隨代降等」制度的，見第十四回秦可卿路祭時，所出現的「八公」：

> 那時官客送殯的，有鎮國公牛清之孫現襲一等伯牛繼宗，理國公柳
> 彪之孫現襲一等子柳芳，齊國公陳翼之孫世襲三品威鎮將軍陳瑞文，
> 治國公馬魁之孫世襲三品威遠將軍馬尚，修國公侯曉明之孫世襲一
> 等子侯孝康；繕國公誥命亡故，其孫石光珠守孝不曾來得。這六家
> 與榮寧二家，當日所稱「八公」的便是。（第十四回）

此八公應與滿清八旗制度有對照關係，從子孫恩封之衛職，可推測應與寧榮二公同樣係軍功起家。關於八公的世襲恩蔭，整理如下：

1. 寧國公賈演——孫世襲三品威烈將軍賈珍（代賈敬）
2. 榮國公賈源——孫世襲一等將軍賈赦
3. 鎮國公牛清——孫世襲一等伯牛繼宗
4. 理國公柳彪——孫現襲一等子柳芳
5. 齊國公陳毅——孫世襲三品威鎮將軍陳瑞文
6. 治國公馬魁——孫世襲三品威遠將軍馬尚
7. 修國公侯曉明——孫世襲一等子侯孝康
8. 繕國公——孫石光珠（未明言世襲爵位）

此八公，現皆已傳至第三代（由孫輩世襲承爵），爵位從一等國公，削減至子爵、伯爵或是將軍職。換言之，在「隨代降等」制度下，子孫雖榮受祖先恩蔭，卻無法永保富貴，爵位必然一代代削減、直至滅絕，如此導致的結果，

除了爵位的削減、家族的衰頹，更直接造成了奉餉收入的減少，唯有子弟重新透過科舉入仕，方有重新振興家族的機會。

《紅樓夢》中賈寶玉是家族傳承第四代的繼承人，面臨著隨代降等所帶來的「世家末世」，其中更包含貴族世家在精神內涵上的荒廢，此正是「補天」一詞在世俗涵義上的天之破口。結合前文牟宗三所言：「貴是屬於精神的（spiritual），富是屬於物質的（material）」[註24]，貴族世家所面臨的末世景象，亦可從「富」、「貴」兩個層次來進行分析。下文便就貴族世家的兩個內部原因（財務、子孫）及一個外部原因（政治）進行分析。

（一）財務窘境與管家之難

《紅樓夢》雖大筆描寫公侯富貴之家的大排場，卻也在行文之間隱隱透露出末世頹勢。在元春封妃帶來的「烈火烹油，鮮花灼錦」，以及大觀園內極盡鮮妍的青春敘事背後，卻是現實層面的財務狀況，在後期漸漸浮上檯面，成為一個不可忽視的重要問題。

第二回〈冷子興演說榮國府〉中，已藉冷子興之口提到賈府內「主僕上下安富尊榮者儘多，運籌謀劃者無一，其日用排場費用，又不能將就省儉，如今外面的架子雖未甚倒，內囊卻也盡上來了。」脂批評前兩句「乃今古富貴世家之大病。」小說中也有不少細節表現出今不如昨、每況愈下的差異，如第七十四回王夫人向鳳姐所嘆：

> 只說如今你林妹妹的母親，未出閣時，是何等的嬌生慣養，是何等的金尊玉貴，那才像個千金小姐的體統。如今這幾個姐妹，不過比人家的丫頭略強些罷了。（第七十四回）

可知賈母、王夫人，乃至於林黛玉之母賈敏，所享受過的「大榮華富貴」，遠是如今的賈府小姐所遠不能比的，從中便可窺知賈府榮華的一代不如一代。正如身為管家者的鳳姐所言：

> 況且外面看著，雖是烈烈轟轟，不知大有大的難處，說給人也未必信。（第六回）

賈府作為公侯富貴之家，富貴榮華數代，再加上出了一名皇妃，人人只見外頭的富貴體面，卻不知內裡財務的窘境。最為具體的，是第五十五回鳳姐所感嘆的：

[註24] 牟宗三：《中國哲學十九講》，（臺北：臺灣學生書局，1983），頁 160～164。

　　家裡出去的多，進來的少，凡百大小事仍是照著老祖宗手裡的規矩，
　　卻一年進的產業又不及先時。多減省了，外人又笑話，老太太、太
　　太也受委屈，家下人也抱怨刻薄；若不趁早兒料理省儉之計，再幾
　　年就都賠盡了。（第五十五回）

　　這段話，深深體現了「大有大的難處」。賈府的財務問題，源自於錢「出
的多進的少」，貴族世家有日常的排場花費需要支出，「凡百大小事仍是照著老
祖宗手裡的規矩」，代表這些花費仍是比照過去，有必須維護的體面，卻無足
夠的經費去支撐，長期如此，必然導致入不敷出。若不減省，幾年內便賠盡了；
然而，若是減省，既壞了體面，又委屈了享受過大榮華富貴的長輩，實非孝養
之道，這也是王熙鳳理家上的難題。

　　造成賈府「出去的多，進來的少」，根本原因在於，隨著家族壯大，子弟
旁支日益增多，下人僕役也越養越多，再加上已然習慣的富貴生活、需要維護
的體面排場，而家族收入卻日益減少，即使有固定的莊田供給，也難以應付日
益龐大的家庭支出。

　　賈府的主要收入，都來自於爵位薪俸及莊田收成，其中，爵位薪俸一項，
會因隨代降等制度而逐漸消減，朝廷的薪俸供給也隨著爵位削減而逐漸減少；
而莊田收成一項，則會因莊頭貪賄、荒年乾旱等因素，影響上繳的牲口、糧食
及銀錢。只是，賈府在僅憑這兩項收入來源，逐漸入不敷出之際，竟從未嘗試
從別處開置產業，見第五十三回中寫賈珍接見莊頭烏進孝時所言：

　　我這邊都可，已沒有什麼外項大事，不過是一年的費用費些。我受
　　些委屈就省些。再者年例送人請人，我把臉皮厚些，可省些也就完
　　了。比不得那府里，**這幾年添了許多花錢的事，一定不可免是要花
　　的，卻又不添些銀子產業**。這一二年倒賠了許多，不和你們要，找
　　誰去！（第五十三回）

　　在收支已然不平衡的狀況下，卻也「不添些銀子產業」，未多加開源，如
此境況，必然導致最終入不敷出、虧空賠盡的窘況。

　　除此之外，上述還提到「這幾年添了許多花錢的事」，正從「元妃省親」
而起。這件被稱之為「烈火烹油，鮮花灼錦」的非常喜事，替賈府帶來了富貴
榮極的二次鼎盛之景，卻也造就了財政上的倒賠虧空。「貴妃省親」的規模，
堪比接駕，正如第十六回趙嬤嬤所見的甄家接駕之景：

　　別講銀子成了土泥，憑是世上所有的，沒有不是堆山塞海的，「罪過

可惜」四個字竟顧不得了。……也不過拿著皇帝家的銀子往皇帝身
上使罷了！誰家有那些錢買這個虛熱鬧去？（第十六回）

如此描述，可見接駕所耗之財物驚人。賈府耗費無數人力物力，所築造出
「天上人間諸景備」的大觀園，令元妃「默默嘆息奢華過費」，並在回鑾前叮
囑：「萬不可如此奢華靡費了。」（第十八回）小說中雖僅寫一次省親，然而，
大觀園的維護修整，成為了家族日常開銷之外的額外花費，且作為省親別墅，
妥善維護大觀園意味著對於皇室的敬意，半點輕慢不得，這致使大觀園徒增賈
府支出而毫無收益，直到探春改革時，妥善運用園中資源，增加小額收入，然
而，對於大觀園所造成的收支失衡，依然只是杯水車薪。

此外，賈府作為「公侯富貴之家」，又因元春封妃，而獲得了「皇親國戚」
的身份，在財政上，卻並未因此而有裙帶關係可加以染指。見第五十三回中
描述：

> 烏進孝笑道：「那府裡如今添了事，有去有來，娘娘和萬歲爺豈不賞
> 的！」賈珍聽了，笑向賈蓉等道：「你們聽，他這話可笑不可笑？」
> 賈蓉等忙笑道：「你們山坳海沿子上的人，哪裡知道這個道理？娘娘
> 難道把皇上的庫給了我們不成！他心裡縱有這心，他也不能作主。
> 豈有不賞之理，**按時到節不過些彩緞古董頑意兒**。縱賞銀子，不過
> 一百兩金子，才值一千兩銀子，夠一年的什麼？這兩年哪一年不多
> 賠出幾千銀子來？頭一年省親連蓋花園子，你算算那一注共花了多
> 少，就知道了。**再兩年再一回省親，只怕就精窮了。**」（第五十三回）

賈府唯一能夠從皇家獲得的財政補貼，只有符合年節賞賜的「彩緞古董頑
意兒」，雖然貴重，卻是皇家御賜之物，無法變賣補貼；而偶有賞賜的現金，
也完全無法補平支出。從文中可知，元妃省親與蓋大觀園，是賈府近年最為大
筆的支出，也是致使倒賠的關鍵，之後年年倒賠幾千兩銀子，甚至完全無法負
荷下一次的省親。

除此之外，更有來往宮廷的宦者，經常派人來賈府借名索要銀子，見第七
十二回：

> 「夏太府打發了一個小內監來說話。」賈璉聽了，忙皺眉道：「又是
> 什麼話，一年他們也搬夠了。」……那小太監便說：「夏爺爺因今兒
> 偶見一所房子，如今竟短二百兩銀子，打發我來問舅奶奶家裡，有
> 現成的銀子暫借一二百，過一兩日就送過來。」鳳姐兒聽了，笑道：

「什麼是送過來，有的是銀子，只管先兌了去。改日等我們短了，再借去也是一樣。」小太監道：「夏爺爺還說了，上兩回還有一千二百兩銀子沒送來，等今年年底下，自然一齊都送過來。」……那小太監便告辭了，鳳姐命人替他拿著銀子，送出大門去了。這裡賈璉出來笑道：「這一起外祟何日是了！」鳳姐笑道：「剛說著，就來了一股子。」賈璉道：「昨兒周太監來，張口一千兩。我略應慢了些，他就不自在。將來得罪人之處不少。這會子再發個三二百萬的財就好了。」（第七十二回）

從「一年他們也搬夠了」、「上兩回還有一千二百兩銀子沒送來」、「昨兒周太監來，張口一千兩」等話，可知太監來賈府索要銀子，並非罕事。為難的是，這些宦官多是替元妃傳遞消息，又或服侍其他貴人，輕易得罪不得。賈府不能輕易地得罪這些來往宮廷傳送訊息的宦者，只得表面和氣的應付太監壓榨，長年累月之下，可謂內外虛耗、腹背受敵。

賈府的財務虧空，作為管家者的鳳姐，並非從未提出減省之法，卻在推行過程中受到多方阻礙——除了在向王夫人提出裁撤下人時鎩羽而歸，又對於有關家族體面的難題進退兩難。面對千湊萬挪仍帳面透支的境況，鳳姐只能典當貴重財物，以緩無錢可用的難題。

小說中出現典當物品的情節，第七十二回，王夫人為了老太太的生日，將「後樓上現有些沒要緊的大銅錫傢伙四五箱子」拿去典當了三百兩銀子；也經常看到鳳姐典當金項圈以應急，如第七十二回「暫押四百兩銀子」打發太監，及第七十四回「暫押二百兩銀子」應付邢夫人；此外，鳳姐還將西洋進口的金自鳴鐘賣了，所得的「五百六十兩銀子」，也不過半月之用。此外，第七十二回，還有賈璉求鴛鴦偷運賈母的舊財物出來典當：

姐姐擔個不是，暫且把老太太查不著的金銀家伙偷著搬運出一箱子來，暫押千數兩銀子支騰過去。不上半年的光景，銀子來了，我就贖了交還，斷不能叫姐姐落不是。（第七十二回）

家境窘迫到需要偷盜長輩的財物去典當，可見賈璉夫婦當家之難。然而，當第七十四回，賈璉說向鴛鴦借當之事走漏風聲，鳳姐怕連累了鴛鴦，平兒卻道：

鴛鴦借東西看的是奶奶，並不為的是二爺。一則鴛鴦雖應名是她私情，其實她是回過老太太的。（第七十四回）

從這段話中可知，賈母非常清楚榮國府入不敷出的財務窘境，也很理解賈璉夫

妻的難處，卻不能明著開了借子孫錢財的先例，故而假裝不知情，暗中相助。然而，典當財物只能解燃眉之急，並非長久之計。貴族大家要到了要須以典當換取金錢的地步，已然十分窘迫不堪。

賈府內囊窘迫，試圖減省無果，眼看無錢可用，在小說中，王熙鳳選擇放高利貸以增加收入。第三十九回，平兒悄悄告訴襲人放貸的事實：

> 襲人又叫住問道：「這個月的月錢，連老太太和太太還沒放呢，是為什麼？」……平兒悄悄告訴他道：「這個月的月錢，我們奶奶早已支了，放給人使呢。等別處的利錢收了來，湊齊了才放呢。因為是你，我才告訴你，你可不許告訴一個人去。」襲人道：「難道他還短錢使，還沒個足厭？何苦還操這心。」平兒笑道：「何曾不是呢。這幾年拿著這一項銀子，翻出有幾百來了。他的公費月例又使不著，十兩八兩零碎攢了放出去，只他這體己利錢，一年不到，上千的銀子呢。」襲人笑道：「拿著我們的錢，你們主子奴才賺利錢，哄的我們呆呆的等著。」（第三十九回）

王熙鳳放貸，小說實際上早有鋪墊，第十五回弄權鐵檻寺，王熙鳳最後「坐享了三千兩」，應是最初放貸的本金；在第十六回，平兒謊答賈璉說香菱來了，實是來旺媳婦給王熙鳳送利錢；此外，除了第三十九回襲人詢問月錢，第五十五回也有秋紋詢問月錢何時發放的情節，可見王熙鳳遲放月錢，拿賈府公款放貸，應是常態。

對於王熙鳳發放高利貸，收取利錢，賈府中人多半認為全是王熙鳳中飽私囊，並未相信其中與賈家虧空的財務窘境有關。因賈府富貴年久，多數人並不相信「沒錢」的事實，只關心與自己切身相關的利益，埋怨管政者裁撤自己的利益，並未考慮長遠的家計，這正是鳳姐所言：「這幾年生了多少省儉的法子，一家子大約也沒個不背地裡恨我的。」（第五十五回）如此一來，財務窘境造就了人心浮動，也衍生出人事管理問題。這樣機關算盡，又不得人心，正映〈聰明累〉中「枉費了意懸懸半世心」，也正如王熙鳳自己所說：「我也是一場痴心白使了。」（第七十二回）

（二）子孫不肖及禮法崩潰

貴族之所以「貴」，源自於上層階級所有的文化涵養，教養子孫乃是傳承的重中之重。第二回冷子興說：「如今的這寧、榮兩門，也都蕭疏了，不比先時的光景。」令雨村納罕：「這樣詩禮之家，豈有不善教育之理？別門不知，

只說這寧、榮二宅，是最教子有方的。」可見從外人眼光看來，寧榮二府是名副其實的詩書簪纓之家，而末世崩潰的展現，便在世家門風庭訓的敗壞之上。

賈府家風的敗壞，源自於族中子弟的無人管教。寧國府「敬老爹一概不管。這珍爺那裡肯讀書，只一味高樂不了，把寧國府竟翻了過來，也沒有人敢來管他」（第二回），因賈敬的放縱，致使賈珍賈蓉肆意妄為；而榮國府雖有賈政「訓子有方，治家有法」（第四回），卻因賈珍為族長，不好越權，且不以俗物為要，閒來也只「看書著棋」，並未管教寶玉以外的賈家子弟。因家族男性掌權者的疏於管教，致使族中子侄多遊手好閒，成為紈絝子弟，這一點，可見第四回，薛蟠初入住賈府一段：

> 賈宅族中凡有的子侄，俱已認熟了一半，凡是那些紈絝氣習者，莫不喜與他來往，今日會酒，明日觀花，甚至聚賭嫖娼，漸漸無所不至，引誘的薛蟠比當日更壞了十倍。（第四回）

薛蟠初到賈府，原不欲住下來，深怕受到姨父賈政的管束。然而，住了不到一個月，卻與賈家子侄中「紈絝氣習者」臭氣相投，日日會酒觀花，聚賭嫖娼，無所不為，竟樂不思蜀，比最初「更壞了十倍」。以「呆霸王」薛蟠觀賈家子侄，可見賈家子弟多是不事生產的紈絝子弟，只日日遊手好閒，吃喝嫖賭。

小說中也寫到賈家的家塾。家塾原是替族中沒有能力請家庭教師的寒門子弟，提供的免費教育場所，故而入學皆是「本族人丁與些親戚家的子弟」，然而，卻因入學人員眾多，而混有「龍蛇混雜，下流人物」在內，在第九回〈起嫌疑頑童鬧學堂〉，出現了學童因際大打出手的混亂場景，當場監課的賈瑞也是胡亂處理，教學水準和管理水平皆是堪憂。而本該關注、支持家塾發展的賈府嫡支掌權者，或醉心修仙，或沈溺聲色，或不聞不問，致使家塾積弊而改善無望。

此外，第二回亦提到：「更有一件大事：誰知這樣鐘鳴鼎食之家，翰墨詩書之族，如今的兒孫，卻一代不如一代了。」更有第七回焦大醉罵所言：「我要往祠堂裡哭太爺去，哪裡承望到如今生下這些畜生來！」此外，第十二回批語道：「處處點父母癡心，子孫不肖——此書係自愧而成。」種種細節皆點明了，除了上無人管教之外，「子孫不肖」更是此「末世」難以轉圜的一大主因。

寧榮二府乃係軍功起家，隨代降等承襲之下，爵位並非世襲罔替，即使祖先在戰場上搏殺掙下偌大家業，爵位仍勢必隨著代代削減，直至歸零。如此一來，子孫絕不能安逸於富貴享樂，必然需要替家族延續而另尋出路，這便是「科

舉入仕」的必要性，也是貴族子弟「讀書」的重要之故。換句話說，讀書進業、考取科舉，是世家末世的繼承人，為了家族存續而必須走上的道路。

而賈宅族中，有一半是「紈絝氣習者」，加之家塾風氣敗壞，根本難以達到妥善教育的目的，只整日游手好閒，吃喝玩樂；而具有繼承資格的嫡系子孫，肩負了家族存續的重責大任，卻因個人素質而難可承望。見第五回太虛幻境中，警幻仙姑受寧榮二公之託，以聲色啟蒙寶玉時所言：

> 適從寧府所過，偶遇寧榮二公之靈，囑吾云：「吾家自國朝定鼎以來，功名弈世，富貴傳流，雖歷百世，奈運終數盡，不可挽回者，故近之子孫雖多，竟無一人可以繼業。其中惟嫡孫寶玉一人，秉性乖張，生性詭譎，雖聰明靈慧，略可望成，無奈吾家運數合終，恐無人規引入正。」（第五回）

寧榮二公所說的「雖歷百世，奈運終數盡」、「無奈吾家運數合終」，正與「末世」的無奈現實呼應。賈家承襲已傳至第三代（寧國府賈敬、榮國府賈赦），綜觀能繼承家族的子弟（第四代玉字輩），竟僅有寶玉一人「略可望成」，身繫百年家族存續的重責大任，故而寧榮二公託警幻仙姑將寶玉「規引入正」，希望寶玉能夠在此聲色啟蒙之後，步回世俗價值下的正途，承擔起嫡系男孫所應肩負的家族責任；至於其他子孫，則因皆屬「皮膚淫濫之徒」，連「略可望成」的資格都沒有，無一可以冀望。

然而，寶玉卻是個秉正邪二氣而生的情痴情種，天生最恨仕途經濟。第三十二回，湘雲勸寶玉讀書交際一段，便能直接能看出寶玉對於科舉仕途的態度：

> 湘雲笑道：「還是這性情不改。如今大了，你就不願讀書去考舉人進士的，也該常常的會會這些為官做宰的人們，談談講講些仕途經濟的學問，也好將來應酬世務，日後也有個朋友。沒見你成年家只在我們隊里攪些什麼！」寶玉聽了道：「姑娘請別的姊妹屋裡坐坐，我這裡仔細污了你知經濟學問的。」襲人道：「雲姑娘快別說這話。上回也是寶姑娘也說過一回，他也不管人臉上過的去過不去，他就咳了一聲，拿起腳來走了。……誰知這一個反倒同他生分了。那林姑娘見你賭氣不理他，你得賠多少不是呢。」寶玉道：「林姑娘從來說過這些混帳話不曾？若他也說過這些混帳話，我早和他生分了。」襲人和湘雲都點頭笑道：「這原是混帳話。」（第三十二回）

對於此等汙了女兒清淨的「混帳話」，即使是出自青梅出馬的湘雲之口，寶玉直接摺下臉，下了逐客令，面對同樣曾勸其琢磨「仕途經濟的學問」的寶釵，寶玉也是展現不假辭色的漠視拒絕，與平日的體貼入微、做小伏低，形成極大反差，充分表現出對科舉一途的排拒；相反的，「不曾說過此等混帳話」的，僅有林黛玉一人，正顯示出了寶玉和黛玉在性靈追求上的精神知己關係。如此可見，寶玉身為秉賦正邪二氣而生的情痴情種，雖在性靈追求的生命傾向上，開出了別於傳統價值的意義，但在世俗涵義的承擔上，無疑是失職的。是以第三回，王夫人與黛玉說話時提及寶玉，道「我有一個孽根禍胎」，脂批云：「四字是血淚盈面，不得已、無奈何而下。四字是作者痛哭」（第三回），實是對於無法挽救家族，感到痛心疾首的愧悔之語

貴族世家面臨末世的困境，只能期盼有子孫能夠承擔百年存續大任，扭轉頹勢。而眾多子孫之中，竟無人能夠挺身而出，唯一「略可望成」的寶玉，生命傾向悖離傳統價值的追求，其他子弟則皆是皮膚淫濫之徒，縱情聲色享樂。子孫不肖，無可寄望，是致使家族傾覆的重大原因之一。

「貴族末世」的另一展現，就在於禮教內涵的衰頹殆盡。「禮教」原是社會倫常之下，安定群體的秩序規範，卻隨著「末世」而徒留儀節，甚至出現悖禮亂倫之舉。如第七回焦大醉罵所言：

> 焦大越發連賈珍都說出來，亂嚷亂叫說：「我要往祠堂里哭太爺去。那裡承望到如今生下這些畜牲來！每日家偷狗戲雞，爬灰的爬灰，養小叔子的養小叔子，我什麼不知道？咱們『胳膊折了往袖子里藏』！」眾小廝聽他說出這些沒天日的話來，唬的魂飛魄散，也不顧別的了，便把他捆起來，用土和馬糞滿滿的填了他一嘴。（第七回）

焦大這般曾跟隨國公爺出生入死的老僕，醉罵失神之時，抖漏出了主人家「爬灰的爬灰，養小叔子的養小叔子」的醜事，可見這等亂倫養奸之事，是寧國府內公開的秘密，人人盡知，只是不宣之於口罷了。而正如第六十六回柳湘蓮所說，寧國府「除了那兩個石頭獅子乾淨，只怕連貓兒狗兒都不乾淨」，寧府宅內淫亂不堪，更到了外人盡知的地步。

此外，禮法精神的頹敗，又呈現在禮制中最為重要的「孝」與「喪」之上。第六十三回〈死金丹獨艷理親喪〉，寧府輩份最高的長輩賈敬去世，竟只見尤氏一人理喪，身為兒孫的賈珍與賈蓉重孝在身，表面正經，背面上卻與尤氏姐妹快活風流，如此行徑，可為罔顧禮法至極。另外第七十五回〈開夜宴異兆發

悲音〉，賈珍等一行人竟在守孝期間的中秋夜，領著妻妾，殺豬宰羊，飲酒行令，盡興取樂，引起《紅樓夢》中的鬧鬼事件：

> 唱罷復又行令。那天將有三更時分，賈珍酒已八分。大家正添衣飲茶，換盞更酌之際，**忽聽那邊牆下有人長嘆之聲**。大家明明聽見，都悚然疑畏起來。賈珍忙厲聲叱詫，問：「誰在那裡？」連問幾聲沒有人答應。尤氏道：「必是牆外邊家裡人也未可知。」賈珍道：「胡說。這牆四面皆無下人的房子，**況且那邊又緊靠著祠堂，焉得有人。**」一語未了，只聽得一陣風聲，竟過牆去了。恍惚聞得祠堂內槅扇開闔之聲。（第七十五回）

父喪守孝期間，罔顧儀制的飲酒取樂，乃是禮教最核心的「孝」精神淪喪殆盡，也莫怪寧榮二公難以瞑目，對此等不肖子孫深深嘆息。諸如上述種種，正是精神力量徹底崩壞所導致的世家末世之景，無一子孫能夠有所承擔起「貴族」應有的人格價值，莫怪八十回後無一人能夠支撐起家族，只能無力地面臨抄家頹敗的命運，走向了「樹倒猢猻散」、「落了片白茫茫大地真乾淨」的結局。

（三）皇宮內外的唇齒相依

政治因素是影響貴族世家末世的外部因素，也是全書描寫最為隱晦的部分。第一回中寫到，《石頭記》是一部頑石親身經歷的陳跡故事，「其中家庭閨閣瑣事，以及閒情詩詞倒還全備，或可適情解悶，然朝代年紀、地與邦國，卻反失落無考。」小說中亦反覆強調，這是一個「太平昌明之世」（第一回），「今上崇詩尚禮」（第四回）、「當今以孝治天下」（第五十五回）。此外，第一回提到，空空道人抄錄《石頭記》的原因：

> 因見上面雖有些指奸責佞貶惡誅邪之語，亦非傷時罵世之旨，及至君仁臣良父慈子孝，凡倫常所關之處，皆是稱功頌德，眷眷無窮，實非別書之可比。雖其中大旨談情，亦不過實錄其事，又非假擬妄稱，一味淫邀艷約、私訂偷盟之可比。因毫不干涉時世，方從頭至尾抄錄回來，問世傳奇。（第一回）

可見《石頭記》的內容，多有「稱功頌德」之語，亦紀錄「大旨談情」之言，作者的創作動機主要在於「為閨閣昭傳」，對於政治時事，亦無意於謗時罵世。書中的歌功頌德之語，除卻大力讚美今上「聖明仁孝」之外，可從「元妃省親」之事細究端倪。

清代史料中極少允准后妃省親之例，〔註25〕頂多是皇帝恩准嬪妃親眷入宮探視，斷斷沒有大開宮妃省親之例。小說中提到，准許嬪妃省親，也是因為當今聖上深明「孝」理，體恤宮妃思親之情，故而啟奏太上皇、皇太后，准許皇后親眷入宮，又特許恩准諸椒房貴戚，修蓋省親別院，讓宮妃得敘天倫，除了賈元妃，還有周貴人、吳貴妃等，也在恩准省親之列。由此可知：其一，恩准省親並非賈家特權，如周貴人、吳貴妃等高位宮妃亦在恩准之列；其二，當今皇帝之上，尚有太上皇、皇太后，可合理推論應是太上皇禪位予今上，並無奪嫡爭位之皇室悲劇，如此也符合「太平昌明之世」之語；其三，今上深明「孝」理，在豐足的物質生活之餘，體恤宮妃思親之意，恩准省親，正映證了第十八回元春所嘆：「今雖富貴已極，骨肉各方，然終無意趣！」可見皇帝深諳人情，以破格省親的方式，彌補了宮妃難續天倫的遺憾。

與政治最為相關的賈府人物，莫過於賈元春。這位與生在元旦的賈府大小姐，因受封鳳藻宮尚書、加封賢德妃，為逐趨衰勢的賈府，帶來了「烈火烹油，鮮花灼錦」的二次鼎盛之景，成為最接近皇權中心的一名人物。元春的命運，可謂與賈府盛衰彼此糾葛，二者緊密相依、息息相關。第五回太虛幻境薄命司判詞記載道：

> 二十年來辨是非，榴花開處照宮闈；三春爭及初春景，虎兕〔註26〕
> 相逢大夢歸。（第五回）

「榴花」乃是元春的象徵花，「照宮闈」與圖讖「弓櫞」，意指其封妃居於宮中之景；「三春爭及初春景」句，多數認為是迎春、探春、惜春三姐妹，未能及得上長姐元春，替家族帶來的榮華盛景。至於首句與末句，雖是歷來難解的紅學公案之一，仍可推測元春最終應是死於政治鬥爭之中。

〔註25〕清代史料中，唯一見載有省親紀錄的后妃，是咸豐六年（西元1856年），孝欽后（即慈禧太后）產育皇子載淳（即清穆宗，同治皇帝）有功，奉准省親一次。《清稗類鈔・宮闈類》：「穆宗誕生九月，時孝欽后猶為妃也，承文宗特恩，賜回家省親一次。先有太監至其家，告以某時駕到。屆時，太監及侍衛群擁黃轎而至，其母率家人親戚排立院中。入內堂，太監請妃降輿，登堂升坐，除母及長輩外，皆跪地叩頭。排筵宴，母陪坐於下，蓋以妃為皇子之母也。」〔清〕徐珂編撰：《清稗類鈔》第十二冊，（臺北：臺灣商務，1917年），頁41。

〔註26〕甲戌、庚辰、蒙府、戚序、夢覺、舒序本作「虎兔」；己卯、夢稿本作「虎兕」；卞藏本作「虎兒」。「虎兕相逢」，指兩猛獸相爭，暗指宮廷鬥爭導致死亡；「虎兔相逢」則以編年解，寓意寅卯年相接，暗指康熙、雍正帝位交接之際，對現實中曹家的打擊；「虎兒」則為明顯傳抄訛誤。此處採「虎兕」解之。

第十八回省親之際，元春所點的四部戲，與紅樓夢的結局大有關係。第一齣〈豪宴〉，脂批云：「《一捧雪》中伏賈家之敗。」第二齣〈乞巧〉，脂批云：「《長生殿》中伏元妃之死。」第三齣〈仙緣〉，脂批云：「《邯鄲夢》中伏甄寶玉送玉。」第四齣〈離魂〉，脂批云：「《牡丹亭》中伏黛玉死。所點之戲劇伏四事，乃通部書之大過節、大關鍵。」

其中，「《一捧雪》中伏賈府之敗」，《一捧雪》所講述的是一明代富商，因擁有一只名叫「一捧雪」的稀世玉杯，而引來奸臣覬覦誣告，不得不出逃流亡。《紅樓夢》中也有類似的故事，賈赦看上了石獃子的扇子，賈雨村趁機巧取豪奪，將扇子獻與賈赦，致使石家家破人亡。如此看來，如《一捧雪》般，因寶物致使家亡人散財空的故事，極可能致使賈府敗落的關鍵契機。

另外，從「《長生殿》中伏元妃之死」一條，可知賈元妃的死因，絕非高鶚續書中的「發福致死」。《長生殿》所講述的，是唐玄宗與楊貴妃的愛情故事，七月七夕長生殿，月半無人私語時。在天願作比翼鳥，在地願為連理枝，最後的結局卻是將士群情威逼之下，楊貴妃被迫自縊於馬嵬坡。這樣的結局，正可與第五回元春之曲〈恨無常〉對照：

> 喜榮華正好，恨無常又到。眼睜睜，把萬事全拋；盪悠悠，把芳魂消耗。望家鄉，路遠山遙。故向爹娘夢裡相尋告：兒命已入黃泉，天倫呵，須要退步抽身早。（第五回〈恨無常〉）

〈恨無常〉一曲，以元春已然步入黃泉之口吻，諄諄勸告爹娘須趁早退步抽身。其中，「望家鄉，路遠山高」一句，可推測元妃之死極可能不在宮廷之中，「盪悠悠，把芳魂消耗」一句，則隱喻其死法很可能是與楊貴妃自縊相似。由此可見，元春之死，應是在受享了鼎盛榮華之後，在皇室鬥爭之中，轟然倒臺。

元春的生死，與賈府的命運，可謂是唇齒相依的命運共同體。小說中也多以物讖之形式暗示元春的結局，例如第二十二回〈製燈謎賈政悲讖語〉，元春與眾姐妹猜的元宵燈謎，元春所製的燈謎是：

> 能使妖魔膽盡摧，身如束帛氣如雷。一聲震得人方恐，回首相看已化灰。（第二十二回）

謎底是「爆竹」，乃是「一響而散之物」，在上元佳節以這不詳之物做謎，正應證元妃榮極一時的景象，終歸是曇花一現。又如第三十一回，湘雲與翠縷主僕二人談論陰陽時，見到大觀園中開的「樓子花」：

翠縷道：「他們那邊有棵石榴，接連四五枝，真是樓子上起樓子，這也難為他長。」湘雲道：「花草也是和人一樣，氣脈充足，長的就好。」（第三十一回）

此「樓子花」的花種正是象徵元春的石榴花，開在因省親而建造的大觀園中，出現「接連四五枝，樓子上起樓子」之奇景，正是盛開至極、便易崩塌之景。無論是「一響而散」之爆竹，還是「接連四五枝、樓子上起樓子」之石榴花，種種物讖皆暗示著，在蒙受皇恩之後，雖富貴榮盛已極，一旦在皇權鬥爭中失敗，便萬劫不復的命運。

賈元春之命運，直接的影響了賈府的盛衰。第十六回元春受封貴妃，為賈家帶來了「烈火烹油，鮮花灼錦」的鼎盛富貴，邁向了二度的榮盛之象；而八十回後，先是甄家敗落抄家，接著元春死於政爭，賈府失去了最大的靠山，加之內裡虧空，又因「一捧雪」之類似原因而遭罪，便隨之大廈傾頹。

除了直接與皇權相關的元妃，紅學中亦有索引派、鬥爭派，認為直接造就賈府敗落的，乃是政治上的鬥爭，與忠順王府、秦可卿等人物有關。然而，以上都沒有直接的證據，也與小說中所明寫的「太平昌明之世」相悖。無論《紅樓夢》中的政爭真相如何，也應只是壓倒駱駝的最後一根稻草，小說一開始就已然點明了「末世」的困局，貴族世家傳承百年，世襲爵位隨代削減，子孫不肖無以繼業，禮法精神崩潰頹敗，皆是末世困局的難題。

第三節　「補天」之世俗涵義在小說中的具體呈現

《紅樓夢》數度明言其末世困局，並點明子孫無以繼業的痛心疾首，前八十回中，也可清楚見到賈府從「烈火烹油，鮮花灼錦」的鼎盛之景，再次邁向日暮衰頹之勢。

世俗涵義之「補天」是依循著人倫的、群體的傳統價值，所欲解決的，是「家族如何延續、乃至於振興」的問題。既然終極目標是「家族振興」，所欲執行的對象，必然是家族之中的嫡系子孫，肩負世俗意義之下，對於家族、社會的承擔，在貴族世家衰敗的末世困局之中，對家族作出努力和貢獻，如此，才得以討論繼承、延續的問題。

關於「世俗涵義之補天者」的判定條件，除了最為關鍵之血緣以外，補天者的性別、身份、才能、個人意志等因素，皆影響其能否對於家族帶來實質性

助益。在上述因素中，又以「性別」一項，最能凸顯補天者的差異。古代社會中，男性與女性的分工可謂是涇渭分明，生活場域與職分任務皆有所不同——男性所能「補」的，是大格局的天，小至反躬自身，大至家國天下；而女性，被框束在內宅深院之中，大門不出，二門不邁，在傳統社會中，一向只被視為父權之附屬品存在。

一、男性承業

〈大學〉有云：「古之欲明明德於天下者，先治其國；欲治其國者，先齊其家；欲齊其家者，先修其身；欲修其身者，先正其心；欲正其心者，先誠其意；欲誠其意者，先致其知；致知在格物。物格而後知至，知至而後意誠，意誠而後心正，心正而後身修，身修而後家齊，家齊而後國治，國治而後天下平。」〔註27〕傳統社會中的貴族子弟，素來接受良好教育，以「修身，齊家，治國，平天下」為期許抱負。小說中，對於男性子孫的期許，正應「讀書明理，輔國治民」（第四十二回），可見在世俗的價值觀下，貴族子弟接受良好的教育，追求仕途經濟，以一己之才報效國家，揚名立功，方是濟世補天之效。

從第二回文本中，可知賈府第一代被封為一等國公，子孫以隨代降等制承襲爵位，已傳至第三代，第四代玉字輩是為繼承人。其中，一脈單傳的寧國府，被稱作「只有門口兩座石獅子乾淨」（第六十六回），焦大醉罵時道「爬灰的爬灰，養小叔子的養小叔子」（第七回），可見府邸風氣敗壞已到人盡皆知的地步。賈敬僅有賈珍一子，整日燒丹煉汞，求仙訪道，不問世事；賈珍代父承襲爵位，是寧國府的掌政者，因少有父親管束，故而「哪裡肯讀書，只一味高樂不了，把寧國府竟翻了過來，也沒有人敢來管他」（第二回），前有與兒媳婦偷情之爬灰醜事，後有與尤氏姐妹狎玩之豔事，更在父喪期間夜宴享樂，在道德層面上，孝道與倫理皆可謂淪喪殆盡；賈蓉為寧國府唯一的嫡系繼承人，第十二回有與賈薔一起捉弄賈瑞之事，更與其父有聚麀之誚，種種行徑，實在淫穢不堪。正所謂「箕裘頹墮皆從敬，家事消亡首罪寧」（第五回），寧國府的精神崩潰，正是賈府男性子孫「不肖」的濃縮剪影。

至於榮國府，大房襲爵的賈赦，好色昏庸，碌碌無為，第四十六回描寫其欲強納鴛鴦的醜態，更有在孝期夜宴享樂之事；賈璉行事荒唐，有白日宣淫（第七回）之舉，更有與多姑娘、鮑二家的偷情之事。二房的賈政雖喜好讀書，「原

〔註27〕〔宋〕朱熹：《四書章句集注》，（臺北：大安出版社，1999年），頁4。

欲以科甲出身」，卻早被朝廷蔭補恩職，未能以科舉進仕；長子賈珠，十四歲
便進學，不到二十歲就娶妻生子，雖被脂批點評為「略可望者」〔註28〕，卻英
年早逝，未能成就大器；次子賈寶玉，雖是寧榮二公欽定的「略可望成」者，
卻是名情痴情種，生平最恨讀書，對於科舉仕途嗤之以鼻；庶子賈環亦是猥瑣
不堪，忌恨嫡兄，多次栽贓陷害，種種小人行徑，難以成器。

綜觀上述之男性子孫，幾乎全是養尊處優、不思進取的紈褲子弟，無法肩
負對於家族的承擔，其中更有甚者，多是「皮膚淫濫之徒」，整日縱情聲色，陷
溺於感官享樂之中，無法從情慾之迷津中警醒，更不可能觸及「意淫」之境界。

至於，歸在「略可望成」之列的子孫，則集中在榮府二房的嫡支：賈政雖
早年有欲以科甲出身之意，卻因賈代善臨終前遺本上奏，皇帝額外恩加蔭銜
「主事，今已升至員外郎」，即使有所晉升，也仍是正式編制以外的人員，未
能從科舉正途出仕，進入朝廷的權力核心；而第四代子孫當中，賈珠的勤勉好
學，不到二十歲便娶妻生子，這樣的人生軌跡，應是最為對符合貴族子弟之期
許者，卻不幸一病早逝。如此，唯一剩下的子孫中，「略可望成」者，就只剩
下賈寶玉一人。而賈寶玉天性「愚頑怕讀文章」，生平最恨經濟仕途學問，不
願回歸家族所期望的道路，如此，在「家族復興」一途上，賈家的子孫可謂全
部覆滅。碩果僅存的，唯有第五代的賈蘭一人。

二、女性持家

綜觀古代貴族家族中的女性成員，不外乎兩種身份：未嫁之小姐、已嫁之
媳婦。小姐與家族中的男性成員同宗同源，乃是血脈相連之親骨肉；媳婦則是
來自其他家族，因婚配關係而成為家族中的一員。「出嫁」是古代女子生命中
最為關鍵的身分轉換，從深閨中懵懂未嫁的青春少女，因媒妁婚約而來到另一
個家族，肩負起全新的身份，成為妻子、兒媳、乃至於人母，承擔起相應的責
任，掌管家務、侍奉公婆、養育子女，種種皆是世俗倫常下的義務。

在古代的貴族家庭中，小姐為原生家族帶來的貢獻，僅有婚嫁為家族帶來
的姻親關係，小說中講到：「四大家族聯姻有親，一榮俱榮，一損俱損。」（第
二回）貴族子女的婚配，是使家族壯大的籌碼。除卻婚嫁所締造的姻親關係，
女性終其一生所能對家族帶來的貢獻，幾乎都在夫家，故而俗諺有云：「嫁出

〔註28〕第二回借冷子興之口述賈家人事，提及賈珠「十四歲進學，不到二十歲就娶了
妻生了子，一病死了。」甲戌側批云：「略可望者即死，嘆嘆！」

去的女兒是潑出去的水。」小說中的例外，是賈元春的封妃，因其所嫁的對象
是當今聖上，在至高無上的皇權籠罩下，自身備受隆眷，得以蔭及母家，致使
賈家在短期之內，達到了復興鼎盛之效；小說中類似的案例，尚有遠嫁為王妃
的探春，然而，雖身為王妃之尊，自身又頗具精明補天之才，卻仍對賈府抄家
敗落的頹勢，鞭長莫及，由此可見，就一般常例而言，女性對於家族的貢獻，
在於夫家，並不在娘家。

　　在貴族世家的末世困局之下，「家族振興」是為終極目標。綜觀家族成員，
男性子孫具有繼承家業、求取科考的資格，能夠在家宅以外的世界，搏取另一
方天地；而古代女子「大門不出，二門不邁」，受限深閨內宅之內，既沒有繼
承家族的資格，也無法以自身之力求取功名，即使自身具有過人見識或精明才
幹，也因性別所受的限制，難有展示才幹的一番天地。正如第五十五回，探春
所嘆恨的：

　　　　我但凡是個男人，可以出得去，我早走了，立出一番事業來，那時
　　　　自有一番道理；偏我是女孩兒家，一句多話也沒我亂說的。（第五十
　　　　五回）

如此一番話，將自己身為「女孩兒家」的無奈現實，與「男人」所能遇到
截然不同的境遇，做出了鮮明的對比，更加突顯自身「才自精明志自高」，卻
因女兒身而不得施展的痛心無奈。歸根究底，在古代的時代脈絡下，女性僅是
父權社會下的附屬品，女性縱然有「金紫萬千誰治國，裙釵一二可齊家」之見
識才幹，卻根本沒有身份資格去承擔與成就，因此有探春的痛心之語，也才有
作者對於女子的惋惜，正符合開卷「為閨閣昭傳」的創作目的。

　　就補天的世俗涵義而言，所討論的是「貴族世家遭逢末世，如何使家族得
以延續、乃至於振興」。女性雖因先天性別的緣故，導致難以直接企及「家族
振興」這個終極目標，然而，「女性持家」卻是家族延續的中堅力量，其主要
任務，包括了管理家務及養育子女，是一個諾大家族能夠運作和延續的中堅力
量，二者缺一不可。「管理家務」使得日日千頭萬緒的龐大家族，得以正常運
作；「養育子女」則是使家族血脈得以延續。滿人社會是由媳婦管家，故而「女
性持家」一項，主要的討論對象，集中在賈府三四代的媳婦：王熙鳳、李紈、
秦可卿。

　　王熙鳳這名「脂粉堆裡的英雄」，第五回判詞中道：「凡鳥偏從末世來，都
知愛慕此生才。」可見作者對其才幹的高度評價。王熙鳳在秦可卿死後，掌管

寧榮二府事宜，日日大小事務，沒有千件也有百件，能夠得心應手，在利益人情之中如魚得水，更在賈府走向末世的虧空窘境，費盡心血。全書就世俗涵義的「補天」而言，乃是「媳婦持家」中管理家務一項最為出色者，無人能出其右。鳳姐在小說中的處事毀譽參半，有鐵檻寺弄權、發放高利貸等劣跡，卻也有偶發善心對待劉姥姥之舉，而正是她對待這老嫗的體恤善舉，得以在賈府敗落之際，「托孤」自己唯一的女兒賈巧姐，保住了賈家嫡系的一支血脈。

李紈是榮府二房長子賈珠遺孀，由於寡婦不理事，在丈夫去世後，只閉門不出，一心教子。根據第五回判詞，可推知其子賈蘭在八十回後考取功名，得享鳳冠霞帔，也可從其曲〈晚韶華〉，推測賈府敗落之際，李紈極可能為了自保及錢財之故，對其他人之慘境袖手旁觀。這樣自掃門前雪，而不顧血緣相連之家族的做法，雖是不令人苟同，卻也有身為寡婦的難處所在。同樣面對「家族振興」這個補天的終極目標，以「媳婦」一身份比較之，李紈不僅「生育」了一個兒子，更在丈夫去世、家族敗落之下，仍將賈蘭養育成人，直至賈蘭科舉進士，在世俗涵義上的補天成效上，培養出一名成功入仕的男性子孫，是所有紅樓夢女性中，唯一藉由「媳婦」身份間接達到直接成功的女性。對家族的貢獻，實在功不可沒。

秦可卿，乃是寧國府一脈單傳下，第五代嫡孫賈蓉之妻。關於管理家務一項，秦可卿是極受眾人愛戴與肯定，小說中賈母評其是「極妥當的人」、「乃重孫媳中第一個得意之人」（第五回），側面描寫出秦氏上受長輩憐惜疼愛，下受僕役敬重愛戴。〔註29〕且秦氏臨死前托夢給王熙鳳，叮囑一云祖墳應設祭田供給、二云家塾供給亦從此出，展現出了與眾不同的遠見。作為身為侯門獨子之妻，秦可卿身上唯一的缺陷，看似只有「無子」一項，因「無子」意味著侯門嫡系血脈可能斷絕，然而，就道德倫常層面而論，秦氏卻有另一項更加致命的缺陷，那便是「亂倫」一事。第十三回原回目名〈秦可卿淫喪天香樓〉〔註30〕，

〔註29〕第十三回，秦氏死訊傳遍闔府：「長一輩的想他素日孝順；平一輩的，想他平日和睦親密，下一輩的想他素日慈愛，以及家中僕從老小想他素日憐貧惜賤、慈老愛幼之恩，莫不悲嚎痛哭者。」

〔註30〕第十三回回前總批：「此回可卿夢阿鳳，作者大有深意，惜已為末世，奈何奈何！賈珍雖奢淫，豈能逆父哉？特因敬老不管，然後恣意，足為世家之戒。『秦可卿淫喪天香樓』，作者用史筆也。老朽因有魂托鳳姐賈家後事二件，豈是安富尊榮坐享人能想得到者？其事雖未行，其言其意，令人悲切感服，姑赦之，因命芹溪刪去『遺簪』、『更衣』諸文，是以此回只十頁，刪去天香樓一節，少去四五頁也。」

加之第五回曲〈好事終〉，及脂批所透露所刪去的「遺簪」、「更衣」諸文，可推知秦可卿應是與公公賈珍偷情之事東窗事發，這才上吊自盡。因此，無論其美貌、才幹、遠見，有多麼出眾卓越，單從亂倫一項，便是徹底背棄世俗價值，可謂倫常上的淫亂敗德之舉，也難怪東窗事發後，秦氏只能以死亡來贖此罪。

另外，在管理家務一項，小說中出現一個現實中少有的特例，即是「小姐管家」，集中在第五十五回〈敏探春興利除宿弊　時寶釵小惠全大體〉，所討論的對象，正是出現在回目名中，並被作者賦予一字定評的賈探春及薛寶釵。雖說偌大一個家族，需要一出閣的小姐出面料理家務，本身就富有微妙的諷刺意味，〔註31〕但小姐的「貢獻在夫家不在娘家」，探春勢必因嫁離開賈家，從作者讓探春代管家務一段，能看出她無法貢獻於母娘家的才華，也從寶釵協管家務，暗示著八十回後即將嫁入賈家，步入「媳婦」身份。

賈探春是全書「女性持家」中，以小姐之身大展其才的特例。一般而言，女性對於家族的貢獻，在夫家而不在娘家，探春最為特別的就是，她以閨閣女兒之身，懷抱不讓鬚眉之志，代管大觀園一段，面對管家宿弊的俐落改革，以及親生母親趙姨娘之勒索的斷然拒絕，展現出其不遜男兒之才能與卓識。可嘆的是，即便如此，仍不得不接受遠嫁和親的命運，只能眼睜睜看著心愛的家族抄家敗落，滿腔抱負卻無能施展，這樣的痛心和無能為力，與賈府其他無能不肖的男性子孫，形成了鮮明而諷刺的對比。

至於薛寶釵，在代管大觀園一段中，主要任務為協助探春，而非主要領頭者，從小說中可以看到，她憑藉從小輔助母親管家的敏銳洞察力，幫助探春周全瑣事、體察人情，使事事得以盡善盡美。而八十回後，二寶成親，薛寶釵將以媳婦之身嫁入賈府，故而亦可從「媳婦」之身份討論這個人物。第五回判詞題寶釵道「可嘆停機德」，以世俗價值下對於女子的極致褒揚來形容寶釵，並感嘆她的結局；而關於金玉良緣的締姻，小說在第四十二回鋪陳了釵黛和解的情節，脂批明言「釵黛合一」〔註32〕，〈終身誤〉中亦道：「縱然是齊眉舉案，到底意難平。」可以合理推斷，釵黛和解是金玉良緣得以促成的一大重要前提，而高鶚續書中的「苦絳珠魂歸離恨天」、「蘭桂齊芳」等情節，與前八十回之線

〔註31〕上官文坤：《盛筵群像──紅樓夢宴飲描寫的文學研究》，（北京：文化藝術出版社，2018年），頁148。

〔註32〕第四十二回脂批：「釵玉名雖兩個，人卻一身，此幻筆也。今書至三十八回時已過三分之一有餘，故寫是回使二人合而為一。請看黛玉逝後寶釵之文字便知余言不謬矣。」

索不合，不符作者原意。然而毋庸置疑的是，「可嘆停機德」的薛寶釵，是作者在世俗價值之下所塑造的，最為完美的女性。

歸根究底，在古代的時代脈絡下，女性的存在，更像是父權社會、家族、男性的附屬品，女性本身的意志和才能，並不是最重要的要素，而是因其「性別」，就先天決定了他們沒有承擔的資格。正如古時「七出之條」，以「法」強制規定妻子應有符合身份的作為，其實所訂定的條件，都是以父權、家族的利益為優先，相較於女性本身的意志，在倫常下善盡義務，貢獻身為「妻子」、「媳婦」、「母親」所應盡的責任，才是最為重要的。就連「補天」一項，女性對於家族所能達到的貢獻，也是以維持家族運作、延續家族血脈為主，難以直接以個人達到「家族振興」的終極目標。就「補天」而言，女性所能達到的終極補天之效，便是她生育、撫養的子女，成為了世俗涵義下成功的補天者。《紅樓夢》中，誕育了補天者的女性，一是李紈，二是王熙鳳，而她們的孩子，在家族遭逢末世，抄家敗落之後，肩負了家族延續、復興的重責大任。

三、子孫延續

第二回〈冷子興演說榮國府〉中，提到賈家現已傳至第三代（文字輩）。而八十回後，賈府抄家敗落，第四代（玉字輩）子孫多半遭罪，脂批透露有寶玉等人關押在獄神廟之文。面臨「樹倒猢猻散」的末世，偌大公府竟離散至此，著實令人唏噓。萬幸的是，有兩名第五代的嫡系子孫，在賈府抄家敗落之際，得以保全，流落民間，延續血脈、乃至重建家族。這兩個子孫，正是賈蘭及賈巧姐。

賈蘭，其父賈珠是脂批點評的「略可望者」〔註33〕，可惜早死，母親李紈亦是金陵名宦之女，家父為國子監祭酒，家學淵源深厚，是其父主張「女子無才便有德」（第四回）所教育出的賢婦，在孀居後一心教子。小說中，少有賈蘭出場的篇幅，只有第五回李紈的判詞及曲，可判定八十回後賈蘭取得功名：

> 桃李春風結子完，到頭誰似一盆蘭？如冰水好空相妒，枉與他人作
> 笑談。（第五回李紈判詞）

> 鏡裡恩情，更那堪夢裡功名！那美韶華去之何迅！再休提繡帳鴛衾。
> 只這戴珠冠，披鳳襖，也抵不了無常性命。雖說是，人生莫受老來
> 貧，也須要陰騭積兒孫。氣昂昂頭戴簪纓，氣昂昂頭戴簪纓，光閃

〔註33〕第一回甲戌側批：「略可望者即死，嘆嘆！」

閃腰懸金印；威赫赫爵位高登，威赫赫爵位高登，昏慘慘黃泉路近。

問古來將相可還存？也只是虛名兒與後人欽敬。（第五回〈晚韶華〉）

在賈府「子孫不肖」的末世困境之下，賈蘭是唯一一名從科舉考試一途，成功取得功名的男性子孫，就「家族振興」之終極目的而言，是世俗涵義下唯一一名成功的補天者，其重要性不可謂不重。而綜觀賈府，偌大的家族，傳至第五代，竟只有一名男孫得以繼業，實是貴族世家之嗟嘆慚恨。

除了賈蘭之外，另一名女性子孫，雖困囿於性別，無法達到「家族振興」之效，然而，在賈府已然傾覆離散之境況下，以延續家族的角度，保全了賈家所剩無幾的嫡系血脈，且吻合秦可卿臨死前托夢之語，和賈蘭達到「耕讀」起家之語者——這便是賈巧姐。

巧姐的命運，與其母王熙鳳，以及恩人劉姥姥有著密切的關連。第五回巧姐之判詞和曲〈留餘慶〉，暗示了賈家遭難之後，巧姐的處境與命運轉折：

又是一座荒村野店，有一美人在那裡紡績。其判云：

「勢敗休云貴，家亡莫論親。偶因濟劉氏，巧得遇恩人。」（第五回）

留餘慶，留餘慶，忽遇恩人；幸娘親，幸娘親，積得陰功。勸人生，濟困扶窮；休似俺那愛銀錢上，忘骨肉的狠舅奸兄！正是乘除加減，上有蒼穹。（第五回〈留餘慶〉）

根據第五回得可推測，在賈家敗落之時，巧姐被「狠舅奸兄」販賣至妓院，淪落風塵，從年幼無辜的公府孤女，成為清白不再的娼門雛妓。是劉姥姥感念當初王熙鳳救濟之恩，仗義援手，負重忍恥[註34]，將巧姐從妓院中救出，嫁與劉板兒為妻，成為一名莊村農婦，終得以安穩一生。雖說女子的貢獻不在娘家、而在夫家，但在「樹倒猢猻散」之家族傾覆境況下，巧姐與賈蘭，乃是賈府第五代子孫中，唯二得以保全延續的嫡系血脈，在只求家族延續的境況之下，實屬不易。

賈蘭和巧姐的結局，是目前從八十回文本及脂批中，所推測出唯二得以保全延續家族血脈的第五代子孫。賈巧姐是榮國府大房嫡女，後嫁為農婦（耕）；賈蘭是榮國府二房之長子嫡孫，在家族傾覆後考取科舉功名（讀），使母親李紈得披鳳冠霞帔。這兩名子孫的家族延續方式，正與秦可卿托夢之遠慮不謀而合。第十三回秦可卿臨終前托夢的叮囑道：

[註34] 第四回脂批：「老嫗有忍恥之心，故後有招大姐之事。」

如今祖塋雖四時祭祀，只是無一定的錢糧；第二，家塾雖立，無一
定的供給。依我想來，如今盛時固不缺祭祀供給，但將來敗落之時，
此二項有何出處？莫若依我定見，趁今日富貴，將祖塋附近多置田
莊房舍地畝，以備祭祀供給之費皆出自此處，將家塾亦設於此。合
同族中長幼，大家定了則例，日後按房掌管這一年的地畝、錢糧、
祭祀、供給之事。如此周流，又無競爭，亦不有典賣諸弊。便是有
了罪，凡物可入官，這祭祀產業連官也不入的。便敗落下來，子孫
回家讀書務農，也有個退步，祭祀又可永繼。（第十三回）

秦可卿托夢所言，正是未雨綢繆的提醒，在賈府迎來「烈火烹油，鮮花灼
錦」的非常喜事時，應不忘鋪設後路，不至於來日遭罪，連個退路也沒有。「將
祖塋附近多置田莊房舍地畝，以備祭祀供給之費皆出自此處，將家塾亦設於
此」，乃是深明遠見之語：其一，這樣的祭祀產業，即使家族遭罪，也不會被
朝廷抄沒，能夠永保祖墳祭祀、家塾之供給；其二，有朝一日面臨家族敗亡之
況，讓「子孫回家讀書務農」，能夠讓子孫以最基本的勞動力供給生活，亦能
保有貴族接受教育之權；其三，永保祖墳祭祀，代表即便家族遭罪，也仍有族
人齊聚向心之處，不至於子孫四散凋零，而保有家塾之供給，亦是使子孫保有
接受教育的機會，能讓家族振興有望。

可惜的是，如此深謀遠慮的綢繆，王熙鳳雖在初聽乍聞時深以為然，驚醒
後卻渾然忘卻。八十回後，賈府抄家敗落，偌大的公府呼喇喇大廈傾頹，只落
了個「樹倒猢猻散」的慘痛結果。而「讀書務農」四字，卻正巧應證了大廈傾
頹、子孫離散之後，賈府僅存的嫡系子孫——賈蘭和巧姐的結局，賈蘭考取功
名、巧姐嫁作農婦，一男一女、一讀一耕，從泥土之中，讀書務農，重新起家。

第三章　論「補天」之理想涵義

　　《紅樓夢》中的「補天」一詞，從女媧補天神話而來，歷來學術界之研究成果，多集中在世俗涵義的範圍。然而，綜觀前八十回，小說中所欲傳達的核心思想，乃具一種與世俗價值相悖的價值觀。作者雖未明言以「補天」二字，卻在概念和結構上，包括「所欲補之天」、「補天的內容」、「補天的具體呈現」，以及「補天的結果」等，皆與補天之世俗涵義相對，可以同樣以補天涵義觀之。故而筆者稱之以「補天之理想涵義」，以雙重涵義之探析，作為本論文之研究主題。

　　理想涵義之「理想」二字，是為「作者的理想」，涉及的價值範疇，是脫離於世俗價值的另一個層面。若說，世俗涵義展現出了貴族文化與當代主流價值觀，理想涵義所呈現的，便是針對傳統價值的反省，所觸及的文本範圍，包括了小說中「大旨談情」、「閨閣昭傳」之創作主旨、對於情淫的警示反省，更承載著作者對於世間女子的憐惜同情。

　　本章分三節討論。第一節「從文本溯源補天之理想涵義」，從第一回仙界之木石前盟和太虛幻境，探討背後之寓意；第二節「補天之理想涵義的內涵探究」，從作者創作主旨之一「為閨閣昭傳」切入，並討論背後「憐惜女性」之深層意義；第三節「補天之理想涵義在小說中的具體呈現」，為作者所建立之理想世界「大觀園」之專論，談及大觀園與太虛幻境之間的連結、建造之初就註定毀滅的悲劇性、以及抄檢事件導致大觀園的凋零崩潰。

第一節　從文本溯源「補天」之理想涵義

　　沒有建立在世俗之上的理想必然空落，而沒有理想引導的世俗也必然枯

萎。人活在世間，無法凌空而行。作者長於當世社會、活於現實之中，小說的書寫，亦脫離不開世俗這片土壤。以此見彼，最能高度承載作者思想、充分表達理想寓意，便是曹雪芹專門替《紅樓夢》打造的仙境「太虛幻境」。小說中的仙境，是所有人物故事的起源地，亦是貯存命運之處。因此，「補天」之理想涵義的文本溯源，幾乎集中於仙界和太虛幻境，探究仙境發生的故事及其隱喻。

一、前世：神瑛絳珠之木石前盟

第一回甄士隱的夢境中，藉一僧一道之口，講述了神瑛侍者和絳珠仙子的故事：

> 只因西方靈河上三生石畔，有絳珠草一株，時有赤瑕宮神瑛侍者，日以甘露灌溉，這絳珠始得久延歲月。後來既受天地精華，復得雨露滋養，遂得脫卻草胎木質，得換人形，僅修成個女體。終日游於離恨天外，飢則食蜜青果為膳，渴則飲灌愁海水為湯。只因尚未酬報灌溉之德，故其五內便鬱結著一段纏綿不盡之意。（第一回）

此段敘述了黛玉前世，從「絳珠仙草」轉化為「絳珠仙子」、自「草胎木質」得換為「人身女體」的過程。其中，「僅修成個女體」一句，具有男尊女卑之意味。而絳珠草因身為草胎木質，只能等待外援以延續生命，至於受到甘露恩惠後，在尚未償還之前，五內鬱結著纏綿不盡之意，以上種種皆說明了，無論是身為「仙草」還是「女仙」，絳珠都是處於「受恩」而必須「報恩」的被動處境，這也可對照其下凡後，林黛玉淚盡早夭之命運，更可以推及世間女性，皆是無法主宰自己命運的無奈。

至於，神瑛侍者灌溉絳珠仙草一事，並非是圖求回報之舉，而是憐惜草木的舉手之勞，使其得以久延歲月、修得人身。神瑛侍者的甘露之惠，可謂於仙境前世，便展現出情榜予以寶玉之「情不情」定評，第八回脂批道：「按警幻情榜，寶玉係『情不情』。凡世間之無知無識，彼俱有一痴情去體貼。」對於世間的有情與無情，包括無情無緒的草木，都予以一腔憐愛惜憫，抱持真情去對待。

而關於神瑛侍者與絳珠仙草邂逅的地點，位於「西方靈河上三生石畔」。「三生石」一詞，帶有明顯的佛教意涵，「三生」本是佛教所指的「前生、今生、來生」，在一般使用上，則多表示超越一世之因緣的象徵，脂批點明「三

生石上舊精魄」之寓意，正如寶、黛的兩世因緣，蘊含著彼此之間超越生死的深厚情感與精神執著。

關於木石前盟，歐麗娟指出，神瑛侍者灌溉絳珠仙草，是一種純粹的「德惠」關係，與男女情愛無關，並非是針對特定對象的情有獨鍾，而是對於萬物都懷抱的博愛之情；而這樣的償債關係，促成了入世還淚的俗世因緣，因寶玉和黛玉之間的朝夕相處，才從超越性別的親密友愛，逐漸轉變成情人愛侶的男女之情。〔註1〕這樣的說法，否認了木石前盟為「木石姻緣」的觀點，並細分了寶玉和黛玉幼時朝夕相處、少年經戀愛啟蒙後相戀的情感階段。然而，木石前盟，是否真的與「情」全無關聯？

《世說新語‧傷逝》中提到：「聖人忘情，最下不及情。情之所鍾，正在我輩。」〔註2〕仙界本應無情，花開花落，葉榮或凋，自有生命本然的規律存在。神瑛侍者施予甘露之舉，其中所含的憐憫或博愛，本身就是一種「情」；而這份「情」，使本該枯死的絳珠仙草得以延續生機，造成了絳珠對神瑛的虧欠，也造成了仙界的不平衡，促使警幻勸說絳珠隨之下凡，使無水可償的絳珠必須以「淚」（亦即情）還之。「還淚」背後的真正寓意，應是以「一生之情」償還神瑛的灌溉之惠。

此外，神瑛絳珠下凡後，人間的寶玉和黛玉，自幼共同養在賈母房中，住處僅隔著一碧紗櫥，既有前世的深刻因緣，又有朝夕相伴的情誼，彼此性情相投、互為知己，在經過第二十三回的自由戀愛啟蒙後，萌發了男女情愛，這是作者安排下感情發展過程，從幼時的親密友愛，到青春期的情愛萌動。

木石前盟奠定了寶黛之間跨越生死的深刻因緣，然而，即便二人之間的牽念羈絆，乃是「都說金玉良緣，俺只念木石前盟」所言的深情堅定，仍對於世俗現狀無可奈何。神瑛侍者是為「凡心偶熾」而下凡歷劫，絳珠仙子則注定因還淚早夭；而作者則又在現實中，安排了世俗價值下，最為完美圓滿的一段姻緣——金玉良緣。於是，寶玉的婚戀歸宿，成為了「世俗」和「理想」兩種價值最為外顯的一種衝突。

在小說中，面對「木石前盟」與「金玉良緣」，寶玉是有明確的傾向及選擇的。第三十六回，寶釵坐在床頭代襲人作針線，手上縫著鴛鴦戲蓮的肚兜，

〔註1〕 參見歐麗娟：《大觀紅樓（綜論卷）》，頁258～259。

〔註2〕 〔南朝宋〕劉義慶撰，〔南朝梁〕劉孝標注，楊勇校箋：《世說新語校箋》，（北京：中華書局，2006年），頁583。

忽聞寶玉在夢中喊罵：

「和尚道士的話如何信得？什麼是金玉姻緣，我偏說是木石姻緣！」

薛寶釵聽了這話，不覺怔了。（第三十六回）

這段夢話，明確地將「金玉姻緣（金玉良緣）」和「木石姻緣（木石前盟）」二者，皆視為「姻緣」進行並列比較。「金玉良緣」以寶玉之通靈寶玉和寶釵之金鎖為名，乃是封建禮教之下、俗世現實之中最為圓滿的安排；而「木石前盟」，則命名自通靈玉原型之頑石及黛玉前身原型之絳珠仙草，是跨越前世今生的羈絆，屬於性靈追求下，對於鍾情之彼此的自由選擇。只是，絳珠終是為還淚下凡〔註3〕，而非為與神瑛在俗世締姻，這造就了木石前盟必然不能圓滿；而金玉良緣雖為世俗中的圓滿，卻終究非寶玉的心所鍾愛，造成了「縱然是齊眉舉案，到底意難平」（第五回）的結果。

金玉良緣與木石前盟，是「世俗」和「理想」最為明顯的衝突，呈現了《紅樓夢》兩種價值的二元對立。再參照第一回的石頭神話，仙界之頑石與俗世之通靈寶玉，呈現的正是「真石／假玉」的幻型關係。由此衍生出：

「前世／理想／木石前盟／頑石／真石」

「今生／現實／金玉良緣／通靈寶玉／假玉」

從上者對照關係，可知作者真正所欲提倡的價值，乃是「真」，超越世俗現實的理想涵義；至於世俗意義下，以「通靈寶玉」作為信物，看似是俗世中最為圓滿的金玉良緣，不過是「假作真時真亦假」的「幻」相，終將歸向「紅塵一夢，萬境歸空」的結局。

二、絳珠：血淚、秘情與死亡

前文提到，絳珠仙草因得獲甘露灌溉，有機會從草胎木質得修為女體。脂硯齋於「有絳珠草一株」句有夾批云：「點紅字。細思『絳珠』二字豈非血淚乎。」可見「絳珠」一詞正取意於「血淚」，呼應了第八回「一血化一淚」之批語，映照黛玉一生還淚的命運。而沾上血淚的仙草，也可轉化成娥皇女英思君灑淚所形成的「湘妃竹」，正呼應了黛玉在大觀園之住處「瀟湘館」及其詩

〔註3〕第二十二回脂批點明黛玉之死：「若能如此，將來淚盡夭亡已化烏有，世間亦無此一部《紅樓夢》矣。」另外，第三回黛玉初入賈府，說及三歲時癩頭和尚欲化其出家之吩咐：「若要好時，除非從此以後總不許見哭聲，除父母之外，凡有外姓親友之人，一概不見，方可平安了此一世。」足證黛玉淚盡夭亡之注定命運。

號「瀟湘妃子」。

小說在描述絳珠仙草得修成女體後，解釋了神瑛侍者與絳珠仙子下凡的緣由：

> 恰近日這神瑛侍者凡心偶熾，乘此昌明太平朝世，意欲下凡造歷幻緣，已在警幻仙子案前掛了號。警幻亦曾問及，灌溉之情未償，趁此倒可了結的。那絳珠仙子道：「他是甘露之惠，我並無此水可還。他既下世為人，我也去下世為人，但把我一生所有的眼淚還他，也償還得過他了。」

神瑛侍者「凡心偶熾」，正與頑石「打動凡心」對應；而欲以一生眼淚償還甘露之惠，既是絳珠仙子下世為人的原因，也註定了黛玉日日垂淚、青春早夭的宿命。脂批有言：「恩情山海債，唯有淚堪還。」（第一回）將「淚」視為唯一得能夠還恩情之物，表面上是以「淚水」償還「甘露之水」，實際上是用「流淚之情」償還「灌溉之惠」，以一生情之所繫，回報前生灌溉之恩。

此外，小說中寫絳珠仙子尚在仙界時，「終日游於離恨天外，飢則食蜜青果為膳，渴則飲灌愁海水為湯」，奠定了黛玉難以離情的先天性格。渴飲「灌愁海水」，使內在更加愁緒鬱結，而「蜜青果」諧音「秘情」，指將情感隱密藏於心中，即使有著追求婚戀自由的精神嚮往，仍在禮教束縛下，必須刻意壓抑隱瞞。第二十三回，寶黛共讀《西廂記》，受到了自由戀愛啟蒙，而後黛玉聽聞《牡丹亭》曲文，不禁「心痛神痴，眼中落淚」，同一回回末總評道：

> 前以《會真記》文，後以《牡丹亭》曲，加以有情有景消魂落魄詩詞，總是急於令顰兒種病根也。

脂批所評之「病根」，正是深隱心中的「情根」，但在禮教規範之下，婚姻講究父母之命、媒妁之言，自由戀愛不被允許。故而只能夠將情深埋心中，成為「秘情」、乃成「病根」。關於這一點，又可見第三十四回，寶玉遣晴雯送家常舊帕，在明白寶玉所隱含的心意後，黛玉內心所起的情緒反應：

> 這裡林黛玉體貼出手帕子的意思來，不覺神魂馳盪：寶玉這番苦心，能領會我這番苦意，又令我可喜；我這番苦意，不知將來如何，又令我可悲；忽然好好的送兩塊舊帕子來，若不是領我深意，單看了這帕子，又令我可笑；再想令人私相傳遞與我，又可懼；我自己每每好哭，想來也無味，又令我可愧。如此左思右想，一時五內沸然炙起。（第四十三回）

　　此段遣婢送帕，極似才子佳人小說中，透過婢女穿針引線之情節。然而，細究卻非如此：其一，授命送帕之婢晴雯，是在不明目的的前提下完成任務；其二，寶玉僅是藉由送去家常舊帕表明心意，希望使黛玉不再患得患失，並非有意逾矩不軌，且面對不明所以的晴雯，只以一句「她自然知道」，顯然深信彼此的心有靈犀；其三，明白寶玉送帕心意的黛玉，產生的反應是「可喜、可悲、可笑、可懼、可愧」，五種反應，多源於內心對於戀情之感慨，然而「可懼」一項的理由，卻是因舊帕「令人私相傳遞」，這是標準的封建禮教之下講究婚嫁媒妁的、禁止私相授受，而產生的驚怖畏懼之情，可見黛玉雖有追求性靈自由的生命嚮往，也有源於貴族禮教的詩書教養。在如此多思多想之下，不由得「餘意纏綿」，一時也想不起避諱避嫌，不禁提筆在舊帕上題詩抒懷，接著便「渾身火熱，面上作燒，走至鏡臺揭起錦袱一照，只見腮上通紅，自羨壓倒桃花，卻不知病由此萌」。此中又出現「病」字，可見黛玉之「病」全因「情」起，而此「情」，便是一生病根之故。

　　另外，又如第五十七回〈慧紫鵑情辭試忙玉〉，紫鵑以黛玉回家之玩笑，試探寶玉的心意，引起寶玉痰迷心竅。黛玉在嘔藥大病之餘，亦是嘆「幸喜眾人都知寶玉原有些呆氣，自幼是他二人親密。如今紫鵑之戲語亦是常情，寶玉之病亦非罕事，因不疑到別事去。」（第五十七回）足見二人即使心意相通，結合的方式仍須經過父母媒妁的定下婚約，否則便是私定終身的奸盜之流。這也是為什麼，在第五十七回，紫鵑會焦心失態的莽撞提議，希望由薛姨媽出面，敲定寶玉與黛玉二人的婚事，使父母雙亡又無兄弟的黛玉能夠終身有靠。

　　學者研究，普遍認同黛玉「情—淚—死亡」之間的關係。第三十五回回末總評云：「愛何（河）之深無底，何可氾濫，一溺其中，非死不止」，亦有傳統點評家言：「絳珠幻影，黛玉前身，源竭愛河。」〔註4〕對照前段的「五內中鬱結著一股纏綿不盡之意」，再加上絳珠仙子所飲食的「秘情果」與「灌愁海水」，注定了黛玉先天傷感且難以超脫的性格，因還淚宿命而終生陷溺於情愛。第二十二回脂批亦明言了「淚盡夭亡」〔註5〕，黛玉注定以「還淚而逝」的命運早夭，只有待臨死亡才得以解脫。

〔註4〕〔清〕華陽仙裔：《金玉緣·序》，見一粟編：《紅樓夢資料彙編》，（北京：中華書局，1964年），頁42。

〔註5〕第二十二回庚辰雙行夾批：「若能如此，將來淚盡夭亡已化烏有，世間亦無此一部《紅樓夢》矣。」

三、仙境：警情、迷津與大旨談情

　　作者早在第一回，便巧妙地藉由神瑛絳珠之木石前盟，替仙界之太虛幻境揭開了序幕。太虛幻境是作者自創的仙境，更是統管古今風月之情、掌握天下普天下所有女子命運之處，其重要性不言而喻。

　　警幻仙姑的神話原型，近似於中國神話中的西王母，或是山鬼女神、高唐神女、洛神宓妃等，與其說是「女仙」，不如說是「神女」更為精確而傳神。她是一名掌握愛與性的女神，擔當了對男性「性啟悟」的功能——可以說，警幻連帶兼美這一對出現在寶玉夢中的神仙姐妹，是具有性愛色彩的「美人幻夢原型」體現，而警幻也才會是「司風月情債」的命運之神。〔註6〕

　　從木石前盟一段可知，仙界中所有的男仙女仙，但凡有意下凡者，皆必須經過「於警幻案前掛號」之手續，方可入凡歷劫，且歷劫結束後，亦須回到案前銷號。例如：神瑛侍者「意欲下凡造歷幻緣，已在警幻仙子案前掛了號」（第一回）；第五回，寶玉遊歷太虛幻境時，警幻仙姑曾言：「今日原欲往榮府去接絳珠。」太虛幻境之眾女仙亦曾言：「姐姐曾說今日今時必有絳珠妹子的生魂前來遊玩，故我等久待。」也應證了絳珠仙子亦應歸屬於警幻案下。除卻仙者，歷劫結束須回太虛幻境銷號的，更有人間的「痴男怨女」，也正是一僧一道所言的「一干風流孽鬼」（第一回）。小說前八十回中，明言寫出「銷號」的，如第一回，跛足道人向癩頭和尚道：「三劫後，我在北邙山等你，會齊了同往太虛幻境銷號。」從此二人不再同行，在人間「各幹營生」〔註7〕，分別在人間度化男性和女性；又見第六十六回尤三姐托夢一段，言：「妾今奉警幻之命，前往太虛幻境修注案中所有一干情鬼。」可知尤二姐、尤三姐亦歸屬於警幻案下。而書中明寫了「薄命司」，並虛陪六司，《紅樓夢》中的眾金釵，因納於薄命司冊簿，隸屬於警幻案下的歸屬關係，亦自是無庸置疑。

　　太虛幻境是以警幻仙姑為中心的仙境，不過，雖然此處仙者意欲下凡須向警幻報備，但警幻並不限制仙人的出走，也不阻止仙人的思凡。而太虛幻

〔註6〕歐麗娟：《大觀紅樓（母神卷）》，頁101～112。

〔註7〕僧（跛足道人）負責度化男性，包括甄士隱、柳湘蓮、賈寶玉，除卻罔顧警告正視風月寶鑑而死的賈瑞之外，其餘者皆度化成功；道（癩頭和尚）則負責度化女性，包括甄英蓮、林黛玉、薛寶釵，結果皆未度化成功。從此點可看出一僧一道「各幹營生」之度化任務是以性別區分，而男性在歷經劫難後得以徹悟出家，女性則都未能度化超脫於悲劇命運。

境中女仙以「情」為核心的平等關係，正對照了大觀園中以「情」為規則的平等關係。

「無情」雖是仙界的規則，但「甘露之惠」和「思凡之情」，卻促使了神瑛與絳珠下凡後一系列故事開始。仙界本應無情，然而，作者特意築構之太虛幻境，非但以「情」為核心，真正的寓意更是「警情」〔註8〕，所暗示的，是「情」所帶來的困境、毀滅與悲劇。第五回，寶玉夢遊，轉過書寫「太虛幻境」的牌坊，迎面便是一座宮門：

> 上面橫書四個大字，道是「孽海情天」。又有一副對聯，大書云：「厚
> 地高天堪嘆古今情不盡　痴男怨女可憐風月債難償」

「孽海情天」四個字，映照出古今男女，只要有「情」的嚮往，都難逃情愛迷津的糾葛。「孽」字為罪惡之義，佛教中將情慾認為是苦難的根源，「孽海」正是比喻沈淪於情慾之海而不能自拔。古今之情、風月之債，是千古以來所有痴男怨女所面臨的困境，一個「情」字，更如「債」般難以清算償還，正如寶黛之間的甘露之惠，脂批之點評亦是將「情」類比為「債」。痴男怨女深陷在風月情債之間，情不盡、債難還，便陷溺在「情」所帶來的痛苦之中。然而，「情」起源於生命之間的吸引嚮往，卻又被後天的封建禮教所限制，彼此相對而難以兩全。至此，追求性靈自由（情），與捍衛封建禮教（理/禮），形成了《紅樓夢》中背道而馳的兩種價值觀念。

第一回提到，空空道人在檢閱抄錄《石頭記》時，見內容「大旨談情」，在使其抄錄傳世之後，自己便「因空見色，由色生情，傳情入色，自色悟空，遂易名為情僧。」（第一回）以此見得，《紅樓夢》中有大量的篇幅在「大旨談情」，而「情—色—空」之間的悟道關係，不僅僅發生在空空道人身上，亦近似警幻仙姑試圖啟迪寶玉的方式。第五回中，警幻受寧榮二公之託，希望寶玉能夠「改悟前情，將謹勤有用的工夫，置身於經濟之道。」故以「聲色情慾等事警其痴頑」，意即先以聲色口腹之慾啟迪寶玉，又將妹妹可卿許配給他，授其雲雨之事，於是寶玉「數日來，柔情綣繾，軟語溫存，與可卿難解難分。」接著：

> 那日，警幻攜寶玉、可卿閒遊至一個所在，但見荊榛遍地，狼虎同
> 群，忽爾大河阻路，黑水淌洋，又無橋梁可通。寶玉正自徬徨，只

〔註8〕第五回批語：「菩薩天尊皆因僧道而有，以點俗人，獨不許幻造太虛幻境以警情者乎？」

聽警幻道：「寶玉再休前進，作速回頭要緊！」寶玉忙止步問道：「此係何處？」警幻道：「此即迷津也。深有萬丈，遙亙千里，中無舟楫可通，只有一個木筏，乃木居士掌舵，灰侍者撐篙，不受金銀之謝，但遇有緣者渡之。爾今偶游至此，如墮落其中，則深負我從前一番以情悟道、守理衷情之言。」寶玉方欲回言，只聽迷津內水響如雷，竟有一夜叉般怪物攛出，直撲而來。（第五回）

「迷津」是沉溺情慾的警示象徵。小說中的描述，以危險環伺、無路可通，影射世路人情的艱難，而情慾過甚所陷入的「迷津」，深有萬丈、遙亙千里，根本難以抵達對岸，只有聽從「休前進，速回頭」之警示，才能夠保住自身。而深陷迷津者，唯有有緣之人，秉「槁木死灰」之心，方能渡之。

警幻仙姑更道，若寶玉遇迷津而墮其中，便是深負自己一番「以情悟道，守理衷情」之言——這便要涉及警幻啟迪寶玉的方式，共分成三個階段：第一階段，領寶玉前去翻閱薄命司的冊簿；第二階段，藉歌舞美饌，滿足其聲色口腹之慾；第三階段，授其雲雨之事，並使寶玉與兼美纏綿雲雨。歷經這三階段的啟迪，最終目的是使寶玉「以情悟道」。前兩個階段，警幻見寶玉「甚無趣味」，感嘆「痴兒竟尚未悟」，故而進入最後的階段，試圖以情愛性事啟迪寶玉。而迷津，正是在寶玉和可卿數日纏綣，沉溺於情愛慾色之間、未能即時警醒之際，以危機的形式出現，致使寶玉從夢中呼救驚醒。

而警幻仙姑令其妹兼美授寶玉雲雨之事，至少有三重寓意：其一，替寶玉帶來精神上的性啟蒙，[註9]望其能達到「以情悟道」的目的；其二，提醒讀者，精神層面上的「情」和生理肉慾上的「色」，都是情愛中不可分割的部分，情愛必然包括了精神上與生理上的雙重吸引；其三，小說情節安排上，在授寶玉雲雨之事後，出現了「迷津」，更加突顯「警情」一主題。

此外，授命與寶玉有「陽臺巫峽之會」的女仙兼美，乃是太虛幻境的警幻之妹，與人間寧國府的秦可卿，可視為二位一體的人物。她既是夢境中替寶玉

[註9] 根據小說第五回，秦氏安置寶玉入睡後，「吩咐小丫鬟們，好生在廊簷下看著貓兒狗兒打架」，以及第六回開頭，秦氏「聽見寶玉從夢中喚他的乳名，心中自是納悶，又不好細問」，可推測寶玉神遊太虛幻境的睡夢過程，秦氏應不在房內。此外，仙境之兼美與人界之秦可卿，可視為二位一體之存在，筆者認為，兼美替寶玉帶來精神上的性啟蒙，秦可卿極可能是寶玉的性幻想對象，並未與寶玉發生現實中的肉體關係。至於小說明寫出寶玉現實中的第一次性經驗，應於第六回〈賈寶玉初試雲雨情〉，對象為襲人。

帶來性啟蒙的女仙,更在《紅樓夢》中具有無限謎團的女性。秦可卿的判詞中寫道:「情海情天幻情身,情既相逢必主淫。」(第五回)這位身兼釵黛之美於一身的女子,從脂批線索推測出其真正死因,卻是因與公公賈珍亂倫,而自縊於天香樓,可謂是紅樓夢中由「淫」,導致「死亡」的代表例子之一。〔註10〕警幻解釋意淫時有言:「好色即淫,知情更淫」(第五回),「情」與「色」原是情愛裡不可分割的一部份,一旦忽視了迷津的警示,步入「淫」的地步,就宛如墜入萬丈深淵而無後路,再難回頭得救。

「迷津」的出現,告訴我們,耽溺於情愛的結果,便是危險環伺、臨淵萬丈的困境。「情」與「色」,雖是情愛中不可分割的一部份;然而,若是過度耽溺於其中,喪失了清醒,便如遇迷津,應速速回頭。一旦不顧向前,便是墮入萬丈深淵,唯有有緣者,秉槁木死灰之心,方能從中清醒,重獲自由,這是「迷津」帶來的啟示。情愛固然有其美好,依然逃不過「紅塵一夢,萬境歸空」的凡塵真相,以此相比,所有此刻歡情蜜愛,都不過是乍眼雲煙。

綜合上述,「孽海情天」是作者所展現出來的,古今痴男怨女悉皆籠罩其中的命運,而由警幻仙姑所率領的太虛幻境,所透露出的「警情」、「迷津」,更是小說「大旨談情」的反面警示。

第二節 「補天」之理想涵義的內涵探究

理想涵義所討論的,是與世俗現實相反的價值,就內容上,更集中在學術界討論的「情」、「大觀園」、「女兒」、「潔淨」、「青春」等主題,這些討論中,展現出作者的理想寄託。《紅樓夢》中「大旨談情」,更以女兒為主要書寫對象,關於理想涵義的內容定義,首先必須釐清的「作者的理想」究竟為何,而這一點,可從作者的創作宗旨討論起。

一、閨閣昭傳

《紅樓夢》第一回凡例,作者自序寫道:

> 今風塵碌碌,一事無成,忽念及當日所有之女子,一一細推了去,
> 覺其行止見識,皆出於我之上。何我堂堂鬚眉,曾不若彼裙釵哉!

〔註10〕紅樓夢第十一回至第十三回,寫「情—淫—死亡」的關係,正寫賈瑞、暗寫秦可卿。參見張慧芳:〈論《紅樓夢》賈瑞與秦可卿之死複線並行的結構與意義〉。

實愧則有餘，悔又無益之大，無可奈何之日也！當此時，則自欲將以往所賴，上賴天恩，下承祖德，錦衣紈褲之時、飫甘饜美肥之日，背父母教育之恩，負師兄規訓之德，已至今日一事無成、半生潦倒之罪，編述一記，以告普天下人。我之罪固不免，然閨閣中本自歷歷有人，萬不可因我之不肖，自護其短，則一併使其泯滅也。雖今日之茅椽蓬牖，瓦灶繩床，其晨夕風露，階柳庭花，亦未有妨我之襟懷筆墨者。雖我未學，下筆無文，何為不用假語村言，敷演出一段故事來，亦可使閨閣昭傳，復可悅世之目，破人愁悶，不亦宜乎？

（第一回凡例）

從此段自序清晰見得，作者寫作的一大目的是「使閨閣昭傳」，也就是使世人知道「閨閣中本自歷歷有人」。在當代社會脈絡下，封建禮教嚴峻，男尊女卑觀念深植人心，女性深埋在大院內宅之中，乃是依附在父權社會下的第二性〔註11〕。即使本身才智見識皆不遜男子，卻毫無能力主宰自己的未來，亦無機會扭轉身為父權附屬品的命運。

然而，作者親眼所見「行止見識，皆出於我之上」的裙釵，不但絲毫不遜於男兒，更遠遠勝於「背父母教育之恩，負師兄規訓之德」、「一事無成、半生潦倒」的自己。比起女性，男性擁有外界的廣闊天地，卻未必能夠肩負起他們的責任；而女性雖深困於深閨內院，無人正視，卻只是沒有機會博得一席之地，充分展現其生命風姿。

可以說，作者在自序中，一方面聲明自己的不肖之罪，另一方面，也藉這一點，表達替閨閣女性發聲創作的動機。不僅僅是作者的告解自懺，也是在當世性別不平等的社會背景下，對女性展現出的憐惜之情。

既然明言「使閨閣昭傳」，其書寫對象，應是身處於閨閣內宅的女性。這些女性，從小說的論述中，區分成兩類，一是經常藉寶玉之口所讚頌的「女兒」，二為自序中誇讚行止見識不遜男兒的「裙釵」。

〔註11〕此處所使用的「第二性」，源於西蒙波娃之著作中，女性屬於次等性別之意。（下面解釋《第二性》在存在主義、女性主義中的意義，以及書中所論述與研究的內容））西蒙・波娃（Simone de Beauvoir, 1908～1986）的《第二性》（Le Deuxième Sexe）：「女人不是生成的，而是形成的」（One is not born, but rather becomes, a woman.）；「（女人）與全體人類一樣自由而獨立的存在，卻發現自己在這世界上為男人逼迫，不得不採取『他者』（the other）的身分」。參見西蒙・德・波娃著；邱瑞鑾譯：《第二性》，（臺北：貓頭鷹出版，2015年）。

（一）女兒：幽微靈秀的青春生命

所謂的「女兒」，應是指青春期的少女，這樣的身份，具有兩個基本條件：一是青春，二是未嫁。小說中經常藉由寶玉之口，讚揚女兒的純淨、自然及美麗。爬梳全書，最常用以頌揚「女兒」的比喻，可分類為以下三種：

第一，以「水」比喻女兒的純粹淨潔。如第二回冷子興轉述寶玉幼童時曾說的：「女兒是水作的骨肉，男人是泥作的骨肉。我見了女兒，我便清爽；見了男子，便覺濁臭逼人。」

第二，認為女兒是秉山川精華、鍾天地毓秀而生。如第二十回所寫：「原來天生人為萬物之靈，凡山川日月之精秀，只鍾於女兒，鬚眉男子不過是些渣滓濁沫而已。因有這個呆念在心，把一切男子都看成混沌濁物，可有可無。」又如第三十六回寫寶玉在寶釵輩有時見機導勸時，反生起氣來說：「好好的一個清淨潔白女兒，也學的釣名沽譽，入了國賊祿鬼之流。這總是前人無故生事，立言豎辭，原為導後世的鬚眉濁物。不想我生不幸，亦且瓊閨繡閣中亦染此風，真真有負天地鍾靈毓秀之德！」再如第四十九回，寶玉見到李紋、李綺、薛寶琴、刑岫烟等人後，忍不住回到怡紅院驚嘆道：「你們成日家只說寶姐姐是絕色的人物，你們如今瞧瞧他這妹子，更有大嫂嫂這兩個妹子，我竟形容不出了。老天，老天，你有多少精華靈秀，生出這些人上之人來！」以上三則文本，皆是將女兒之青春美麗，比喻為鍾天地毓秀精華所成的優美形容。

第三，便是以「花」比喻女兒的嬌嫩美麗。這是小說中最為普遍的比喻，如第二十七回，林黛玉詠嘆的〈葬花吟〉便是典型的例子，其中：「未若錦囊收艷骨，一抔淨土掩風流。質本潔來還潔去，強於污淖陷渠溝」、「試看春殘花漸落，便是紅顏老死時。一朝春盡紅顏老，花落人亡兩不知！」等句，皆以弔憐花朵陷泥凋零之境，來寄託自身命運之嘆，大觀園中的葬花塚及隨沁芳溪流出的花瓣，更是暗喻了《紅樓夢》中兩個世界的分野（詳見本章第三節）；第六十三回〈壽怡紅群芳開夜宴〉，眾女兒抽花籤，所抽中的花不僅是人物之象徵花，籤詩更預示了人物的未來命運；又如第七十三回，寶玉撰〈芙蓉女兒誄〉悼晴雯之死，脂批有云：「當知雖晴雯而又實誄黛玉也。」實為以芙蓉花同象徵黛玉及晴雯二人。由此觀之，以花之鮮妍嬌嫩比喻女兒之青春美麗，以花之凋零傷悼女兒之悲苦悽涼，實是《紅樓夢》中大筆使用的藝術手法。

「如水般純潔乾淨」、「鍾天地毓秀精華而成」、「如花般鮮妍嬌嫩」，這樣青春美麗、純淨自然的女兒，在小說中被格外強調的，是她們在低社會化、低

世俗化的前提下，因尚未沾染上世俗的污穢，得以保有純粹的性靈及自然的生命本質。

關於這一點，歐麗娟認為是一種「少女崇拜」，且性靈本真之「率性」的過度強調，易踰越至「任性」的程度，忽略了社會化的必要和價值。〔註12〕筆者則認為，「社會化」在人的成長過程中，自有其必要性和不可取代性；而作者反覆所述「女兒」之美，所讚揚的，一種在低社會化的前提下，青春生命本然擁有的純粹本質，而這種生命最初所擁有的純然美好，必然隨著成長過程而消磨遺失。作者讚揚「女兒」的同時，也側面應證了，當代男性自幼就要承擔社會期待，難以如「女兒」在未嫁之前，尚有短暫時間得以保有這份純粹的生命本質。

人活在世間，活在社會、群體、倫常之中，總在合情合理與情非得已之中，反反覆覆的修剪自我的稜角，去符合外界的期待或責任，以完成社會化的過程，直到將自己磋磨成面目全非的模樣，徹底遺失「自我」，在成長的過程中，不可逆的喪失了生命的本真。一如女兒，會在現實世界中的摧殘下，毫無選擇的，從一顆光華璀璨的無價寶珠，因染展濁氣而成了一文不值的魚眼珠子，失去了生命初始「如花嬌艷」、「如水潔淨」、「鍾天地毓秀精華而成」的幽微靈秀。作者藉寶玉之口反覆讚頌女兒，並多以「男人」的汙濁為對比，是一大映襯，更是一大提醒：生命本然擁有的純粹美麗，如許幽微靈秀，也如此脆弱嬌嫩。

（二）裙釵：不遜男兒的行止見識

在《紅樓夢》所描寫的當代社會下，女性大門不出、二門不邁，無法如男兒得以出入朝堂、濟世報國，然而，家族傳承、孕育後代、教養子女、侍奉公婆、安定內宅，皆需要女性的貢獻，女性是穩定家族的中堅力量，是父權社會背後極易被忽視的中堅力量，更是社會結構中不可或缺的擎軸。

第一回作者自序中提到：「何我堂堂鬚眉，曾不若彼裙釵哉！」可見「裙釵」一詞，是在與男性（鬚眉）比較之下，「行止見識」皆毫不遜色的一群女性。《紅樓夢》中的裙釵，不僅美麗聰慧，擁有自己的情感、思想，以及獨立人格，其思想才幹、舉止見識，更是不落凡俗，故而在「閨閣昭傳」的創作宗旨下，得以就其幽微靈秀的本質，發揚出獨特的生命光輝。正如第十三回回末詩，對於女性的高度讚賞：

〔註12〕參見歐麗娟：〈大觀紅樓（母神卷）〉，頁3～52。

金紫萬千誰治國，裙釵一二可齊家。（第十三回）

將女性之「行止見識」所能企及的高度，比喻與男性的抱負「齊家、治國」齊高，以此讚賞了女性的才幹見識，更在小說中給予大展風采的舞台，使其盡情展現得以媲美男性「治國齊家」的才幹見識。《紅樓夢》中不讓鬚眉的裙釵，尤以王熙鳳和賈探春為代表。

若論《紅樓夢》中的管家第一人，當屬王熙鳳。她年輕要強，聰明能幹，處世八面玲瓏，在故事開始時，便掌榮國府管家之責，第十三回起受託兼理寧國府，一上台便地處治了寧府的五項陋習風俗〔註13〕，對上之兩層婆母，她彩衣娛笑、極盡嘴甜奉承，對下之管理馭術，她雷厲風行、賞罰分明，彈壓不安份的奴僕，使得兩府事務在她的管理之下，得以井井有條。關於王熙鳳的才能，秦可卿臨死前托夢之語，曾讚美道：

嬸嬸，你是個脂粉隊里的英雄，連那些束帶頂冠的男子也不能過你。

（第十三回）

這句話，實是中肯得當的讚美之語，其中褒揚的絕不僅是管理才能。賈府上下人千餘口人，利益牽扯糾葛，人情盤根錯節，王熙鳳管家，上有來自婆母的掣肘，下有數代積年的舊僕，個個都不是好相與的。鳳姐能夠審時度勢、善觀人心，以雷厲風行之手段統掌東西二府，憑藉的不僅是一顆七竅玲瓏心，更有對於人情世故的敏銳，以及「機關算盡」的費盡心血。就人物性格上，雖有「貪」、「妒」等缺點，甚至因此背上幾條人命，然而，就其對賈府的貢獻而言，著實功不可沒。是而脂硯齋評其為「寶玉肯效鳳姐一點餘風，亦可繼榮寧之盛」（第二十回）之裙釵，真正是當之無愧。

若說鳳姐在「行止見識」上最大的缺憾，是「未能讀書」〔註14〕導致的格局侷限，使其掌權管家後，因貪欲而做了惡事，亦未依從秦可卿托夢之遠見，替家族留有後路。相較之下，小說中雖描寫篇幅短但卻極為重要，在管家之才

〔註13〕第十三回鳳姐答應賈珍之託協理寧國府後，小說寫：「這裡這裡鳳姐兒來至三間一所抱廈內坐了，因想：頭一件是人口混雜，遺失東西；第二件，事無專責，臨期推委；第三件，需用過費，濫支冒領；第四件，任無大小，苦樂不均；第五件，家人豪縱，有臉者不服鈐束，無臉者不能上進。此五件實是寧國府中風俗。」。

〔註14〕第二回王熙鳳初登場：「自幼假充男兒教養的，學名王熙鳳。」甲戌側批：「奇想奇文。以女子曰「學名」固奇，然此偏有學名的反倒不識字，不曰學名者反若假。」另外第五十五回鳳姐讚美探春時說「她又比我讀書識字。」可知王熙鳳不識字、亦未讀書。

上大展風采的賈探春，便因讀書識字，展現出了超越鳳姐的見識格局。

這位渾號「玫瑰」〔註15〕的三小姐，被讚為「老鴰窩裡出鳳凰」（第六十五回），雖為庶出，卻有著極為出色的才情見識。她是大觀園中詩社的發起人（見第二十八回），詩才僅次薛林二人，更有著與寶玉相似的審美與興趣。真正使探春得以一展才幹，是第五十五回鳳姐小產，王夫人不得不託李紈、探春、薛寶釵三人代理管事，實際上以探春決策為首。第五十六回回目〈敏探春興利除宿弊〉，作者予以「敏」一字定評，大寫探春一系列的管家決策，包括拒絕用人唯親、回絕生母趙姨娘的血緣勒索、取消重複開支之月例錢等，更安排專人管理大觀園既有的花木園圃，善用物資以回收量作銀錢。如此一系列興利除弊之決策，使正在小產休養的鳳姐，忍不住向回報事況的平兒誇讚道：

> 好，好，好，好個三姑娘！我說他不錯。……這正碰了我的機會，
> 我正愁沒個膀臂。……他雖是姑娘家，心裡卻事事明白，不過是言
> 語謹慎；他又比我知書識字，更屬害一層了。（第五十五回）

探春雖平日安守本分、謹慎言行，卻大有管家之才，且因讀書識字，不僅知理明事，更有超越常人的遠見抱負。第七十四回抄檢大觀園，秋爽齋是唯一秉燭開門以待抄檢隊伍之處，探春以堅決強悍的態度維護下人，對於王善保家的「掀裙翻賊贓」的欺主行為，她採取果斷的反擊，展現出的不僅是憤怒，更是對抄檢一事的痛心，說出了「百足之蟲，死而不僵」、「必須先從家裡自殺自滅起來，才能一敗塗地」（第七十四回）的憤慨之語，深刻表達出對於家族的痛心疾首與無可奈何。身為庶出女兒，探春明白時務、謹守本分，卻也有透露出不甘於性別侷限，忍不住發出感嘆之時：

> 我但凡是個男人，可以出得去，我必早走了，立一番事業，那時自
> 有我一番道理。偏我是個女孩兒家，一句多話也沒有我亂說的。（第
> 五十五回）

「我但凡是個男人」一句，明確表現出探春對於性別的自我意識，身有丈夫大志，卻受限於女兒之身。敏智過人的她，非常理性的意識到女性的附屬地位及自身困境，並未貿然的對無力扭轉的現實發起反抗，而是盡力發揮自己的才幹，為家族傾己貢獻。脂硯齋稱其為「使此人不去，將來事敗，諸子孫不至流

〔註15〕「賈氏孫男俱從玉旁，玫瑰之名，恰有深意，不獨色香刺也。此獨具著眼處。」
〔清〕姜祺：《紅樓夢詩・賈探春》，見一粟編：《紅樓夢資料彙編》，頁478。

散也」（第二十二回批語）的關鍵人物，可見若非其「遠嫁」，賈府或不至於淪落子孫散盡的悲涼境地。只可惜，女兒注定出嫁、且女性的貢獻在夫家不在娘家，探春再心繫家族，也對大廈傾覆無能為力。

綜合上論，皆強調了女性不僅有著幽微靈秀的生命本質，更有著不輸給男性的才幹能力，其存在和作用，是家族社會存在的中堅力量，絕不該被小覷忽視。由此觀之，《紅樓夢》是一部閨閣昭傳，裙釵不讓鬚眉，本自歷歷有人。而肯定了女性的生命價值、力量和作用，並以大量筆墨去刻畫其生命姿態，正是《紅樓夢》所展現出的，超越時代的前瞻性。

二、憐惜女性

《紅樓夢》既是一部「使閨閣昭傳」而創作宗旨的小說，刻畫了「行止見識」皆不落凡俗之裙釵，然而，這些鍾天地之幽微靈秀的女性，卻被困鎖在深宅大院之中，難以挺立出自我的生命價值。而且，小說的最後，所有女性皆是受盡磨難，無一倖免於「紅顏薄命」的集體命運。這樣的結局安排，是當代社會對於女性不公的縮影，也可窺見作者對於女性的同情和憐憫。

值得注意的是，《紅樓夢》並非一部女性主義作品，亦非為反對時代體制、提倡女權為創作目的，作者是以當代男性文人的角度，提出對於女性的悲憫憐惜，以及針對傳統的反省。小說中，忠實地表現出男尊女卑現象及當代價值觀，只是在作者的憐惜之情與「使閨閣昭傳」之創作宗旨下，創造出烏托邦式的大觀園，給予了青春女兒極大的舞台和空間。與此同時，小說中依然誠實展現出了社會文化對於女性的限制與不公，種種衡量標準，往往與男子不在同個天秤上。

一般而論，在時代的框架束縛下，女性作為父權社會的附屬品，難以挺立出個體的生命價值，正因如此，在面臨「情」之試煉時，更容易受限於格局而難以超脫，困陷情海而無法自拔。小說中更加強調幽微靈秀之女兒，在「情」上所遇的悲劇、苦難及死亡。

（一）「紅顏薄命」的悲劇預示

「情」之一字，在《紅樓夢》中至關重要。小說中「紅顏薄命」的原因，往往難逃「情」所帶來的苦煉，這正是「大旨談情——警情」的展現。而關於這個重點，在掌管世間女子悲劇命運的太虛幻境中，早有種種暗示。

第五回寶玉神遊太虛幻境，警幻仙姑初出場時的自我介紹說道：

　　　吾居於離恨天之上，灌愁海之中，乃放春山遣香洞太虛幻境警幻仙

　　姑是也。

　　所謂「離恨天之上，灌愁海之中」的「放春山遣香洞」，清楚告訴我們，這個基地是建立在「離恨」、「灌愁」、「放春」、「遣香」之上的——春天被放逐，芳香被遣散，青春女兒的美好與希望都面臨破滅，於是充盈其中的就是滿天的離恨與汪洋的哀愁。〔註16〕此正對應了太虛幻境正殿的宮門上橫寫四個大字「孽海情天」，旁對聯寫：「厚地高天堪嘆古今情不盡，痴男怨女可憐風月債難償」，點明古今風月情債所導致的情海困陷。同樣的，太虛幻境中，明寫出道號的仙者，「一名痴夢仙姑，一名鍾情大士，一名引愁金女，一名度恨菩提」，皆從諱稱上表明其皆為情海中的陷溺者，加之第一回「終日游於離恨天外，饑則食蜜青果為膳，渴則飲灌愁海水為湯」的絳珠仙子，可見即使是位於仙界的男仙女仙，本質上也依舊與人界的「痴男怨女」一樣，困限於情中難以自拔。

　　除卻「警情」之寓意，太虛幻境更是司掌天下女子的悲劇命運之處。第五回寫寶玉隨警幻仙姑遊歷，入薄命司，翻閱金陵十二釵之副冊、又副冊及正冊，隨後品香、喝茶、飲酒，欣賞紅樓夢十二支曲，警幻許配其妹授雲雨之事，後遇迷津，方從夢中驚醒。遊仙境所經歷之種種，不僅是替小說情節進行預告及鋪墊，更是世間女子悲劇命運之揭示。

　　正如警幻仙姑所說，太虛幻境各司貯有「普天之下所有女子過去未來的冊簿」，乃是世間女子悲劇命運之集合地。寶玉初入薄命司，「只見有數十個大櫥，皆用封條封著。看那封條上，皆是各省地名」，而寶玉雖只取家鄉金陵，一地卻可映照各省，實應涵括了全天下的所有女性。此外，除卻寶玉入內參觀的「薄命司」外，尚有「痴情司」、「結怨司」、「朝啼司」、「夜怨司」、「春感司」、「秋悲司」等，諸此七司之名稱，皆是呼應了薄命司旁的對聯：「春恨秋悲皆自惹，花容月貌為誰妍。」痴情、結怨、朝啼、夜怨、春感、秋悲，再加上薄命，總和起來，正是展現出青春女兒困陷於情的悲苦命運，無論四季更迭、朝昇日落，都為了「情」字而啼哭傷悲，深陷於這個輪迴中無法抽離。

　　而寶玉參觀薄命司，相繼翻閱「金陵十二釵」的副冊、又副冊及正冊。世間女子無數，冊簿中僅「擇其緊要者錄之」，不錄庸愚之輩，得入冊簿者實為天下女子中的佼佼者，卻無一倖免於紅顏薄命之宿命。小說中寶玉所閱覽的

〔註16〕歐麗娟：《大觀紅樓（母神卷）》，頁122。

「金陵十二釵」三本冊簿，一共出現十五名女子、十四幅圖讖，名列如下：

　　正冊——林黛玉、薛寶釵、賈元春、賈探春、史湘雲、妙玉、賈迎

　　　　　春、賈惜春、王熙鳳、賈巧姐、李紈、秦可卿

　　副冊——香菱

　　又副冊——晴雯、襲人

從上述名錄的排序，可看出人物與寶玉之間的關係遠近，而正冊、副冊、又副冊的劃分，更是按照嚴格的身份貴賤而區別：正冊收錄「主子」，包括小姐、奶奶，故而年齡幼小且少出場的賈巧姐亦在其列；副冊收錄身份僅稍遜於正冊者，唯一出現的香菱，原是出身官宦之家的小姐，登副冊之首自是無疑；又副冊收錄「婢女」，出現的晴雯、襲人，二者皆為怡紅院為首的一等大丫頭，可知又副冊所收錄者為婢鬟中身份較高者。關於十二釵冊簿的總數，第十八回脂批透露出相關線索：

　　是處引十二釵總未的確，皆系漫擬也。至回末警幻情榜方知正、副、

　　再副及三四副芳諱。壬午季春。畸笏。（第十八回脂批）

根據「正、副、又副、三副、四副」的冊數，乘上每冊十二名女子之數，則可知「金陵十二釵」應有五冊、共收錄六十名女子。脂批中多次提及，小說末尾會出現「警幻情榜」，亦應符此人數。至於情榜內容，惟今可見僅有寶黛二人之評：

　　後觀《情榜》評曰「寶玉情不情」，「黛玉情情」。（第十九回脂批）

《紅樓夢》回目不乏對人物的一字定評，而從脂批所透露的線索可知，作者將於小說末尾，以「情」對人物進行一個總評式的定評。身為「諸艷之冠」的寶玉，加上薄命司金陵十二釵中的六十名女子，統共六十一人，位列於「情榜」之上。足以見「情」一字貫穿全書，亦符合第一回情僧「因空見色，由色生情，傳情入色，自色悟空」的悟道過程。

　　再者，第五回所寫到，專屬於太虛幻境的特產，包括了「羣芳髓」、「千紅一窟」、「萬艷同杯」。〔註17〕觀其製作之材料，羣芳髓「系諸名山勝境內初生異卉之精，合各種寶林珠樹之油所制」之香，千紅一窟乃「出在放春山遣香洞，又以仙花靈葉上所帶之宿露而烹」之茶，萬艷同杯則是「以百花之蕊，萬木之

〔註17〕此外，第七回談及冷香丸藥引子一段，脂批有言：「卿不知從哪裡弄來，余則深知是從放春山採來，以灌愁海水合成，煩廣寒玉兔搗碎，在太虛幻境空靈殿上炮製配合者也。」故知冷香丸同樣來自於太虛幻境。陳慶浩：《新編石頭記脂硯齋評語輯校增訂本》，頁160。

汁,加以麟髓之醅,鳳乳之麴釀成」之酒。綜觀上述三項特產,於載體上,使用了香、茶、酒,同時具備了嗅覺、味覺上的刺激,符合「聲色口腹之慾」的滿足;於材料上,不乏來自於仙境之物,更皆以「花」及「水」為必備條件,呼應了女兒「是水做的骨肉」及如花朵般的青春嬌嫩;於名稱上,以「芳」、「紅」、「艷」象徵了女兒姣花般的幽微靈秀,更以諧音「碎」、「哭」、「悲」等字,寓示了女兒生命的必然毀滅。這正與紅樓夢十二支曲引子所唱:「趁著這奈何天,寂寥時,試遣愚衷,演出這懷金悼玉的紅樓夢。」「懷金悼玉」四字,呼應了金陵十二釵正冊居首的二名女子——林黛玉、薛寶釵之名。青春極盡妍好,仍是群芳盡碎,千紅為之一哭、萬艷同為傷悲,金玉一般的嬌貴的人兒,終究難逃世間薄情、紅顏薄命,所面臨之處,盡是無可奈何的傷懷之境。

(二)「無可奈何」的集體宿命

第五回警幻攜寶玉入室,見壁上懸一副對聯:「幽微靈秀地,無可奈何天。」此二句對聯旁,脂批評:「女兒之心,女兒之境。」又批曰:「兩句盡矣。撰通部大書不難,最難是此等處,可知皆從無可奈何而有。」這則脂批是一則重要線索,從中可知,女兒之本質為「幽微靈秀」,女兒之處境為「無可奈何」,而撰整部書所寫至最為困難處,同時也是造成世間女子紅顏薄命之困境,皆從「無可奈何」四字而起。

「無可奈何」究竟因何之故?這一句話,道盡了普天下女子之悲劇命運的無奈。在小說中諸多薄命紅顏,其中有兩名人物,可謂是這句話的極致展現,一名是「知情更淫」的秦可卿,另一名則是具備當代命運之高度普遍性的香菱。

1. 秦可卿:「知情即淫」的無所託付

秦可卿是《紅樓夢》中充滿謎團的女性,小說中對她的描寫朦朧且撲朔迷離。她出現文本跨度短,第五回出場、第十三回上吊自盡後,賈府舉行了宛如慶典般的盛大路祭,隨即迎來的「烈火烹油,鮮花灼錦」的元春封妃,大觀園這個專屬女兒的青春樂園,亦才得以建立。

秦可卿擁有橫跨人間與仙界的雙重身份,且兩者都與「情慾」緊密相關。在仙界,她是警幻仙姑之妹兼美,受命與寶玉行雲雨之事;在人間,她是寧國府賈蓉之妻秦氏,從小說及脂批種種暗示,可推測其與公公賈珍有亂倫之舉。

小說對於秦可卿之死亡書寫,集中在第十一回至第十三回,與另一名人物

賈瑞呈現複線並行，實筆正寫賈瑞、虛筆暗寫秦可卿。此二名人物，正是「好色即淫，知情更淫」〔註18〕的兩面對照。秦可卿身為「知情更淫」之象徵，小說之中的相關描寫，皆脫不開情慾。第五回判詞寫道：

> 情天情海幻情身，情既相逢必主淫。漫言不肖皆榮出，造釁開端實在寧。

「情既相逢必主淫」一句，正是「知情更淫」的展現，更是《紅樓夢》中女性因情而死的一種形式。此外，第五回曲〈好事終〉：

> 畫梁春盡落香塵。擅風情，秉月貌，便是敗家的根本。箕裘頹墮皆從敬，家事消亡首罪寧。宿孽總因情。

「畫梁春盡落香塵」符合圖讖所寫之上吊死亡；「擅風情，秉月貌，便是敗家的根本」，將秦可卿的美貌風情，視為寧府頹敗之原因，彷彿美貌是女子的原罪；「宿孽總因情」，則再次將其死亡及亂倫罪孽回扣至「情」上。

實際上，寧府的頹敗絕非單因秦可卿之美貌，所謂「敗家根本」，應是指賈珍與秦氏亂倫淫行展現出的禮法敗壞，歸根結底，是因「皮膚淫濫之徒」，貪愛女子的美貌風情而徒享淫樂。「好色即淫，知情更淫」一句，同樣惑於情慾，男人執著於「色」，女人卻貪戀於「情」，而身處相同的社會文化之下，男性與女性面對「情慾」的態度非但並不一致，所須承擔的後果更不相同。正如張慧芳師所說：

> 女性對情慾的態度與男性不完全一致，女性容易擁抱一種幻覺，讓自己相信某些美麗的圖像便是愛慾的全部，並傾全力去奔赴此幻象。另一方面，在封建文化倫理的籠罩下，女性一旦涉及慾望，不是痛苦，便是罪惡。幻象的黏著依附和文化的嚴厲要求，都令女性無路可走而自我毀滅。……「情淫」源自自身對情慾幻境的惑亂纏綿，「不潔」來自社會文化的判決。〔註19〕

從脂批中可知，第十三回原回目〈秦可卿淫喪天香樓〉，作者刪去的「遺

〔註18〕「淫」有「過」、「浸淫」、「沉浸」之意。凡過其常度皆曰淫。「好色即淫」，好色起於因美色而生樂受，好色者執此樂受而生貪愛，因貪愛而生讚嘆繫著，繫著便是淫。此謂好色即淫。「知情更淫」，心貪為愛，繫著為情，知其繫著而不捨而更沉浸便是更淫。此謂知情更淫。無論是好色之淫或知情之淫，色本無常，沉浸復沉浸，乃將心淫於無常中，淫於空中，淫於無所有中，奔走嚎哭，無力轉因緣大法，終歸於死滅。張慧芳：〈論《紅樓夢》賈瑞與秦可卿之死複線並行的結構與意義〉，頁284。

〔註19〕張慧芳：〈論《紅樓夢》賈瑞與秦可卿之死複線並行的結構與意義〉，頁289。

簪」、「更衣」諸文四五頁，〔註20〕皆是大寫秦可卿與賈珍亂倫淫行之筆。寧府爬灰之醜事，原應是府內公開之秘密，〔註21〕一旦淫行曝光，女性在禮教規範之下，唯有以死贖其罪孽。

　　秦可卿的上吊自殺，是《紅樓夢》中一系列不正常死亡的開始，一列芳魂者眾中，以尤二姐、尤三姐之死亡與秦可卿最為類似。尤氏姐妹出場於第六十三回，賈敬歿於道觀，賈珍父子星夜馳回，聽聞尤氏姐妹來了，賈蓉「便和賈珍一笑」，這一笑引出父子的聚麀之誚，可謂是將前文秦氏隱而未發的淫行揭示於讀者眼前。尤氏姐妹前半生淫蕩，即使尤二姐嫁後一心賢良、尤三姐一生專情剛烈，始終擺脫不了「不潔」之烙印，結局是一人吞金自殺、一人自刎明志。死於無以自辯的「不潔」，和死於「情淫」，結果並無二致。

　　無論是秦可卿的「情淫」，亦或尤氏姐妹的「不潔」，都是情慾惑亂的女性，在社會文化之下，面臨以死贖罪的絕境。這個罪孽，來自社會文化的判決，也呼應著太虛幻境的「孽海情天」。相較之下，導致這一切的男性，非但無須承擔後果，更可一再在女性身上貪歡尋樂，正如寧府賈珍父子，直接導致了可卿的死亡之後，又繼續糾纏尤氏姐妹。而這些被黔烙上「不潔」之名的女兒，她們的死亡，源於愛慾淫行，更肇因於對「情」的幻想：

> 夢裡仙境的可卿所愛者乃「意淫」之寶玉，寧府凡間的可卿所糾纏者是「皮膚淫濫」的賈珍父子。情色生命，幻境之可卿所厭棄者，現實之可卿都經歷了。……幽微靈秀之女兒，將自己一生之情繫於男子身上，而世俗男人是如此這般的粗蠢；粗蠢便算了，如果，男人對女人的所有一切的好，都源於背後最深邃最幽暗處的性慾，所有一切的好，都為了最後最強烈的慾望的佔有，作為一位女子，對情愛的渴求，就命定無法真正被了解、被懂得、被珍惜，也無從得到真心的回報，只有被辜負了。那麼，女性幽微靈秀的情的繫託，又將是如何的無可奈何。〔註22〕

秦可卿的「淫行」，乃是源於「知情」所導致的罪孽。小說中，世間懂曉「意

〔註20〕第十三回脂批：「『秦可卿淫喪天香樓』，作者用史筆也。老朽因有魂托鳳姐賈家後事二件，豈是安富尊榮坐享人能想得到者？其事雖未行，其言其意，令人悲切感服，姑赦之，因命芹溪刪去『遺簪』、『更衣』諸文，是以此回只十頁，刪去天香樓一節，少去四五頁也。」

〔註21〕如第七回焦大醉罵喊出：「爬灰的爬灰，養小叔子的養小叔子。」可知亂倫醜事下人亦知。

〔註22〕張慧芳：〈論《紅樓夢》賈瑞與秦可卿之死複線並行的結構與意義〉，頁291。

淫」者唯寶玉一人。皮膚淫濫之徒的貪歡，加上社會文化的判決與不公，成為女兒生命的絕境；而女兒幽微靈秀之極致的「情」，換來的，只有以及無路可走的絕路，最終，唯有喟嘆一句無可奈何的辜負與虧欠。

2. 甄英蓮：「有命無運」的失落宿命

相較於秦可卿的朦朧書寫，香菱的悲劇命運，則具有更高的普遍性。她是《紅樓夢》中出現的第一名世間女子，在小說裡貫穿了特別長的敘事維度。而正是這樣一個以呆憨和韌性，去承受世間施加殘酷宿命的女兒，最具人間味，她的悲劇命運，最能濃縮為「普天之下所有女子」的縮影。

第七回周瑞家的初見香菱，讚美道：「倒好個模樣兒，竟有些像咱們東府裡蓉大奶奶的品格兒。」香菱不僅容貌像可卿，幼年時失落身世，長大後被富貴處糟賤而死，種種人生軌跡，也都與可卿相似。本名甄英蓮的她，是甄士隱之女，卻於幼時元宵燈會上被拐子抱走，遺忘了自己的身世、年齡，本有機會與傾心自己的馮淵結為連理，又被拐子二賣給薛蟠為妾。她的品貌出眾、出身良好，亦曾遇良人，一生之中，原有數次能夠幸福的機會，卻在命運的嘲弄下，幾次三番與之擦肩而過，成為《紅樓夢》悲劇中又一縷芳魂。

綜觀香菱一生，最幸福的時光、也是唯一一段最為快樂的時光，應是第四十八回薛蟠外出，得以隨寶釵入住大觀園。搬入蘅蕪院後，香菱提出的唯一一件懇求，便是希望學詩。〈慕雅女雅集苦吟詩〉一回，令寶玉不禁感嘆：「這正是『地靈人傑』，老天生人再不虛賦情性的。我們成日嘆說可惜他這麼個人竟俗了，誰知到底有今日。可見天地至公。」（第四十八回）足見香菱入大觀園這個女兒青春樂土，學做詩以抒發性靈才情，乃是世間殘忍之下，難得的短暫補償。香菱向黛玉學詩一段，脂硯齋有批云：

> 細想香菱之為人，根基不讓迎探，容貌不讓鳳秦，端雅不讓紈釵，風流不讓湘黛，賢惠不讓襲平，所惜者幼年離或，命運乖蹇，致為側室。（第四十八回脂批）

只是，天地難得公平，命運仍舊乖蹇。這樣一個出身鄉宦望族，擁有相似於兼美釵黛之品貌，容貌性情都不遜於十二釵正冊諸芳的柔順女子，雖在大觀園中，暫得一段女兒時光，仍難逃「有命無運」之宿命，最終淪落慘遭正妻折磨致死的下場。第五回香菱之判詞寫：

> 根並荷花一莖香，平生遭際實堪傷。自從兩地生孤木，致使香魂返故鄉。

　　「荷花」意指香菱之本名英蓮，「兩地生孤木」則是使用拆字法暗指「桂」字，「致使香魂返故鄉」，明確寫出香菱是被夏金桂折磨致死。判詞直接了當的宣判了香菱的命運，與程高本續書所寫夏金桂意欲毒害香菱反自害、香菱生子扶正有所不同，第七十九回薛蟠迎娶正妻夏金桂入門，距離香菱的死期即應不遠。

　　此外，在小說中，與香菱的命運呈現對比的，是嫁與賈雨村為妾的嬌杏。脂硯齋在描述嬌杏「命運兩濟」旁有批注道：

　　　　與英蓮「有命無運」四字，遙遙相映射。蓮，主也；杏，僕也。今蓮反無運，而杏則兩全，可知世人原在運數，不在眼下之高低也。此則大有深意存焉。（第二回脂批）

　　與香菱相反，嬌杏本為奴僕，因無心一顧而得嫁賈雨村，後生子扶正，這樣的際遇，與本為宦族小姐卻淪為侍妾的香菱，成為強烈的對比。嬌杏之名，諧音「僥倖」，世間得嬌杏之結局者，實寥寥無幾；而如甄英蓮般，令人觀之嘆息、真應憐惜的，才是世間紅顏薄命的常態。

　　香菱既是小說中第一位出場的世間女子，具備了中國傳統女子的普遍悲劇性。面對世間的殘酷，她沒有選擇、無所依靠、亦沒有反抗，用她的呆憨吃盡所有苦難，用她的嬌憨嚮往著大觀園裡的詩意和美。她與可能的幸福次次擦肩而過，被沈重的現實輾壓至無所依傍、直至死亡，女兒的幽微靈秀，從無所託付，到化為一縷幽魂，沒有控訴、亦不再流淚。「真應憐」三字，不僅是作者對香菱命運之感嘆，更是對世間所有女子的憐憫同情。

第三節　「補天」之理想涵義在小說中的具體呈現

　　「幽微靈秀地，無可奈何天」。世間對於女兒的虧欠之深，到了無以依傍、無以繫託的地步，是而，在「補天」之理想涵義上，作者對於「憐惜上天對女子的不公平」之具體呈現，在於建造了一個專屬於女兒「大觀園」，使青春女兒得以在這個理想世界中，短暫享受生命中最為美好的時光。然而，這個理想樂園的存在，卻是極其夢幻且脆弱的，魯迅說：「悲涼之霧，遍批華林。」〔註23〕也正是這個理想世界的幻滅，成為《紅樓夢》最具張力的悲劇性所在。

〔註23〕「悲涼之霧，遍批華林，呼吸領會之，獨寶玉而已。」魯迅：《中國小說史略》，（北京：人民文學出版社，1973），頁 201。

一、專屬女兒的青春樂園

　　大觀園原是賈府為元妃所蓋的省親別墅。第二十三回寫道，元妃知道省親結束後，賈政等人必當敬鎖園林，想到「家中現有幾個能詩會賦的姐妹」，又思及寶玉「自幼在姊妹叢中長大，不比別的兄弟，若不命他進去，只怕他冷清了」，遂下令讓眾姐妹一齊入園居住，寶玉亦一同入園奉旨讀書，才不致使花園寥落，「佳人落魄，花柳無顏」。同一回旁有脂批註云：

　　　　大觀園原系十二釵棲止之所，然工程浩大，故借元春之名而起，再
　　　　用元春之命以安諸艷，不見一絲扭捻。

　　大觀園的建造與安頓，全繫源於元春。由於寶玉與元妃之間，亦姐弟亦母子的深刻親情，加上寶玉幼號「絳洞花主」（第三十七回）、「係諸艷之冠」（第十七回脂批）的特殊身份，使寶玉得以成為大觀園中，唯一一名成年男性。〔註24〕自此，大觀園成為了專屬女兒的樂園，譜出《紅樓夢》最為美麗的青春樂章。

（一）仙界的垂直投影

　　大觀園是專屬於青春女兒的堡壘，更似一種理想世界的烏托邦，女兒得以在這個青春樂園之中，無憂無慮的享受生命中最鮮妍的歲月，充分的展現青春生命的美好。不過，這個樂園，不僅是在皇權之下所建的產物，更與仙界太虛幻境有著密切的關係。余英時在〈紅樓夢的兩個世界〉一文提出：「大觀園不在人間，而在天上；不是現實，而是理想。更準確的說，大觀園就是太虛幻境。」〔註25〕此一文開拓了紅學研究的新思路。〔註26〕正如脂硯齋所說：

　　　　大觀園係玉兄與十二釵之太虛玄（幻）境，豈可草率？（第十六回
　　　　批語）

　　肯定了大觀園乃是太虛幻境的人間投影，更與金釵們密切相關。此外，也可對映太虛幻境之對聯「幽微靈秀地，無可奈何天」旁，兩則重要脂批：

　　　　女兒之心，女兒之境。

〔註24〕此處之「成年男性」，意指經過性啟蒙的男人。同住於大觀園中的男性，僅有賈寶玉及賈蘭，而賈蘭年齡太小，視為兒童，並不列在「男性」之列。關於寶玉得以居入大觀園之資格和意涵，詳見第四章第三節。

〔註25〕余英時：《紅樓夢的兩個世界》，頁45。

〔註26〕此處強調余英時一文提出致使紅學界對於「大觀園」理想性之重視及討論。關於「兩個世界說」之不完備、批評及衍生說法，詳見陳昭維：《紅學通史》，頁624～657；王慧：《大觀園研究》，頁33～40。

兩句盡矣，撰通部大書不難，最難事此等處，可知皆從無可奈何而有。

既點明了「太虛幻境」是屬於女兒之境，而投影到人間的具體呈現「大觀園」，更無疑是專屬於女兒的青春樂土。關於這一點，第十八回元妃省親時，眾金釵奉命所做的應制詩中，就處處將大觀園與仙境比擬：

元春——天上人間諸景備，芳園應錫大觀名

迎春——誰信世間有此境

惜春——景奪文化造化功

李紈——風流文采勝蓬萊　　神仙可幸下瑤台　　未許凡人到此來

黛玉——仙境列紅塵

雖說應制詩乃是奉皇命而作，以眾金釵之筆詠大觀園，詠這個專屬於十二釵等眾女兒的仙境，實非草率之筆。此外，小說中唯一一名神遊到過太虛幻境的寶玉，更在遊歷大觀園的過程中，出現了與遊歷仙境時相似的情景及心境：

> 那寶玉剛合上眼，便惚惚的睡去，猶似秦氏在前，遂悠悠蕩蕩，隨了秦氏，至一所在。但見朱欄白石，綠樹清溪，真是人跡希逢，飛塵不到。寶玉在夢中歡喜，想道：「這個去處有趣，我就在這裡過一生，縱然失了家也願意，強如天天被父母師傅打呢。」（第五回）

而第十七回題詠大觀園一段，寶玉隨賈政一行人行至沁芳亭一帶，景色正是「朱欄白石，綠樹清溪」；至寶玉初入住大觀園時，文中敘寫「且說寶玉自進園來，心滿意足，在無別項可生貪求之心。」（第二十三回）對照所見景色和寶玉之心境，不難看出俗世的大觀園與仙界太虛幻境之間的投射關係。類似的例子，還有第十七回題詠大觀園，寶玉隨賈政一行人，見一玉石牌坊：

> 賈政道：「此處書以何文？」眾人道：「必是『蓬萊仙境』方妙。」賈政搖頭不語。寶玉見了這個所在，心中忽有所動，尋思起來，倒像在那裡曾見過的一般，卻一時想不起那年那月日的事了。（第十七回）

這個寶玉想不起來的所在，由脂批提醒：「仍歸於葫蘆一夢之太虛玄境。」正是第五回隨警幻遊仙境所見，「有石牌橫建，上書『太虛幻境』四個大字」。而這個被眾人稱為「蓬萊仙境」的玉石牌坊，被題名「天仙寶鏡」（第十八回），後又被劉姥姥誤認為是「玉皇寶殿」（第四十一回），可見位於俗世之大觀園，正是仙界太虛幻境的垂直投影。

（二）女兒的專屬之境

大觀園既是人間的「女兒之境」，似這般「嚴肅清幽之地」（七十三回脂批），首要條件，便是在物理空間上，嚴謹地將男性隔絕在外，使其形成一個專屬女性的人間仙境。在眾姐妹入住大觀園後，除了寶玉之外，不允許男人入內，幾乎形成一條無形的禁令。綜觀前八十回文本，只有極少的幾次例外如下：

1. 賈府眾男性大規模進園：第二十五回，寶玉和鳳姐受魘魔法，驚動眾人，連同賈赦、賈珍、賈政、賈璉、賈蓉、賈芸、賈萍、薛蟠等一眾男性大規模進園。第七十五回，中秋夜宴，賈母領眾人於凸碧堂賞月。

2. 賈芸與種花人進入大觀園

   第二十四回，只見有個老嬤嬤進來傳鳳姐的話說：「明日有人帶花兒匠來種樹，叫你們嚴禁些，衣服裙子別混曬混晾的。那土山上一溜都都攔著幃幔呢，可別混跑。」

   第二十五回，「（紅玉）正走上翠煙橋，抬頭一望，只見山坡上高處都是攔著幃幔，方想起今兒有匠役在裡頭種樹。因轉身一望，只見那邊遠遠一簇人在那裡掘土，賈芸正坐在那山子石上。紅玉待要過去，又不敢過去。」

3. 晴雯生病，請太醫診治。

   第五十一回，胡太醫入怡紅院，全程由年老婆子引路，「彼時，李紈已遣人知會過後門上的人及各處丫鬟迴避，那大夫只見了園中的景緻，並不曾見一女子。」後寶玉嫌用藥過猛，換請王太醫。第五十二回，王太醫再來診視。第五十三回，晴雯病補雀金裘，病情加重，又請王太醫前來看病。

4. 賈芸、賈環等人到過寶玉所居之怡紅院，但活動也僅限怡紅院。因怡紅院貼近大門，故從大門到怡紅院，多半不會驚動或見到其他地方的人。詳情如下：

   （1）第二十六回，寶玉喚賈芸入怡紅院，由小丫頭墜兒陪進來及送出去。

   （2）第六十回，賈環、賈琮二人來問候寶玉的病，賈環向芳官要薔薇硝。

（3）第六十二回，賈環、賈蘭等人來為寶玉祝壽。〔註27〕

在這些少數例外中，除卻由賈母引領的大規模進園之外，零星進入大觀園的男性，分為兩種類型：其一，具有特殊任務在身，入園有專人引路，絕不可隨意走動，與園中女兒保持著極遠的距離；而園內女兒在得知有外男入園時，亦必須遵循規矩，先行遠離，避免發生女兒與外男碰面的事情發生，例子如第二十四回，賈芸與種花人初將入園，鳳姐派老嬤嬤提前傳話吩咐小丫頭「別混曬晾衣裙、更別亂跑」，便是避免年輕女婢與外男相遇，也防止少女曬晾的日常衣物被外人看見；更有甚者則是第五十一回，胡太醫替晴雯看病，在李紈的安排下，胡太醫由年老婆子引路，出入怡紅院全程不見一名年輕女子，正是脂批評的「儼然大家規模。」其二，入園男性的另一種類型，便是拜訪居於園內的寶玉，如賈環、賈琮、賈蘭、賈芸等人。此一類型入園，活動範圍僅限於怡紅院，且怡紅院位置接近大觀園正門，故入園路線、活動範圍，皆不會打擾到園內女兒，出入亦有專人引路。由此觀之，續書第八十三回，寫賈璉竟能隨王夫人入瀟湘館替黛玉醫病，更與紫鵑大談闊論，便可知程高續書在根本上，並未把握作者的用意及大觀園之性質。

二、紅樓夢中的兩個世界

大觀園在物理空間上隔絕了男性，吻合了「女兒是水作的骨肉，男人是泥作的骨肉」（第二回），使園內保持女兒的潔淨清爽，不讓外界的骯髒污染大觀園。正如宋淇所說：

> 大觀園是一個把女兒和外面世界隔絕的一所園子，希望女兒們在裡面，過無憂無慮的逍遙日子，以免染上男子的齷齪氣味。最好女兒們永遠保持他們的青春，不要嫁出去，大觀園在這一意義上來說，可以說是保護女兒的堡壘。〔註28〕

作為保護女兒的堡壘，隔絕園外男性的污濁氣息及現實的骯髒，以保護園內女兒潔淨如水的青春生命，可謂是將「大觀園」及「園外世界」切分成截然的對立面，園內屬於青春女兒，是理想的、潔淨的，園外世界則是現實的、骯髒的。

〔註27〕詳見宋淇：〈論大觀園〉，（《明報月刊》第八十一期，1972年），頁4。收錄於余英時：《曹雪芹與紅樓夢》，（臺北：里仁書局，1985年），頁696～698。又可見王慧：《大觀園研究》，頁201～202。

〔註28〕宋淇：〈論大觀園〉，頁4。

「大觀園」及「園外世界」，呈現了強烈對比意義，其中寓含的悲劇隱喻，乃是作者苦心經營之筆。關於這一點，應見第二十三回一段重要文本：

> 早飯後，寶玉攜了一套《會真記》，走到沁芳溪札橋邊桃花底下一塊石上坐著，展開《會真記》，從頭細玩。正看到「落紅成陣」，只見一陣風過，把樹頭上的桃花吹下一大半來，落的滿身滿書滿地皆是。寶玉要抖將下來，恐怕腳步踐踏了，只得兜了那花瓣，來至池邊，抖在池內。那花瓣浮在水面，飄飄蕩蕩，竟流出沁芳閘去了。（第二十三回）

這是眾姐妹住入大觀園後的第一個事件。細看文本，是個極其夢幻美麗的場景，寶玉憐惜花瓣嬌嫩，不忍踐踏，故以衣襟兜了，抖落至沁芳溪。將嬌嫩的花瓣抖入潔淨之流水中，是寶玉所能想到的、最不「踐踏」落花的方法，憐惜愛物之情，正對應了情榜「情不情」之評。緊接著，便是初次黛玉葬花：

> 寶玉一回頭，卻是林黛玉來了，肩上擔著花鋤，鋤上掛著花囊，手內拿著花帚。寶玉笑道：「好，好，來把這個花掃起來，撂在那水裡。我才撂了好些在那裡呢。」林黛玉道：「撂在水裡不好。你看這裡的水乾淨，只一流出去，有人家的地方髒的臭的混倒，仍舊把花糟蹋了。那畸角上我有一個花塚，如今把他掃了，裝在這絹袋裡，拿土埋上，日久不過隨土化了，豈不乾淨。」（第二十三回）

《紅樓夢》多以花喻女兒，[註29] 因此，「落花」的結局，也可說預示著大觀園諸芳的命運。明媚鮮妍未能幾時，花開終究會凋零，而落花的結局，是「逐水飄零」還是「隨土化了」，是流向園外髒臭之處被糟蹋，還是埋在園內回歸塵土化了乾淨，兩種截然不同的結局，暗喻著園中女兒終將面臨的命運，也正合脂批之語：「若許筆墨，卻只因一個葬花塚。」[註30] 作者對於青春生命的悼惋惜憫，正如黛玉所吟唱的〈葬花吟〉：

> 未若錦囊收艷骨，一抔淨土掩風流。質本潔來還潔去，強於污淖陷渠溝。（第二十七回）

〈葬花吟〉是青春輓歌，也是黛玉憐惜落花與自我命運相互投射。「質本潔來還潔去」，既是是特地建花塚免其落陷溝渠的痴心，更是黛玉對於自身生命之

〔註29〕如：第二十七回黛玉之〈葬花吟〉、第六十三回〈壽怡紅羣芳開夜宴〉抽花籤、第七十六回聯句之「冷月葬花魂」、第七十八回晴雯死後小丫頭稱其「芙蓉花神」……等。

〔註30〕第十七回至第十八回批語。

潔淨的執著。「天盡頭，何處有香丘？」更是對於自我生命飄零的無解叩問。第十八回脂批云：「若許筆墨，卻只因一個葬花塚。」若能夠葬在園內、埋於花塚，乃是能保全自身潔淨的最佳結局；而若流落至園外，便是淪落泥淖被玷污，無法保全自身之潔淨本質。

落花是埋於花塚或逐水飄零，是「一抔淨土掩風流」還是「強於污淖陷渠溝」，截然不同的歸宿，點出了「大觀園」與「園外世界」之間的區別，正如余英時在〈紅樓夢的兩個世界〉一文中所點明的：

> 黛玉葬花一節正是作者開宗明義地點明紅樓夢中兩個世界的分野。〔註31〕

藉葬花一段，表達出「大觀園/理想/潔淨」、「園外世界/現實/骯髒」的二元對立關係。大觀園是專屬於女兒的青春樂土，是作者用心經營的理想世界，在寶玉心中，更可謂是唯一有意義的世界。園內的一切理想價值，都與園外現實世界呈現對立。這個「桃花源」、「理想國」、「烏托邦」的理想性，建立在不被俗規所限制，一旦獨立於常規常矩的原則被打破，便徹底失去「理想世界」的獨立性。

然而，大觀園終究建立在人間，絕非騰空築起的空中樓閣，雖是作者精心安排的理想世界，仍必須建立在現實世界的基礎之上。作者既細膩的寫了大觀園這個最乾淨的理想世界，同時也仔細的描寫了現實世界中的墮落與骯髒。大觀園的建造之初，就蘊含其與現實世界的不可分割——理想建立在現實之上、最潔淨的建立在最骯髒的之上，大觀園的悲劇和毀滅，也就此埋下了伏筆。第十六回大觀園建造一段，寫到了建址及水源：

> 先令匠人拆寧府會芳園牆垣樓閣，直接入榮府東大院中。榮府東邊所有下人一代群房盡已拆去。……會芳園本是從北拐角牆下引來一股活水，今亦無須煩再引。（第十六回）

大觀園的建址，竟是位於「寧府會芳園」及「榮府東大院」一帶。寧國府和榮府東邊可謂是賈府淫穢之事的聚集處，其中，寧國府中「爬灰的爬灰，養小叔子的養小叔子」（第七回），被柳湘蓮稱「只有門口兩隻石獅子乾淨」（第六十六回），〈見熙鳳賈瑞起淫心〉〔註32〕、〈秦可卿淫喪天香樓〉〔註33〕等淫行

〔註31〕余英時：《紅樓夢的兩個世界》，頁52。
〔註32〕第十一回回目。
〔註33〕第十三回原回目。

導致死亡之事件，皆發生在寧國府；榮國府東邊則是大房的舊居處，書中寫了賈赦欲強納鴛鴦的醜態，更多次明寫賈璉好色偷情之事，乃是西府最為不堪之處。

此外，另一個重點「水源」，第十六回脂批提醒：「園中諸景最要緊是水，亦必寫明方妙。」在小說中，「水」經常作為女兒潔淨的象徵，而大觀園之水沁芳溪，源頭來自於「會芳園北拐牆角下的一股活水」，代表在守護女兒的青春樂園之中，最重要的「水」，竟來自於最為汙穢的寧府會芳園。大觀園的「潔淨」本身，是建立在最污穢的現實之上，看似最乾淨的，其實是從最骯髒裡出來的；而最乾淨的，最終也是要回到最骯髒的地方去。〔註34〕

除了大觀園的存滅、逐水飄零的落花，最為符合這句話的人物，莫過於妙玉。第五回判詞：「欲潔何曾潔，云空未必空。」〈世難容〉：「到頭來，依舊是風塵骯髒違心願；好一似，無瑕美玉遭泥陷。」明明對於潔淨的執著到了「過潔世同嫌」的地步，連劉姥姥喝過的茶杯都不願留，妙玉的結局卻最為不堪，正是「強於污淖陷渠溝」的極致悲劇。

作者一方面建立了一個純淨的理想世界，另一方面，無情地描寫一個與之對比的現實世界，潔淨與骯髒形成強烈的對比，現實世界的外力不斷的在摧殘著理想世界，直到它完全毀滅。當這種動態拉鋸到最終點時，便是理想世界毀滅的時刻，《紅樓夢》的悲劇性，也就抵達了最高點。

三、大觀園的傾覆與頹圮

大觀園的理想性，可謂在建造之初，就註定了悲劇性的毀滅。作者以建址的汙穢，提醒了「最乾淨的是從最骯髒中出來的」、「最乾淨的又終將回到最骯髒去」，也預示了理想世界本身的脆弱。關於大觀園的悲劇，宋淇說：

> 大觀園本身代表一種理想，可是這個理想的現實依據是非常之脆弱的，同一切理想一樣，它早有幻滅的一天，不過它幻滅的來臨，應該來自它內部發展的規律和邏輯。……《紅樓夢》的悲劇感，與其說來自抄家，不如說來自於大觀園理想的幻滅，後者才是基本的，前者只不過是雪上加霜而已。〔註35〕

《紅樓夢》最具張力的悲劇感，源於作者筆下理想世界的幻滅。致使大觀

〔註34〕余英時：《紅樓夢的兩個世界》，頁50。
〔註35〕宋淇：〈論大觀園〉，收錄於余英時：《曹雪芹與紅樓夢》，台北：里仁書局，1985年，頁701。

園毀滅有兩大因素：其一，為上文所寫「內部發展之規律和邏輯」，也就是「時間」因素導致的少女出嫁；其二，則是人為導致的諸芳離散，即第七十四回〈惑姦讒抄檢大觀園〉。

（一）必然規律：少女出嫁

所謂「幽微靈秀」的青春女兒，具有「年輕」、「未嫁」兩項必要條件。寶玉心中的「女兒」，是世上最珍貴潔淨、可愛可敬之人，無論是人品學問、行止見識，在他心裡的價值，都遠遠勝過男子。

女兒養在深閨，尚未出嫁前，少有機會沾染世俗的污穢氣息，因此得以保持性靈的自然和本真。這份尚未被污染的純淨美麗，是建立在低社會化、低世俗化的前提之下，也就是說，隨著年齡的增長，以及步入婚姻的必然之下，女兒的純粹美麗，會逐漸被現實染污，其本性的光輝，也會隨之消磨殆盡。第五十九回，就透過小丫頭春燕之口，轉述了寶玉的憤慨不解：

> 女孩兒未出嫁，是顆無價之寶珠；出了嫁，不知怎麼就變出許多的不好的毛病來，雖是顆珠子，卻沒有光彩寶色，是顆死珠了；再老了，更變的不是珠子，竟是魚眼睛了。分明一個人，怎麼變出三樣來？（第五十九回）

從光華燦爛的寶珠，褪成失去光彩的死珠，再到毫無價值的魚眼珠子，生動形容了青春女兒被現實消磨的生命狀態。從深閨中的天真嬌憨，到初為人婦的處處掣肘，再到現實不公卻無可奈何，在繁雜瑣碎的柴米油鹽之中，一點一點遺失了本然的幽微靈秀，被磨礪成了黃臉婆子的粗陋模樣。

只是，隨著時間的流逝，女兒注定要出嫁，這是當代社會不得不遵循的必然規律。要躲避「出嫁」的命運，使生命滯留在青春未嫁的狀態，唯有兩條途徑，一是未嫁早夭（如：黛玉、晴雯），二是遁入空門（如：妙玉、惜春），二者皆非常態。越接近八十回，便可見到大觀園中的小姐，面臨議親、備嫁，詳見如下〔註36〕：

1. 第五十八回，邢岫煙許配與薛蝌，待一兩年後成婚。
2. 第七十七回，探春已有官媒說親。
3. 第七十九回，迎春被許嫁給孫紹祖，搬出大觀園。

此外，更多處透露出女兒因年齡大了而「成親」或「將要許配人家」的訊息：

〔註36〕宋淇：〈論大觀園〉，收錄於余英時：《曹雪芹與紅樓夢》，頁701～702。

4. 第四十六回：賈赦看中鴛鴦，欲納為妾。

5. 第六十回，春燕對她母親說：「寶玉常說，將來這屋裡的人，無論家裡外頭的，一應我們這些人，他都要回太太全放出去，與本人父母自便呢。」

6. 第七十二回，林之效家的對賈璉說：「況且裡頭的女孩子們一半都太大了，也該配人的配人。」

7. 第七十二回，彩霞被許配給來旺之子。

「出嫁」意味著搬離大觀園，離開青春女兒的樂土，從理想走入現實，從潔淨墮入骯髒，從此世間再無堡壘，女兒的「幽微靈秀」，便只能被世間的風刀霜劍消磨。這一點，在迎春身上最為明顯，這位宛如木頭般的懦小姐，被父親賈赦抵債般許嫁給孫紹祖，丈夫「一味好色，好賭酗酒，家中所有的媳婦丫頭將及淫遍」，第八十回，迎春回賈府，到王夫人處哭訴委屈，王夫人等只能一面勸慰，在問及想何處安歇時，迎春答道：

> 乍乍的離了姊妹們，只是眠思夢想。二則還記掛著我的屋子，還得在園裡舊房子里住得三五天，死也甘心了。（第八十回）

面對將自己捨棄的無情父親，以及束手無策的夫家困境，迎春毫無反抗之力，最後一份微小心願，也是整部小說中唯一一次表達出強烈渴求，竟是回到「園裡舊房子裡住得三五天」，一句「死也甘心」，傳達出對紫菱洲的強烈眷戀，也暗合了迎春的命運，果不其然在出嫁後短短一年，便遭夫虐死。〔註37〕觀其坎坷一生，最好的日子，都是在大觀園裡度過的。

由此可見，大觀園的確是寶玉與眾姐妹心目中的天堂。離了大觀園，女兒的幽微靈秀盡是無可託付，人世間，亦盡是無可奈何之境處。

（二）人為毀滅：抄檢大觀園

原本依循時間的必然規律，女兒歲數大了，遲早要出嫁，勢必離開大觀園。然而，作者以一種更加慘烈的方式，描寫了這個理想世界的傾覆，當大觀園毀滅，意味著青春女兒失去了最後一層安全的堡壘，從此暴露在現實世界的殘酷與危機之下，這個重要轉折，便是大觀園的抄檢、以及後續一系列的攆逐。

大觀園是個「情」為規則的理想世界。〔註38〕作者大筆書寫園內世界的潔淨，作為對比，極力渲染了現實世界的淫穢。然而，一旦「淫」進入了大觀園，

〔註37〕第五回迎春判詞：「子系中山狼，得志便猖狂。金閨花柳質，一載赴黃粱。」
〔註38〕余英時：《紅樓夢的兩個世界》，頁54。

就加速了大觀園的毀滅。第七十三回，傻大姐在大觀園內拾到繡春囊，誠如夏志清所言：

> 繡春囊在大觀園中出現，就像伊甸園中發現蛇一樣。因為蛇一出現，
> 亞當和夏娃從此就從天堂下落到人間去了。〔註39〕

理想世界一旦出現了破口，便從此分崩離析。繡春囊事件，延燒成大觀園的抄檢行動，展現出的不僅是賈府的內宅鬥爭，更是現實世界的權力糾葛。正如湘雲對初來乍到的邢岫烟提醒：

> 你除了在老太太跟前，就在園裡來，這兩處只管頑笑吃喝。到了太
> 太屋裡，若太太在屋裡，只管和太太說笑，多坐一回無妨；若太太
> 不在屋裡，你別進去，那屋裡人多心壞，都是要害咱們的。（第四十
> 九回）

除了大觀園，在賈府內，只有賈母、王夫人跟前，是安全無憂之處，即便在王夫人房中，若是王夫人不在房中，其餘的婆子僕役皆是「人多心壞，都是要害咱們的」。小說中所描寫的賈府內宅，正是現實世界的縮影，園外世界的複雜，映襯出園內世界正是女兒的安全堡壘。而抄檢大觀園事件作為分界，從此，現實世界的鬥爭加速了理想世界的崩毀，大觀園開始了真正意義上的頹圮。

1. 園外世界的權力鬥爭

　　第七十四回〈惑奸讒抄檢大觀園〉，在抄檢事件的背後，以兩個層面，寫出了園外世界的人情複雜與鬥爭。

　　第一層，藉「繡春囊」的轉移及責問，演出榮國府內部管家權力的鬥爭：榮國府內的管家之權，由賈母授予二房王夫人，再由王夫人交付給內姪女王熙鳳；而王熙鳳同時是大房之孫媳，因此，王熙鳳的親婆婆邢夫人素來對此耿耿於懷，自然不會放過攻擊二房的任何機會。第七十三回，邢夫人從傻大姐處拿走繡春囊後，交給了握有管家權柄的王夫人，這是榮府大房與二房之間的角力；王夫人以繡春囊問責鳳姐，是以授權上司身份責問執行者；後來王善保家的，憑藉邢夫人陪房的身份，唆使王夫人大肆抄檢，使鳳姐礙於不能得罪婆母陪房的情面，在抄檢隊伍中作威作福，更體現出了鳳姐身兼大房媳婦、王夫人內姪女及管家者這多重身份的掣肘。

　　第二層，正是回目中「惑奸讒」三字，也是致使原本一件簡單的追查事

〔註39〕見夏志清：《中國古典小說》（英文本），哥倫比亞大學出版，1968年，頁280。
　　　　轉引自宋淇：〈論大觀園〉，收錄於余英時：《曹雪芹與紅樓夢》，頁705。

件，延燒一場小型抄家的根本緣由。回目中所言的「奸讒」之人，乃是王善保家的，而被奸讒所迷惑的，正是性格「天真爛漫」（第七十四回）的王夫人。所謂「繡春囊」，小說中又敘述稱「十錦春意香袋子」，所繡的「妖精打架」圖樣，實際上是「兩個人赤條條的盤踞相抱」之房事圖樣。大觀園內居住的，除卻寶玉，其餘都是未嫁女兒，事關賈府所有小姐的清譽，乃是關係到「臉面性命」（第七十四回）的重大事件。為此，王夫人才發怒責問鳳姐，並決意不可輕放此事。起初，王夫人只是急急喚了信任的陪房，「吩咐他們快快暗地訪拿這事要緊」（第七十四回），並未打算大張旗鼓的宣揚此事，卻在王善保家的（邢夫人的陪房）唆使下，衍生成「等到晚上園門關了的時節，內外不通風」，「給他們個猛不防，帶著人到各處丫頭們房裡搜尋」的小型抄家。巧合的是，致使抄檢大觀園發生的肇因「繡春囊」，竟是王善保家的外孫女司棋，與表弟潘又安私通時不慎落下的，抄檢亦直接導致的司棋的攆逐與死亡，也是一大諷刺。

　　2.「自殺自滅」的小型抄家

　　抄檢大觀園，從入夜賈母安寢、寶釵等人入園後，王善保家的便請同鳳姐，「喝命將角門皆上鎖」，屏除寶釵客居的蘅蕪苑，一行人浩浩蕩蕩的從上夜婆子處開始，抄過怡紅院、瀟湘館、秋爽齋、稻香村、暖香塢、紫菱洲，挨次搜查每名婢女的箱籠匣子，略發現有些金銀、男人之物或私相傳遞的書信，便先扣下等待處置，這些人從後文可知幾乎悉皆逐出。後續更有第七十七回，王夫人至怡紅院命一一過目所有丫頭，稍有不合眼的便攆出去。一系列事件，致使大觀園這個青春女兒的堡壘，在園外力量的攻伐下，徹底喪失樂園之安全與保護功能。

　　至於第七十四回，逐一抄檢之居處的主人，黛玉、李紈、迎春皆已安歇，抄檢時便未驚動；寶玉因白日晴雯之事而不自在，又見抄檢隊伍直撲丫頭房裡去，只得全程不安的陪著鳳姐喝茶等待結果；惜春年幼，見此陣仗，「嚇的不知當有什麼事」，少不得鳳姐安慰；應對最為突出的是探春，事先得知消息的秋爽齋燈火通明，探春以強硬的姿態保護自己的奴僕，命人「把箱櫃一齊打開，將鏡奩、妝盒、衾袱、衣包若大若小之物一齊打開」，嚴言「我的東西倒許你們搜閱，要想搜我的丫頭，這卻不能。」並且毫不隱忍王善保家掀裙犯上的羞辱行為，當場予以反擊。目睹抄檢自家的荒唐事件在眼前發生，探春所發出的悲鳴，可謂是作者對於此事件的定評：

你們別忙，自然連你們抄的日子有呢！你們今日早起不曾議論甄
家，自己家裡好好的抄家，果然今日真抄了。咱們也漸漸的來了。
可知這樣大族人家，若從外頭殺來，一時是殺不死的，這是古人曾
說的「百足之蟲，死而不僵」，必須先從家裡自殺自滅起來，才能一
敗塗地！

　　大觀園的抄檢，正是探春所說的，「從家裡自殺自滅」發起的一場小型抄
家，可與八十回後的賈府抄家遙遙相對。第七十四回抄檢大觀園，是理想世界
的毀滅、女兒堡壘的崩潰，導致諸芳風流離散；八十回後的賈府抄家，是寧榮
二府的傾覆，整個賈氏家族的頹圮，結果是「樹倒猢猻散」。百足之蟲，尚且
死而不僵，正是先有「從家裡自殺自滅」，才有日後大廈傾頹的「一敗塗地」。

3. 諸芳離散與樂園末日

　　第七十四回抄檢大觀園後，所有被抄出有不檢物品的婢女皆被逐出，第七
十七回王夫人亦從怡紅院中攆逐一票女孩，加之備嫁、避嫌而搬離大觀園的小
姐，園內更見冷清。相關細節，詳見如下〔註40〕：

　　（1）第七十七回：司棋被攆。
　　（2）第七十七回：王夫人逐晴雯、四兒、芳官等人。
　　（3）第七十七回：芳官、蕊官、藕官出家。
　　（4）第七十八回：寶釵避嫌搬離大觀園。
　　（5）第七十八回：寫明晴雯病死、入畫已出園。
　　（6）第七十九回：迎春出嫁，陪嫁四名丫頭。
　　（7）第七十九回：寶玉唐突香菱，香菱不再入園。
　　（8）第七十九回，黛玉白日仍不停咳嗽，病入膏肓。（第五十二回、
　　　　五十七回、五十八回、六十四回、七十六回，屢次寫明黛玉病
　　　　勢日益沈重；第四十九回「眼淚越來越少」，暗合「淚盡夭亡」
　　　　之結局）

大觀園是在人間的女兒之境，抄檢之後，女兒或遷出、或出嫁、或攆逐、或死
亡，徒留物是人非。小說中多寫園中寥落之景，以襯悽楚之情，如寶釵離去的
蘅蕪苑中「仍是翠翠青青，忽比昨日好似改作淒涼了一般，更又添了傷感」（第
七十八回），迎春備嫁而寥落的紫菱洲，也是「搖搖落落，似有追憶故人之態」

〔註40〕亦可參見宋淇：〈論大觀園〉，收錄於余英時：《曹雪芹與紅樓夢》，頁 705～
　　　　706。

的「寥落淒慘之景」（第七十九回），脂批亦評「為親眷凋零淒楚」（第七十八回回末總評），皆是景猶昨日，人事皆非。寶玉與眾姐妹心目中的樂園，已成為僅存於回憶中的快樂，睹物蕭然，盡是悽楚之情、寥落之景，大觀園迎來了末日，《紅樓夢》中的理想世界，從此幻滅。

第四章 論「補天」涵義的全幅展現
——賈寶玉

　　《紅樓夢》以賈寶玉作為主人公，描述著頑石下凡歷劫、由情至悟的故事，小說的敘事重心自然圍繞著他發展。賈寶玉不僅僅是全書敘事的主角，更是「補天」之雙重涵義的集合展現。出身於遭逢末世的貴族家庭，秉極為特殊的稟賦而生，使寶玉生命傾向悖離世俗期望，也造就了他在面臨「補天」職責時，在「世俗涵義」及「理想涵義」上，選擇了截然不同的態度。

　　本章分三節討論。第一節「賈寶玉的啟悟歷程」，梳理前八十回文本及脂批線索，討論寶玉四次啟悟及情悟的歷程。第二節「補天世俗涵義之展現」，評論賈寶玉作為世俗義補天者之表現與成敗。第三節「補天理想涵義之展現」，探討賈寶玉作為理想義補天者的內涵及寓意。

第一節　賈寶玉的啟悟歷程

　　頑石與神瑛侍者的下凡，皆由「凡心」而起：「此石聽了，不覺打動『凡心』，也想要到人間去享一享這榮華富貴」、「這石『凡心』已熾」、「近日這神瑛侍者『凡心』偶熾」（第一回）。無論紅塵繁華、富貴溫柔，都無法更改「萬境歸空」的世間真相。賈寶玉的一生，終歸是被凡塵所迷、歷劫至悟的過程，正吻合情僧「因空見色，由色生情，傳情入色，自色悟空」的悟道過程。

　　石頭經由「出發→歷程（變形）→回歸」而悟道的模式，在六朝仙境傳說中已頗為流行，不過，回歸所指的並不是回到「原來」的出發點，例如：「大

荒山→凡間→大荒山」、「石→玉→石」、「空→色→情→色→空」。〔註1〕雖然在字面上，大荒山、石、空、情等文字符號一樣，但在內涵上，處於箭頭兩邊的同一種符號卻有截然不同的意涵。若將「時間」因素納入寶玉的悟道歷程，或許可以視其生命軌跡為一「圓柱螺旋式」的立體圖形，當三度空間加入了時間維度，則此立體圖式便是動態的。〔註2〕以時間因素觀之，因為加上了「時間維度」的改變，寶玉所抵達的同一個地點（如大荒山），在意義上並非是同一個空間；以個體生命軌跡觀之，寶玉的「螺旋式」生命，並非全然是直線型前進的，他的悟道並非總是一路進步，也會因情緒事件而產生波動或低潮，正如一名少年的成長經歷，往往不會一路順遂，生命中所遇的困頓或歧路，則須在歷經之後，繳予自己一份答覆。

整部小說既然以賈寶玉作為主人公，其成長經歷和思想轉變，自然是《紅樓夢》的敘事重心之一。關於寶玉的懸崖撒手，脂批有云：「寶玉至終一著全作如是想，所以始於情終於悟者。」〔註3〕寶玉的出家原因，並非僅肇因於情愛、家族等人生悲劇，更是源於「悟道」，正如點評家非非子所認為的：「紅樓夢，悟書也。」〔註4〕綜觀前八十回，寶玉一共有四次「啟悟」經驗，〔註5〕脂批則透露八十回後有「懸崖撒手」之情悟結局，以下依序就前八十回的四次啟蒙經歷，以及八十回後重大事件對於「情悟」之影響，分別就過程內涵加以說明。

一、性啟蒙：兼美雲雨

第五回寶玉神遊太虛幻境，警幻仙姑將其妹許配予寶玉、並授以雲雨之事，兼美則是實際上與寶玉溫存繾綣的性啟蒙者，第六回寶玉醒來後，則強拉襲人「同領警幻所訓雲雨之事」，完成現實中第一次的性體驗——以此觀之，替寶玉帶來性啟蒙的，應包括警幻仙姑（授雲雨之事者）與女仙兼美（行雲雨之事者），再考慮仙界兼美與人界秦可卿之間二位一體的關係，故而將夢境中

〔註1〕見梅新林：《紅樓夢哲學精神》，（上海：學林出版社，1997年），頁12～15。

〔註2〕陳玲瑩：《賈寶玉的道家生命型態研究》，頁77。

〔註3〕第七十七回批語。

〔註4〕〔清〕樂均：《耳食錄》二編，見一粟編：《紅樓夢資料彙編》，頁347。

〔註5〕此處標題之啟悟經歷參考歐麗娟說法：一、性啟蒙：兼美雲雨；二、出世思想啟蒙：寶釵說戲；三、情緣分定觀啟蒙：齡官畫薔；四、婚姻觀啟蒙：藕觀燒紙。詳見第九章〈度脫模式：賈寶玉的啟蒙歷程〉，歐麗娟：《大觀紅樓（綜論卷）》，頁431～472。

與寶玉行雲雨之事的女仙兼美，視為替寶玉帶來性啟蒙的代表。

　　寶玉得以神遊太虛幻境，乃是源於寧榮二公之靈的囑託。因家族流傳百年，運數將近，而寶玉是賈府子孫中唯一「略可望成」者，故二公請托警幻以「情欲聲色等事警其痴頑」。換言之，寧榮二公憂心百年家業無人可繼，以承族繼業的角度，請託警幻仙姑以情慾聲色等方式警醒寶玉，希望能夠使之「將來一悟」，得以「入於正路」，也就是警幻所言的「留意於孔孟之間，委身於經濟之道」，即回歸科舉仕途之路，承擔起家族延續的重責大任。這是寶玉第一次面對「悟」的機遇，然而，寶玉因悖離世道的生命旨趣，並未在警幻仙姑的層層引導下，回歸家族所希望的仕途經濟之途上，令警幻仙姑不禁感嘆「痴兒竟尚未悟！」不過，滿足「慾望」的啟蒙方式，尤其是替寶玉帶來的性啟蒙，依然是小說中的重要關鍵。

　　若進一步探討，「性成熟」在少年成長歷程中的象徵意涵，不僅僅是代表生理軀體上的成熟，更有承擔家族香火延續的文化寓意。「性成熟」是成長的必經過程，意味著一名少年脫離了兒童時期的幼稚，變成一名「成人」，更進一步成為一位「父親」。如門德爾（Sydney Mendel）指出：「父親的權力範圍，可用幾個不同的層次來分析。例如，從文學層次來看，他簡單地指出血肉之軀的父親，可以享有財富、權力、名譽，和女人。」〔註6〕在經過性啟蒙儀式後，寶玉雖仍是少年，但房內有具通房之實的襲人，更認了賈芸作為乾兒子（見第二十四回），在入住大觀園後，擁有自己的怡紅院，得以庇護身旁的一群少女。正如陳炳良所說：「作為園裏唯一男性的住客，寶玉應被視為園中的主人。」〔註7〕此外，因普天下女子所面對的是「無可奈何天」之集體命運，理想涵義的補天之舉，必然要由男性來執行。寶玉身為大觀園中的唯一一名男性，也是小說中唯一一名得以進入大觀園補理想涵義之天的補天者，上述一切，都必須經過性啟蒙的儀式，才得以順理成章。

　　此外，警幻秘授雲雨之事一段之前，更將世間之「淫」區分為「皮膚淫濫」與「意淫」，稱寶玉為領會「意淫」的「千古第一淫人」。第五回警幻仙姑解釋「意淫」時說道：

〔註6〕Sydnet Mendel, "The Revolt against the Father: the Adolescent Hero in Hamlet and The Wild Duck," Essays in Criticism 14:2 (April, 1964), p.177.轉引自歐麗娟：《大觀紅樓（綜論卷）》，頁455。

〔註7〕參見陳炳良：〈紅樓夢中的神話和心理〉，收入王國維等：《紅樓夢藝術論》，（臺北：里仁書局，1984），頁319～320。

如爾則天分中生成一段痴情，吾輩推之為「意淫」。「意淫」二字，
惟心會而不可口傳，可神通而不能語達。汝今獨得此二字，在閨閣
中，固可為良友，然於世道中未免迂闊怪詭，百口嘲謗，萬目睚眦。

誠如警幻之言，寶玉因秉天份中一段體貼痴情，故為「意淫」；而其餘世
俗「悅容貌，喜歌舞，調笑無厭，雲雨無時」，僅好顏色供片時趣興者，皆為
「皮膚淫濫之蠢物」。綜觀全書，能夠秉「意淫」之痴情去體貼憐惜女兒者，
唯寶玉一人，而其餘男子，皆為皮膚淫濫之徒，是世間女兒何等無可奈何之境。
脂批點評：「按寶玉一生心性，只不過是體貼二字，故曰意淫。」〔註8〕小說
中，寶玉處處憐惜女兒、做小伏低之舉，終不離這「體貼」二字。而秉「天分
中生成一段痴情」，雖為閨閣良友，卻被世道謗棄，正符合了情痴情種「其聰
俊靈秀之氣，則在萬萬人之上，其乖僻邪謬不近人情之態，又在萬萬人之下」
（第二回）的說法。

通曉男女性事，除了對寶玉是意義重大的成長儀式，更是小說情節推進上
的一項必要要素：第五回寶玉歷經性啟蒙，第六回寶玉初試雲雨情，第二十三
回寶玉與眾姐妹入住大觀園，第七十三回繡春囊（淫）出現在大觀園，加速了
大觀園的毀滅。寶玉在第五回就歷經性啟蒙，這意味著，在入駐青春女兒的青
春樂園之前，寶玉就已經是一名懂得性、也有過性經驗的少年。小說中細膩地
描寫了寶玉身為青春期少年，有著女孩兒所不懂的躁動煩惱，例如初入住大觀
園的一段描寫：

誰想靜中生煩惱，忽一日不自在起來，這也不好，那也不好，出來
近來只是悶悶的。園中那些人多半是女孩兒，正在混沌世界，天真
爛漫之時，坐臥不避，嬉笑無心，那裡知寶玉此時的心事。那寶玉
心內不自在，便懶在園內，只在外面鬼混，卻又痴痴的。（第二十三
回）

此處的「不自在」、難以與言說的「心事」，正是源於「性覺醒」所引起的苦悶。
身為一個早已通曉人事的貴族少年，身邊圍繞眾多「坐臥不避，嬉笑無心」的
女兒們，寶玉所選擇的，並非以主人的身份，強拉丫鬟以宣洩萌動的性慾，〔註
9〕而是「在外面鬼混」，拉開距離以保護身旁的女孩兒，自始至終有通房之實

〔註8〕第五回批語。
〔註9〕第六十五回，興兒提及賈家慣例：「我們家的規矩，凡爺們大了，未娶親之先
　　　　都先放兩個人伏侍的。」

的，只有襲人一人。正因懂得「性」、體驗過「性」，卻仍對大觀園女兒們抱持著純潔的憐惜與守護之情，傾盡所能的寶愛所有的姐妹丫鬟，寶玉才當得起的「諸艷之冠」的身份，他的「體貼」，也才更顯得珍貴純粹。

二、出世思想啟蒙：聽戲悟禪

　　第二十二回〈聽曲文寶玉悟禪機〉，榮國府眾人替寶釵慶生，賈母命壽星寶釵點戲，寶釵深知賈母喜愛熱鬧，投其所好的點了一齣《魯智深醉鬧五台山》。寶玉素不喜此類熱鬧戲文，卻在寶釵的解說下對其中妙趣產生了極大興趣，遂在寶玉的央告下，由寶釵念來曲文中的一支〈寄生草〉：

> 漫搵英雄淚，相離處士家。謝慈悲剃度在蓮臺下。沒緣法轉眼分離乍。赤條條來去無牽掛。那裡討煙蓑雨笠捲單行？一任俺芒鞋破缽隨緣化！

在熱鬧盛筵的生日宴下，由壽星寶釵唸來的〈寄生草〉，卻表現出了「超凡入聖、大覺大悟」（第二十二回脂批）的離塵解脫之感，更引起了寶玉出世的啟發。緊接著，寶玉試圖調和湘雲與黛玉之間的誤會，不想卻兩面皆不討好，既激怒了湘雲，又惹惱了黛玉。對寶玉而言，一名是自幼的青梅竹馬、一名是最親密的知己，同時受到了兩邊的數落排拒，使寶玉脫離宴會的歡樂氣氛，再無心玩樂，「回房躺在床上，只是瞪瞪的」，內心浮現了深深的孤獨之感，甚至：

> 寶玉道：「什麼是『大家彼此』！他們有『大家彼此』，我是『赤條條來去無牽掛』。」談及此句，不覺淚下。襲人見此光景，不肯再說。
> 寶玉細想這句趣味，不禁大哭起來。（第二十二回）

　　寶玉的情性雖是喜聚不喜散，但他下意識深知隨著時間流逝，總有一天姐妹們終會風流雲散，自己是否能夠「來去無牽掛」尚未可知，但「赤條條」的孤獨處境必不可免，這悲痛的心境讓他不禁大哭，但也成就了他重要的悟道經驗。〔註10〕脂硯齋對於寶玉「不禁大哭」一句批云：「此是忘機大悟，世人所謂瘋癲是也。」提醒了我們，此處寶玉因黛湘之事而對「赤條條來去無牽掛」的解悟，以及後續提筆所寫之偈及自填一支〈寄生草〉，皆可視為「忘機大悟」的表現，然而世人卻往往將之視為「瘋癲」——不僅是見狀不語的襲人，還包括次日見到偈詞的寶釵、黛玉等人。然而，細究寶釵與黛玉的反

〔註10〕陳玲瑩：《賈寶玉的道家生命型態研究》，頁 108～109。

應，仍有不同：

> （寶釵）看畢，又看那偈語，又笑道：「這個人悟了。都是我的不是，
> 都是我昨兒一支曲子惹出來的。這些道書禪機最能移性。明兒認真
> 說起這些瘋話來，存了這個意思，都是從我這一隻曲子上來，我成
> 了個罪魁了。」說著，便撕了個粉碎，遞與丫頭們說：「快燒了罷。」
> 黛玉笑道：「不該撕，等我問他。你們跟我來，包管叫他收了這個痴
> 心邪話。」

寶釵博覽群書，學貫古今，故而能夠在觀戲之餘，細品〈寄生草〉等道書
禪機之詞，然而，卻視寶玉之「悟」為「瘋話」，惹出這一切的自己乃是「罪
魁」，隨後藉由「撕了個粉碎」、命丫頭「燒了」等行動，試圖毀滅寶玉「忘機
大悟」的證據，足見寶釵仍是站在世俗價值的立場，棄絕出世離塵之路；相對
的，黛玉認為這「不該撕」，只打算讓寶玉收起這些「痴心邪話」，可見她知這
並非不可理喻的瘋癲之語，卻是難以被世人理解。隨後，黛玉、寶釵、湘雲三
人一齊至寶玉房中：

> 黛玉便笑道：「寶玉，我問你：至貴者是『寶』，至堅者是『玉』。爾
> 有何貴？爾有何堅？」寶玉竟不能答。三人拍手笑道：「這樣愚鈍，
> 還參禪呢。」（第二十二回）

「寶」是富貴的內容與象徵，是純世俗的價值；「玉」在這段話中則與「寶」
對舉，象徵堅定、堅持。石頭的性質堅硬，因此被視為「堅守誓約」的象徵，
具有永恆的意味，至堅之玉，其性質即與神界之石相同。寶玉不僅堅守著愛情
的前盟，也始終堅持不入仕途經濟的人生觀，所謂「頑石」，也可理解為以「冥
頑」的反語，來肯定石頭的擇善固執。〔註11〕正如第五回〈終身誤〉中唱：「都
道是金玉良姻，俺只念木石前盟」，正是寶玉最終的選擇，亦可視為他畢生的
堅持。然而，才第二十二回的寶玉此時自然回答不了黛玉，至貴抑或至堅，世
俗抑或理想，愛情以及生命傾向，他必須用一生來回答這個問題。

緊接著談禪一段，足見寶釵、黛玉之才思敏捷：黛玉就寶玉所作之偈再續
二句，寶釵則補述五祖惠能之語錄。脂硯齋批云：「總寫寶卿博學宏覽，勝諸
才人；顰兒卻聰慧靈智，非學力所致──皆絕世絕倫之人也。寶玉寧不愧殺！」
盛讚寶釵之博學、黛玉之靈慧。然而，寶釵、黛玉等人的「絕世絕倫」乃是「聰
明」，寶玉乍看在敏智上稍嫌遜色，卻具有「悟」的資質，能夠在生命困境之

〔註11〕參見陳玲瑩：《賈寶玉的道家生命型態研究》，頁 49～50。

中，尋找出答案，「體證」之路即使步調稍緩，仍能真正一步一步由「迷」至「悟」，走向彼岸。

　　寶玉此次的聽戲悟禪，雖以「誰又參禪，不過一時頑話罷了」之語作結，卻真正替寶玉帶來了「出世」的啟蒙。在中國文化中，「出家」儀式雖無損個人肉身，然而在精神及人倫方面，卻是永遠的割離與放棄（「捨」與「走」），就這個意義而言，出家可謂是「在世的死亡」〔註12〕，尤其對父系社會的家族而言，男性繼承人一旦出家，直與死亡無異。〔註13〕而在此次啟蒙經驗之後，寶玉先後兩次說出了要出家之語，對象皆是黛玉，如第三十回所說：「你死了，我做和尚！」以及第三十一回的「你死了，我作和尚去。」可視為對黛玉「願同生死」（第六十四回）的誓言。此階段的寶玉，對於「出世」的看法，是為黛玉死亡之後的人生方向，紅塵繁華中尚有他所痴情牽戀的存在，其中黛玉正是他的摯愛。身處溫柔鄉、富貴場中，雖歷經了一次次的「悟」，寶玉仍尚未真正對離塵出世產生嚮往，以男性出家等同於「在世的死亡」觀之，「作和尚」之語亦可視為願與黛玉同生共死的殉情選擇。或許唯有大悲大慟、歷經滄桑，才得以明白紅塵一夢，寶玉仍是少年，尚須迎接更多啟悟與成長。

三、情緣分定觀啟蒙：齡官畫薔

　　身處於富貴溫柔之女兒堆中，備受三千寵愛於一身，寶玉亦秉「情不情」之博愛，去憐惜疼愛每一名女兒。在這樣的安穩歲月之中，寶玉雖明白生命會面臨「赤條條來去無牽掛」的孤獨處境，仍對於身周的美好時光，抱持著深深眷戀，並希冀能夠抵達永恆。這種死亡觀的體現，正如第三十六回中，寶玉向襲人道：

> 比如我此時若果有造化，該死於此時的，趁你們在，再能夠你們哭我的眼淚流成大河，把我的尸首漂起來，送到那鴉雀不到的幽僻之處，隨風化了，自此再不要託生為人，就是我死的得時了。

　　趁著心愛的女兒們都在身邊，讓她們的眼淚流成河，將自己的屍首送到幽僻之處，隨風而化，從此再也不託生為人，可謂是將美好凝滯於此刻，不因任

〔註12〕「唯獨中國有『出家』這個代用詞，越南亦然」、「以出家與在家之分野，作為佛教代用詞的指標，實與儒家人倫文化息息相關」，參見王乃驥：〈漫說出家——從家化社會特有的名詞談到金紅結局〉，《金瓶梅與紅樓夢》，（臺北：里仁書局，2001 年），頁 194、197。
〔註13〕參見陳玲瑩：《賈寶玉的道家生命型態研究》，頁 82。

何原因而失去的極致想像。這樣的想法，是「你們同看著我，守著我」（第十九回）的延伸，卻也是一種虛幻的想像。

第三十六回〈識分定情悟梨香院〉，寶玉在齡官之處受到了前所未有的排拒。這是寶玉生平第一次嘗到冷遇的滋味。正如姚燮所言：

> 寶玉過梨香院，遭齡官白眼之看；黛玉過櫳翠庵，受妙玉俗人之誚，皆其平生所僅有者。〔註14〕

正是此番「做小伏低卻遭厭棄」的經歷，使寶玉從原本的鍾情幻思中有所改變；也正是目睹齡官與賈薔的情有獨鍾，再也難容他人，使寶玉「不覺癡了，這才領會了劃『薔』深意」，失魂落魄的回到怡紅院，向襲人長嘆道：

> 「我昨晚上的話竟說錯了，怪道老爺說我是『管窺蠡測』。昨夜說你們的眼淚單葬我，這就錯了。我竟不能全得了。從此後只是各人各得眼淚罷了。」……自此深悟人生情緣，各有分定，只是每每暗傷「不知將來葬我灑淚者為誰？」（第三十六回）

這是寶玉一次非常清晰的成長痛，以此明白了「情緣分定」。他原希望所有女兒的眼淚單葬自己，經歷此「悟」，明白不過是「各人得各人的眼淚」；他秉「情不情」之博愛，也希望獲得回應，經歷此「悟」，明白了自己只會獨得一份眼淚，卻不妨礙他依然憐惜世間情及不情；他暗傷疑惑著自己的「灑淚者」是何人，而他所獨得的那一份眼淚，乃是黛玉跨越兩世來償還的情，早已來到他的身旁。

此外，第三十六回〈繡鴛鴦夢兆絳芸軒　識分定情悟梨香院〉的情節結構，除了描寫「情緣分定」對寶玉的啟悟經歷，更再次將金玉良緣與木石前盟做了對比。前半回〈繡鴛鴦夢兆絳芸軒〉，寶釵代襲人坐於寶玉床頭作針線，驚聞寶玉夢中喊罵之語。坐於丈夫床頭、手繡鴛鴦戲蓮肚兜，皆寓示了寶釵未來將成為寶玉正妻，而寶玉之夢話，也預示了他的選擇；後半回〈識分定情悟梨香院〉，描寫寶玉悟識情緣分定。齡官乃是黛玉在小說中的重像之一，〔註15〕無

〔註14〕〔清〕姚燮：《讀紅樓夢綱領》，見一粟編：《紅樓夢資料彙編》卷三，頁169。

〔註15〕關於林黛玉之「重像」，脂批有云：「晴有林風，襲乃釵副」（第八回）、「觀此之雖誄晴雯，實乃誄黛玉也。」（第七十九回）另有「微特晴雯為顰顰小影，即香菱、齡官、柳五兒，亦無非顰顰寫照。蓋菱齡皆與林同音也，柳亦可成林也，香菱原名英蓮，亦謂顰顰之應聯也。英蓮、顰顰有時均有和尚欲化去出家，其旨可知矣。」〔清〕解盦居士：《石頭臆說》，見一粟編：《紅樓夢資料彙編》卷三，頁169。綜合上述，在傳統評點家的說法下，黛玉之重像至少包括

論是相貌、性格都與黛玉十分相似，作者藉齡官與賈薔之鍾情，使寶玉曉悟此理，可謂是蘊含深意。另外，寶玉在夢中喊罵：「和尚道士的話如何信得？什麼是金玉姻緣，我偏說是木石姻緣！」可以視為寶玉在金玉與木石之間的抉擇。足以見得，在第三十六回，寶玉悟識情緣分定，在「金玉」和「木石」之間，亦足憑藉夢話（言語）作出了選擇，專情於黛玉，成為寶玉此次啟悟經歷的重大影響。

四、婚戀觀啟蒙：藕官燒紙

「至堅」是寶玉在生命旨向上的抉擇傾向，經過「齡官畫薔」對於情緣分定與人我關係的啟蒙，寶玉在幾次重大成長事件中，已然奠定了自我的生命傾向。選擇「木石前盟」，不僅是對愛情的專一，更是精神生命傾向的堅持，然另一方面，由於黛玉「淚盡夭亡」的宿命，俗世姻緣無可能成就二玉，小說必須解決金玉良姻與木石前盟之間的衝突。

第五十八回〈杏子陰假鳳泣虛凰〉，藕官燒紙，祭奠已故的药官。二人的關係，正如芳官所言：

> 「那裡是友誼？他竟是瘋傻的想頭，說他自己是小生，药官是小旦，常做夫妻，雖說是假的，每日那些曲文排場，皆是真正溫存體貼之事，故此二人就瘋了，雖不做戲，尋常飲食起坐，兩個人竟是你恩我愛。药官一死，他哭的死去活來，至今不忘，所以每節燒紙。後來補了蕊官，我們見他一般的溫柔體貼，也曾問他得新棄舊的。他說：『這又有個大道理。比如男子喪了妻，或有必當續弦者，也必要續弦為是。便只是不把死的丟過不提，便是情深意重了。若一味因死的不續，孤守一世，妨了大節，也不是理，死者反不安了。』你說可是又瘋又呆？說來可是可笑？」寶玉聽說了這篇呆話，獨合了他的呆性，不覺又是歡喜，又是悲嘆，又稱奇道絕，說：「天既生這樣人，又何用我這鬚眉濁物玷辱世界。」

正如俞平伯所提出，此處是「交互錯綜」之句法，意即「以虛假的戀愛關係明真實的感情道理」，而「藕官的意思代表了寶玉的意思。她與药官的關係，明顯是寶、黛的關係，她跟蕊官的關係，顯明是黛玉死後，釵玉的關係，咱們平

晴雯、香菱、齡官、柳五兒，另尚有第二十二回之小旦、第四十回之茗玉等。詳見傳統紅學中的「影子說」，陳昭維：《紅學通史》，頁53～59。

常總懷疑，寶玉將來以何等心情來娶寶釵，另娶寶釵是否得新棄舊。作者在這裡已明白地回答了我們，嗣續事大必得另娶，只不忘記死者就是了。這就說明了寶玉為什麼肯娶寶釵，又始終不忘黛玉。」〔註16〕這樣「新歡」與「舊愛」共存、「專情」與「理節」不礙的婚姻觀，提供了寶玉在情愛專一與現實處境相違之下的兩全圓滿，亦是自我和倫理的解套。這種「情理兼備」且「兩盡其道」的「痴理」觀，推翻了《牡丹亭》中的「情至說」，使專情與理節得以兩全。〔註17〕同樣的痴理觀，所展現出的「情」和「理」得以兼顧的另類兩全，亦展現在襲人的結局安排上。〔註18〕

　　除卻藕官所言之婚姻觀，小說亦安排了「釵黛合一」〔註19〕的敘事之筆，使黛玉和寶釵和解。作者在第五回判詞將釵黛合論，在許多情節敘事中，亦使釵黛並提、不分高下，且第四十二回回前總批：「釵、玉名雖兩個，人卻一身，此幻筆也。今書至是回時，已過三分之一有餘，故寫是回，使二人合二為一。請看黛玉逝後寶釵之文字，便知余言不謬矣。」足見「釵黛合一」之敘事，對於黛玉逝後的二寶關係，有著深遠影響。

　　釵黛和解，始於第四十二回〈蘅蕪君蘭言解疑癖〉。因黛玉在行令中脫口而出《牡丹亭》、《西廂記》的內容，寶釵喚其私下談話，坦承幼時經歷、悉心勸服的一番言語，說得黛玉「心下暗伏，只有答應『是』的一字」。第四十五

〔註16〕俞平伯：〈讀紅樓夢隨筆〉，《紅樓夢研究參考資料選集——俞平伯專輯》，（北京：人民文學出版社，1973），頁129～130。

〔註17〕參見歐麗娟：《大觀紅樓（綜論卷）》，頁465～468。

〔註18〕第二十二回批語：「茜雪至『獄神廟』方呈正文。襲人正文標目曰『花襲人有始有終』，余只見有一次謄清時，與『獄神廟慰寶玉』等五六稿，被借閱者迷失，嘆嘆！丁亥夏。畸笏叟。」同回另一批云：「閑閑一段兒女口舌，卻寫麝月一人。襲人出嫁之後，寶玉、寶釵身邊還有一人，雖不及襲人周到，亦可免微嫌小弊等患，方不負寶釵之為人也。故襲人出嫁後云『好歹留著麝月』一語，寶玉便依從此話。可見襲人雖去實未去也。」可知，襲人雖出嫁，囑留麝月以全周到，亦於賈府遭禍之際至獄神廟慰寶玉，後寶玉夫婦落難，更與夫婿蔣玉菡「供奉玉兄寶卿得同終始」，以全其情。八十回後有原訂回目名〈花襲人有始有終〉，是為作者之定評。

〔註19〕此處之「釵黛合一」，源於脂批，意指釵黛二人和解後，寶玉之「痴理觀」得以實踐無礙，並非意指俞平伯之「釵黛合一論」。俞平伯「釵黛合一論」，可以理解為作者將黛玉和寶釵所展現之人物形象呈現兩方面，黛玉代表理想面、寶釵代表現實面，「釵黛合一」為理想與現實的結合呈現，意即黛玉與寶釵實為同一人。詳細釵黛合一論，見俞平伯著：《紅樓夢研究》（上海：上海古籍出版社，2005）。

回〈金蘭契互剖金蘭語〉，黛玉向寶釵剖露心跡，感嘆自己父母早逝、又無兄弟，「長了今年十五歲，竟沒一個人像你前日的話教導我」，從此之後，兩人之間再無芥蒂，黛玉也從敏感多心的性格，逐漸趨向封建婦德發展〔註20〕。不但與寶釵親如姐妹，令寶玉不禁浮現「是幾時孟光接了梁鴻案？」（第四十九回）之疑惑，後文更認薛姨媽為乾媽（見第五十七回），對初入賈府便獲賈母盛寵的寶琴親厚如妹。釵黛和解後的親密，消除了曾有的嫌隙芥蒂，所謂「使二人合二為一」，正是使寶玉在黛玉逝後，能夠接受寶釵的重要關鍵。如此安排，相較於程高續書中，寶玉因中調包計而迎娶寶釵、黛玉焚詩稿含恨而終的劇情，顯然更符合人情邏輯。

按理說，藕官燒紙之啟悟、加上釵黛合一之敘事，給予了寶玉在專情與續娶之間的兩全之法，使木石與金玉之間，得以緩衝解套，故而在黛玉病逝後，寶玉能夠心無芥蒂的迎娶寶釵，且夫婦間存有「談舊」〔註21〕的溫情之語。只是，二寶的婚姻關係，無論在世俗眼光下如何完美，終究如第五回〈終身誤〉所唱：

> 都道是金玉良姻，俺只念木石前盟。空對著，山中高士晶瑩雪；終
> 不忘，世外仙姝寂寞林。嘆人間，美中不足今方信。縱然是齊眉舉
> 案，到底意難平。（〈終身誤〉）

「齊眉舉案」四字，是世間美滿婚姻的形容，亦是二寶相敬如賓的和諧關係。寶玉從「鍾情專一」到「兼顧情理」，順應家族責任迎娶寶釵，然而，早悟「各人得各人的眼淚」的他，內心鍾情只專屬於他的灑淚之人。在黛玉逝後，即使他善待寶釵，與之舉案齊眉，終究難補「意難平」的缺憾——金玉良姻是世俗價值下的圓滿，卻並非寶玉所鍾情渴盼的姻緣；而一段世人眼中的「完美」婚姻，卻因情有所鍾，落得「空對著」眼前之人、「終不忘」鍾情之人的悲劇結局。

金玉良姻的悲劇，這正是人世間「美中不足」（第一回）。寶玉雖具有「悟」的資質，也在多番「啟悟」之後獲得成長，得以調和自我與外界的衝突，然而，生命裡所面臨的困境，卻未必皆有完美解決之法，調和衝突後所獲得的另類圓滿，也未必是直面自我後能坦然接受的答卷。這便是為何，寶玉在最後，以「懸

〔註20〕提出此觀點的學者，包括歐麗娟、朱嘉雯等人。

〔註21〕第二十回批語：「妙極！凡寶玉、寶釵正閑相遇時，非黛玉來，即湘雲來，是恐洩漏文章之精華也。若不如此，則寶玉久坐忘情，必被寶卿見棄，杜絕後文成其夫婦時無可談舊之情，有何趣味哉？」

崖撒手」的方式，選擇出家的關鍵原因。

五、由情至悟：懸崖撒手

　　紅樓夢中「世俗」和「理想」兩種價值的對立和衝突，隨著故事推進而展現，最後集中呈現在寶玉的生命傾向抉擇上。實際上「世俗」和「理想」兩種價值，卻是無法獨立存在的，沒有世俗作為根基的理想必然空落，沒有理想引領的世俗也必然枯萎。從前八十回中，可以窺見作者試圖讓「世俗」與「理想」兩種價值和解，以企及一種世間難得的圓滿或兩全——例如第五回判詞中釵黛合冊、仙境女仙名「兼美」、小說中使薛林二人並重、以及「釵黛合一」敘事之筆等——只是，這兩種無法獨立單存的價值，落在現實之中，卻往往以強烈衝突的形式呈現。

　　小說中，個人在「世俗」與「理想」之生命價值傾向，最為白熱化的衝突展現，在第三十三回〈不肖種種大遭笞撻〉，賈政在賈環的誣告下，將寶玉「在外流蕩優伶，表贈私物，在家荒疏學業，淫辱母婢」之種種行為，上升至倫理層面極致的「弒君殺父」；王夫人撲抱著哭喊「既要勒死他，快拿繩子來先勒死我」，又喊起早亡的賈珠：「若有你活著，便死一百個我也不管了」；寶釵送藥來，忍不住多說了句「就是我們看著，心裡也疼」；黛玉在床沿哭得兩眼腫如桃兒，抽噎半日只說出一句：「你從此可都改了吧！」寶玉則回覆她：「你放心，別說這樣的話。就便是為這些人死了，也是情願的。」每一個人物的生命價值傾向，在這場寶玉挨打事件下展露無疑。賈政的氣恨痛心是真，王夫人的絕望心疼是真，寶釵不禁流露的情感是真，黛玉在深知寶玉情性下，哽咽半天說一句話也是「心血淋漓」（第三十四回脂批），而寶玉予以的回覆是「你放心」和「我情願的」，生命的傾向或許本然如此，落在現實中的衝突，卻是如此驚心動魄。

　　當第七十五回抄檢大觀園後，寶玉做〈芙蓉女兒誄〉，將晴雯在世俗的逼迫下被逐出大觀園的病亡，仿〈離騷〉〈遠遊〉的飛昇之筆，推臻至「芙蓉花神」的永恆定格，至此，小說中的「世俗」與「理想」再也無和解之法；而誄文終改之「茜紗窗下，我本無緣；黃土隴中，卿何薄命」，一篇〈芙蓉女兒誄〉雖誄晴雯實誄黛玉。「情」是寶玉生命中最為重要的生命內涵，大觀園的傾頹、「最愛」的逝去（黛玉、晴雯），縱然有「世俗」意義上的完美，世上終無兩全美事。

　　前八十回中，寶玉共經歷了四次啟悟，分別使其在生理（性啟蒙）和精神（其餘三次啟蒙）上，有了飛越性質的成長，而其中有兩次啟蒙經驗，源於事件所造成的情緒衝擊，包括了出世觀啟蒙中，調和湘黛失敗後的巨大孤獨感，以及情緣分定觀啟蒙中，從齡官處所受到的空前排拒。或許「覺悟」的前提，總要伴隨著強烈的、尤其是負向的情緒反應？〔註22〕前四次啟蒙，是這個獨立的個體生命，存活於現實世界之中，所經歷的幾次撕裂、衝突和試圖妥協。而從第七十五回抄檢大事件開始，大觀園的離散、最愛的死亡所面臨的痛徹心扉，直至八十回後家族傾覆的生離死別，對寶玉生命帶來的巨大衝擊，完全吻合第一回空空道人「因空見色，由色生情，傳情入色，自色悟空，遂易為情僧」的轉變，也證寶玉是「始於情而終於悟者」（第七十七回脂批），由「情」至「悟」，是寶玉的悟道過程，亦是一生經歷之總結。

　　根據脂批所留下的諸多線索，可推測出八十回後，幾項與寶玉切身相關的重大事件。結合大觀園的毀滅，推測時間線，順序應如下：

　　　　第七十五回：抄檢大觀園。（此事件後，司棋、入畫、晴雯、芳官、四兒等人皆被碾逐，迎春出嫁、寶釵搬離大觀園，可視為諸芳離散）

　　　　第七十八回：寶玉作〈芙蓉誄〉悼晴雯之死。脂批：「當知雖晴雯而又實誄黛玉也。」〔註23〕

　　　　——八十回後——

　　　　（一）黛玉淚盡而逝。〔註24〕

　　　　（二）二寶成親。〔註25〕

　　　　（三）賈府抄家。寶玉被關至獄神廟，茜雪、小紅、襲人等人至獄神廟慰寶玉。〔註26〕

〔註22〕陳玲瑩：《賈寶玉的道家生命型態研究》，頁109。

〔註23〕第七十九回批語。

〔註24〕第二十二回批語：「問的卻極是，但未必心應。若能如此，將來淚盡夭亡已化為烏有，世間亦無此一部《紅樓夢》矣。」黛玉「淚盡夭亡」之宿命，參見本論文第三章第一節「二、絳珠：血淚、秘情與死亡」。小說第五十二回、五十七回、五十八回、六十四回、七十六回、七十九回，屢次寫明黛玉病勢日益沈重；第四十九回「眼淚越來越少」，暗合「淚盡夭亡」之結局。

〔註25〕小說中處處暗示黛玉早逝、二寶成親。至於二者的順序問題，根據「藕官燒紙」一段所言之「已故原配」與「續絃」的關係，以及寶玉在心無芥蒂的狀態下接受金玉良姻，且二人可維持「齊眉舉案」的和諧關係，應然是黛玉早逝在前，二寶成親在後。

〔註26〕第二十六回批語：「茜雪至『獄神廟』方呈正文。襲人正文標目曰『花襲人有

（四）寶玉、寶釵夫婦落為貧民，受襲人、蔣玉菡之接濟奉養。〔註27〕

（五）寶玉出家，「懸崖撒手」。〔註28〕

「抄檢大觀園」可視為《紅樓夢》悲劇的警鐘，八十回後，大觀園諸芳散盡，賈府大廈傾頹。對於一般人而言，雖家族離散，但自己並未獲罪，且有寶釵為妻、麝月為婢，並有由蔣玉菡、襲人夫婦奉養，應算得是歷經滄桑後的一份平淡安定，若如前文所述，「出家」可視同「在世之死亡」，那麼，寶玉究竟為何選擇出家？關鍵之「情悟」又當何解？

第二十一回，寫到襲人回家，寶玉晚飯後獨自飲酒對燈，了無意趣，「待要趕了他們去，又怕他們得了意，以後越發來勸，若拿出做上的規矩來鎮唬，似乎無情太甚。說不得橫心只當他們死了，橫豎自然也要過的。便權當他們死了，毫無牽掛，反能怡然自悅。」脂硯齋在旁批云：

> 此意卻好，但襲卿輩不應如此棄也。寶玉之情，今古無人可比，固
> 矣。然寶玉有情極之毒，亦世人莫忍為者，看至後半部則洞明矣。……
> 寶玉有此世人莫忍為之毒，故後文方有「懸崖撒手」一回。若他人
> 得寶釵之妻、麝月之婢，豈能棄而為僧哉？此寶玉一生偏僻處。

此條脂批，是了解「情悟」的重要線索，「情極之毒」是致使寶玉選擇懸崖撒手的關鍵——對寶玉而言，大觀園是唯一有意義的世界，也是他渴望永遠沈浸其中的理想世界。當大觀園被外力無情摧毀，諸芳離散，寶玉如何能不痛徹心扉，其中，最令他悲慟的，莫過於「最愛」的死亡。第七十七回，晴雯遭逐後病死，八十回後，黛玉亦病逝，〔註29〕摯愛之離世，造成了寶玉「今古無人可

始有終』，余只見有一次謄清時，與『獄神廟慰寶玉』等五六稿，被借閱者迷失，嘆嘆！丁亥夏。畸笏叟。」第二十六回批語：「『獄神廟』紅玉、茜雪一大迴文字惜迷失無稿。」可知賈府遭禍後，寶玉關押至獄神廟，有茜雪、小紅、襲人三組人探望之。

〔註27〕第十九回批語：「補明寶玉自幼何等嬌貴，以此一句留與下部後數十回『寒冬噎酸虀，雪夜圍破氈』等處對看，可為後生過分之戒。嘆嘆！」寫賈府抄家後寶玉生活落魄。另，第二十八回回前總批：「茜香羅、紅麝串寫於一回，蓋琪官雖係優人，後回與襲人供奉玉兄、寶卿得同終始者，非泛泛之文也。」可知蔣玉菡、襲人夫婦，在寶玉夫婦生活落魄之際施以援手。

〔註28〕第二十一回批語：「寶玉有此世人莫忍為之毒，故後文方有『懸崖撒手』一回。若他人得寶釵之妻、麝月之婢，豈能棄而為僧哉？」

〔註29〕第七十八回，寶玉作〈芙蓉女兒誄〉，與黛玉修改文句，一句「茜紗窗下，我本無緣；黃土壟中，卿何薄命。」第七十九回脂批云：「一篇誄文總因此二句而有，又當知雖晴雯而又實誄黛玉也。」第八回批云「晴有林風」，加之二人

比」之情的空落，以及「在此世永不能遂情」〔註30〕的悲慟。

　　以此推測，具有「悟」之資質的寶玉，在此番衝擊之下，必然對其帶來「情觀」上的深遠影響。即使迎娶寶釵，得一世俗圓滿婚姻，爾後發生的賈府抄家，則致使寶玉看破紅塵，遁世出家。對寶玉而言，「做和尚」原本是願與黛玉同生共死之言，在經歷失去摯愛、家破人亡後，「懸崖撒手」則成為生命的唯一解答。正如郭玉雯所說：「高鶚續書中，曾讓寶玉赴考舉科，如此安排固然可從為家庭盡一份責任的觀點加以解釋，但是從前八十回來推斷，連這種表面的妥協、暫時的馴服都是他不願意做的，而且彼時情觀已堪破，四大皆空，就像甄士隱一樣說走就走，更不能回頭再做這種早已厭棄的事情了。」〔註31〕小說中真正因「了悟」而出家的甄士隱、柳湘蓮，都是頓悟後捨棄一切，說走就走。寶玉拋下寶釵、麝月，出家為僧，與甄士隱拋家棄妻、隨二仙遠遁之舉如出一轍。對於寶釵、麝月二人，一是伴自己歷經家變之妻子，一是自幼隨侍左右的婢女，寶玉對她們並非毫無情感，而是「橫心只當他們死了，反而了無牽掛」〔註32〕，種種皆是歷經重大變故後，窺見生命的孤獨本質，了悟「紅塵一夢，萬境歸空」後所做之舉。這塊落墮情根的頑石，終究在紅塵繁華之中，刻滿了屬於人世間的富貴溫柔與憾恨滄桑，在這由情至悟的漫漫長路上，抵達彼岸。

第二節　「補天」世俗涵義之展現

　　在補天之世俗涵義下，貴族家庭所面臨的困境，乃是家族傳承的百年末世，故而補天的終極目的是「家族振興」（詳見第二章）。綜觀全書，男性和女性在「補天」之責的承擔資格上，因先天性別而有了決定性的差異。女性雖有齊家之才，卻困圍於性別之故，無法實現抱負，而能夠在遭臨末世的景況下振

　　　　之象微花共為芙蓉花，可知晴雯為黛玉的重相，〈芙蓉女兒誄〉雖誄晴雯，亦
　　　　實誄黛玉。
〔註30〕郭玉雯：〈情欲與禮教：《紅樓夢》與明清思想〉，熊秉真、余安邦合編：《情欲明清：遂欲篇》，（臺北：麥田出版，2004），頁179。
〔註31〕郭玉雯：《紅樓夢人物研究》，（臺北：里仁書局，1998年），頁15。
〔註32〕類似的敘述，包括第二十一回：「說不得橫心只當他們死了，橫豎自然也要過的。便權當他們死了，毫無牽掛，反能怡然自悅。」以及第七十七回：「從此休提起，全當他們三個死了，不過如此。況且死了的也曾有過，也沒有見我怎麼樣，此一理也。」

興家業的，只有擁有繼承資格、且能夠科舉考試獲取功名的男性繼承人。在所有男性子孫中，唯有寶玉是寧榮二公所欽定之「略可望成」者，可謂是賈府面臨百年末世，運數將近的家族困局，唯一能夠冀望的子孫。這奠定了寶玉與其他男性子孫的不同。

然而，寶玉具有神話色彩的前世，奠定了他與世不同的先天稟賦，而這樣的秉性，出生在公侯富貴之家，遂活成了「名士風流」的生命型態。具有天之棄材的無用與偏才，情痴情種的靈秀及乖僻，與魏晉名士相似的生命傾向，都注定了這塊「無材不得入選」的畸零石，難以在世俗價值下為世所用，既無法達齊家治國的治理之才，亦不能得讀書明理的仕途之用。以下就寶玉的先天稟賦、後天成長，分別展開論述。

一、情痴情種：聰明靈秀與乖僻頑劣

賈寶玉的前世，乃是作者悉心安排下的佈局，第一回分別以女媧補天神話，以及仙界的木石前盟大筆敘述。天界被棄之畸零石被二仙轉化為美玉，與凡心偶熾的神瑛侍者，共同為賈寶玉的前世。除卻具有神話色彩的前世之外，寶玉的生命，既從「頑」石與「靈」玉而來，他的性格與資質，則兼具了清明靈秀與頑劣乖僻的兩面。作者在第二回，藉賈雨村之口，講述了一套自創的人性論：

> 清明靈秀，天地之正氣，仁者之所秉也；殘忍乖僻，天地之邪氣，惡者之所秉也。今當運隆祚永之朝，太平無為之世，清明靈秀之氣所秉者，上至朝廷，下及草野，比比皆是。所餘之秀氣，漫無所歸，遂為甘露，為和風，洽然溉及四海。彼殘忍乖僻之邪氣，不能蕩溢于光天化日之中，遂凝結充塞于深溝大壑之內，偶因風蕩，或被雲催，略有搖動感發之意，一絲半縷誤而泄出者，偶值靈秀之氣適過，正不容邪，邪復妒正，兩不相下，亦如風水雷電，地中既遇，既不能消，又不能讓，必至搏擊掀發後始盡。故其氣亦必賦人，發泄一盡始散。使男女偶秉此氣而生者，在上則不能成仁人君子，下亦不能為大兇大惡。置之於萬萬人中，則聰俊靈秀之氣，則在萬萬人之上；其乖僻邪謬不近人情之態，又在萬萬人之下。若生於公侯富貴之家，則為情痴情種；若生於詩書清貧之族，則為逸士高人；縱再生於薄祚寒門，斷不能為走卒健僕，甘遭庸人驅制駕馭，必為奇優

名倡。如前代之許由、陶潛、阮籍、嵇康、劉伶、王謝二族、顧虎
頭、陳後主、唐明皇、宋徽宗、劉庭芝、溫飛卿、米南宮、石曼卿、
柳耆卿、秦少游，近日之倪雲林、唐伯虎、祝枝山，再如李龜年、
黃幡綽、敬新磨、卓文君、紅拂、薛濤、崔鶯、朝雲之流。此皆易地
則同之人也。（第二回）

　　正邪二賦論在傳統的性善性惡論外，提出了一個灰色地帶，專論這種「秉
逸氣而生者」，秉「逸氣」而生，正是一種「無所成，四不著邊，無掛搭處」
〔註33〕的生命型態。而且，在此段論述後，列舉了一眾人物，依據出生的門
第高低，決定其身為情痴情種、逸士高人或是奇優名倡，可見在此套人性論
中，尊卑貴賤乃是世俗門第所決定的，人在本質上並無高低之差，男女亦可
並提。再者，具逸氣者，其「聰俊靈秀」與「乖僻邪謬」，都超乎萬人之上，
之所以與眾不同、不合時宜，正是因為這種生命型態，難以將自我生命擠推
入任何一種既成模式之中〔註34〕，「乃是風流飄蕩而無著處，乃是軟性之放縱
恣肆，而唯撥弄其逸氣以自娛」〔註35〕，故而造就了這種創發性極高、不易
滯於成見的藝術家性格，卻也對世人稱許的富貴名利毫不在意，這才成為眾
人眼中的「異類」。

　　另外，此段人性觀點，由書中備受爭議的賈雨村之口說出，亦飽含深意。
賈雨村所舉證的人物中，竟包含了《虯髯客傳》中的紅拂、《鶯鶯傳》的崔鶯
鶯等虛構人物，並且在後續冷子興發問是否意為「成則王侯敗則賊了」之時，
大口稱是。種種敘述，多少有遊戲或嘲諷意味，正符合作者「真事隱去，假語
村言」的敘事手法，真假虛實交雜，然而，卻並不影響正邪二賦對於寶玉性格
的深加刻畫，以及其中所欲表達的平等觀念。

　　寶玉既是生在公侯富貴之家的「情痴情種」，所謂「種」指天生如此、內
在真實如此、毫無勉強之意，並不是拿生命去依附某種後天或外在的價值，不
算「掛搭」；而「痴」是指情感的投注不具功利性且深厚綿長，並非基於想獲
取利益回報而付出。〔註36〕見寶玉與秦鍾、琪官、柳湘蓮之交往，無一絲是建
立在世態人情的功利目的，而是帶著如此純粹的痴情去與之相交，對書中眾女
兒，更是傾盡生命去憐惜寶愛。

〔註33〕年宗三：《才性與玄理》，（臺北：學生書局，2020 年），頁 83。
〔註34〕郭玉雯：《紅樓夢人物研究》，頁 11。
〔註35〕年宗三：《才性與玄理》，頁 83。
〔註36〕參見郭玉雯：《紅樓夢人物研究》，頁 12。

　　而寶玉性格中的聰明與乖僻二者，其實是具逸氣者在世俗中呈現的兩個面向。小說中多次描述寶玉的性格：〔註37〕

> 雖然淘氣異常，但其聰明乖覺處，百個不及他一個。（第二回）

> 其暴虐浮躁，頑劣憨痴，種種異常。只一放了學，進去見了那些女兒們，其溫厚和平，聰敏文雅，竟又變了一個。（第二回，描述甄寶玉，實際上等同賈寶玉）

> （寶玉）乃銜玉而誕，頑劣異常，……「……雖極憨頑，說在姊妹情中極好的。」（第三回）

> 只因寶玉性情乖僻，每每規諫寶玉，心中著實憂鬱。（第三回）

> 寶玉還欲看時，那仙姑知他天分高明，性情穎慧。……「『惟嫡孫寶玉一人，稟性乖張，生性怪譎，雖聰明靈慧，略可望成，無奈吾家運數合終，恐無人規引入正。』」（第五回）

> 且說襲人自幼見寶玉性格異常，其淘氣憨頑自是出於眾小兒之外，更有幾件千奇百怪口不能言的毛病兒。（第十九回）

　　梳理文本敘述，可見寶玉的性格描述趨向「聰明靈秀」與「頑劣乖僻」的兩大極端，「聰明靈秀」主要敘述其天份性情，而「頑劣乖僻」則集中描述他的行為異常，悖於世道，唯獨在姐妹女兒中，又回到原「聰明靈秀」的模樣。以此足見，寶玉本性中的「聰明靈秀」，讓他在懷抱一片赤誠面對世界之時，以敏慧的心靈去感悟世界帶來的啟發，更能藉由「靈」之資質，在「了悟」之路上緩緩前進；而性格中的「頑劣乖僻」，正是本性在面臨世俗框架之時，所展現出的格格不入，也就是身旁眾人眼中的「異常」、「瘋傻」之舉。對世人趨之若鶩的功利爵祿毫無興趣，在成長的驅動下，生命旨趣的分道揚鑣會逐漸清晰，他的「頑劣乖僻」必然成為異類，對於以「功成名就」為既定道路的貴族子弟而言，也必然成為一場悲劇。

二、名士生命：人間棄才的偏才無用

　　第一回中描述寶玉的前世，那塊被女媧卻棄置不用的頑石，乃是鍛鍊已成，卻不得入選，這才自嗟自嘆「無材可與補蒼天」，成為所為「棄才」。這樣不為世道所選用之才性，正與寶玉的生命情調相合。綜觀《紅樓夢》全書，寶

〔註37〕參見郭玉雯：《紅樓夢人物研究》，頁13～14。

玉的生命情調，可以用「名士風流」形容之，牟宗三解釋「名士」一詞曰：「『名士』者清逸之氣也。清而不濁，逸則不俗。」〔註38〕又說：「名士境界之無得無成只是以天地之逸氣而為人間之棄材。」〔註39〕能夠為世道所用之才，必然被既有的、世俗的框架所限制，具逸氣者難以被擠推入任何一種既有的生命型態，致使真正的名士必然打破限制，或者另立新規則，同時也悖離世道，難以被一般人所理解。

　　小說中，形容寶玉的名士風流之態，莫過於第三回〈西江月〉二詞：

　　　　無故尋愁覓恨，有時似傻如狂。縱然生得好皮囊，腹內原來草莽。

　　　　潦倒不通世務，愚頑怕讀文章。行為偏僻性乖張，那管世人誹謗。

　　　　富貴不知樂業，貧窮難耐淒涼。可憐辜負好韶光，於國於家無望。

　　　　天下無能第一，古今不肖無雙。寄言紈褲與膏粱，莫效此兒形狀。

此二詞多少有作者的自嘲意味，卻也點出了幾個名士的特點，例如：情緒奔放（尋愁覓恨、似傻如狂），行為任誕（行為規偏僻性乖張），無視俗規（那管世人誹謗），以及無用性（潦倒不通事務、富貴不知樂業、於國於家無望、天下無能第一、古今不肖無雙）。〔註40〕值得注意的是，前三個特點可謂是具逸氣者在行為上的「乖僻邪謬」，其本性中「頑劣乖僻」，正是因世人難以理解之故；而最後一特點的「無用性」，乃是不合世道之用，正所謂「無用之大用」〔註41〕，符合名士為「人間之棄才」之特性。

　　名士是一種生命傾向與世道價值相互矛盾的生命型態。寶玉身為榮府世家公子，在封建禮教的文化下，作為一名貴族子弟接受培養和教育，論其「名士生命」與家族、社會衝突的展現，除了婚戀上的選擇傾向外，莫過於對於仕途經濟的厭惡。小說中充分描寫了寶玉厭惡仕途、不喜讀書，梳理羅列如下：

　　　　極惡讀書。（第三回）

　　　　寶玉笑道：「除《四書》外，杜撰的太多，偏只我是杜撰不成？」（第三回）

　　　　寶玉抬頭看見一幅畫貼在上面，畫的人物固好，其故事乃是「燃藜圖」，也不看系何人所畫，心中便有些不快。又有一幅對聯，寫的是：

〔註38〕牟宗三：《中國哲學十九講》，頁226。

〔註39〕牟宗三：《才性與玄理》，頁68。

〔註40〕參見陳玲瑩：《賈寶玉的道家生命型態研究》，頁149。

〔註41〕詳見第二章第一節。

「世事洞明皆學問，人情練達即文章。」及看了這兩句，縱然室宇
精美，鋪陳華麗，亦斷斷不肯在這裡了，忙說：「出去，出去！」（第
五回）

賈政近日因聞得塾掌稱讚寶玉專能對對聯，雖不喜讀書，偏倒有些
歪才情似的。（第十七回）

「我家代代念書，只從有了你，不承望你不喜讀書，……凡讀書上
進的人，你就起個名字叫作『祿蠹』；又說只除『明明德』外無書，
都是前人自己不能解聖人之書，便另出己意，混編纂出來的。」（第
十九回）

湘雲笑道：「還是這個情性不改。如今大了，你就不願讀書去考舉人
進士的，也該常常的會會這些為官做宰的人們，談談講講些仕途經
濟的學問，也好將來應酬世務，日後也有個朋友。……」寶玉聽了
道：「姑娘請別的姊妹屋裡坐坐，我這裡仔細污了你知經濟學問的。」
（第三十三回）

「他長了這麼大，獨他沒有上過正經學堂。我們家從祖宗直到二爺，
誰不是寒窗十載，偏他不喜讀書。……每日也不習文，也不學武。」
（第六十六回）

　　爬梳文本，可知寶玉「不喜讀書」，尤其厭惡「仕途經濟」等學問。對於
世家子弟而言，「讀書上進」未必是真心喜愛學問，目的乃是憑藉科舉進業求
取功名進祿，這正是寶玉最為排斥的。然而，細細考究可發現，寶玉對於「四
書」等聖賢之言，仍有相當的敬意，亦能夠領會「明明德」等聖人之意，[註
42]只是對於舉業功名不假辭色。相較於科舉考試的學問，寶玉的讀書興趣，
更明顯投注在「雜學」一類非正統學問，比如詩詞曲賦小說。小說中形容寶玉
「素喜好些雜書」（第七十八回）、「虧你每日家雜學旁收的」（第九回）、「（賈
環）若論舉業一道，似高過寶玉，若論雜學，則遠不能及」（第七十八回），而
寶玉在雜學上的鑑賞能力亦佳，能夠從戲曲〈寄生草〉中參悟禪機（見第二十
二回）；另外，作詩聯句、行酒令也是一種表現，第十七回〈大觀園試才題對
額〉，寶玉受到父親與眾清客之讚許，第七十七回賈政「因喜歡他前兒作得詩

〔註42〕第十九回批語：「寶玉目中猶有『明明德』三字，心中猶有『聖人』二字，又
　　　　素日皆作如是等語，宜乎人人謂之瘋傻不肖。」

好」命前去做姽嫿詞，更別說結社吟詩是大觀園的主要活動，第三十七回詠白海棠，第三十八回作菊花詩，其餘零散篇幅更是不計其數。

　　對於上述種種雜學，寶玉雖才情甚高、樂在其中，卻從未將之視之傳家志業，讀書亦為「一時之興趣」（第七十三回），皆秉持一種賞玩嬉戲的心態去從事，只圖有趣、喜歡，沒有什麼目的。〔註43〕這樣的「雜學旁收」，絕不可謂「無才」，只是才能盡顯在無益於仕途功利的「小道」上，相較為世道所稱許者，可稱為「歪才」，或說是「偏才」更為準確。寶玉的「偏才」，展現了名士任性任情的生命情調，卻不符合主流價值的認可，遂成為「人間棄才」。

　　然而，究竟何為世道之用？在《紅樓夢》的世界中，最重要的固有框架（軌道、價值、限制），可歸納為兩點：一是「功名」，二是「禮教」。科舉原為人生選項之一，卻被放大、固定為唯一價值，反過來定義人生；禮教原是以人類心靈本質為基礎的外在約定，卻被拱為價值根源，導致主客易位，人也不得不隨之異化。〔註44〕寶玉身為榮府世家公子、寧榮二公欽定的嫡系繼承人，出生於世，便被期望在科舉仕途上以功成名就，追求光宗耀祖、富貴榮祿，如若不然，便遭逢世人輕視冷眼、誹謗嘲諷，這何嘗不是封建社會下的僵化？正如《紅樓夢》中，眾人皆知寶玉天賦才情不同凡俗，對他寄予厚望，明明知道他有用、期待他有用，卻無法理解寶玉之「用」與世俗規準的不同，亦難以容許寶玉在功名禮教外活出自我的生命風采，這又何嘗不是封建社會下的另一種悲哀。

三、世俗補天者之評論

　　《紅樓夢》在大筆書寫貴族世家的同時，也展現出了對於封建社會的反省。然而，不可忽略的是，情痴情種必須以「公侯富貴之家」來滋養，名士生命的盡情展現，也脫離不了家族供給的生活基礎。作者藉由前世神話和正邪二賦論，大筆刻畫了寶玉「名士風流」的生命型態，卻又使賈府遭逢命數將盡的「末世」困局，面臨家族存亡的關鍵之際。顯然地，作者一方面竭力保護著寶玉的自我，使其本性趨向背離世道的「無用」，另一方面，卻也無法摒棄對於

〔註43〕第二十二回批語：「且寶玉有生以來，此身此心為諸女兒應酬不暇，眼前多少現成有益之事尚無暇去做，豈忽然要分心於腐言糟粕之中哉？可知除閨閣之外，並無一事是寶玉立意作出來的。大則天地陰陽，小則功名榮枯，以及吟篇琢句，皆是隨分觸情。偶得之，不喜；失之，不悲。若當作有心，謬矣。」
〔註44〕參見陳玲瑩：《賈寶玉的道家生命型態研究》，頁158。

家族承業的責任。而這樣的矛盾，造就了賈寶玉的人生悲劇，也是《紅樓夢》中「世俗」與「理想」兩種價值的巨大衝突。

賈府面臨「運終數盡，不可挽回」的末世困局，而「無可繼業」的眾多子孫之中，僅僅寶玉一人「略可望成」，這是寶玉與其他子孫的根本性不同。第五回，警幻仙姑受寧榮二公所囑警悟寶玉，希望他能「改悟前情，將謹勤有用的工夫，置身於經濟之道」，無奈寶玉在夢醒後，依然沈醉於女兒的「溫柔鄉」中，厭惡仕途經濟、不喜讀書，可謂其生命傾向的選擇，與能夠挽救家族命運一途完全背道而馳。而小說中大筆描繪的「裙釵一二可齊家」，如王熙鳳、探春等人物，在《紅樓夢》「使閨閣昭傳」的創作目的下得以大顯其才，正如第十三回秦可卿托夢給鳳姐，在「別人未必中用」一句之側，脂批云：「一語貶盡賈家一族空頂冠束帶者。」第二十回批語亦道：「余為寶玉肯效鳳姐一點餘風，亦可繼寧榮之盛。」又有第二十二回批語嘆探春：「若使此人不遠去，將來事敗，諸子孫不至流散也。」無奈的是，女性即便深具才幹見識，卻受限於性別之困，終究不可能達到「家業振興」的補天之效，只能眼睜睜目睹家業凋零。女性深具齊家之才卻徒勞奈何，與寶玉具「略可望成」之質卻悖離世俗期待，兩者相較，更突顯了寶玉的生命抉擇與家族命運之間的衝突。

歸根究底，寶玉的「無用」，必然有很大一部份是基於雄厚的家業基礎，才得以無後顧之憂的發展情意自我。一方面，這種「無用」的生命型態，充滿了無功利性的藝術美感，使秉逸氣而生的他深深沉醉，且感到無比幸福；另一方面，身為一名徹底的被供養者，享受著榮華財勢的同時，也同時肩負繼承責任的重擔。從這個角度來看，寶玉始終陷在自我和家業的矛盾之中，從未找到調和之道，最後只自棄的選擇逃避。如若以世俗觀點評判之，最終的結局下，賈府敗落固然是定數，寶玉卻也必須為自己的縱情恣意負起責任。

寶玉性格中「乖僻頑劣」，原是「聰明靈秀」之本質不被世人所理解而有的形容，在世俗涵義的解釋下，遂成為叛逆不馴的貴族子弟之直觀形容；小說中描寫寶玉的「貶詞」，諸如第三回〈西江月〉中，「於國於家無望」、「天下無能第一，古今不肖無雙」等句，於世俗補天意義上，皆可視為客觀描述之句。以一名世俗涵義補天者論之，寶玉身為「略可望成」的男性子孫，卻因生命選擇背離世道，未能於末世困局挽救家族，致使家族傾覆離散，可謂是失職失敗。由此觀之，「補天石被棄」的神話就是開宗明義的後設性譬喻。〔註45〕而歷經

〔註45〕歐麗娟：《紅樓一夢：賈寶玉與次金釵》，（臺北：聯經出版公司，2017），頁61。

家族盛衰、由情至悟,方為寶玉下凡一劫的終極目標。試問若再活一次,寶玉是否就會選擇仕途科舉?紅塵繁華終歸如夢,自在既是名士宿命的選擇,一事無成或落魄潦倒,便是他們必須淡然接受的結局。〔註46〕

第三節 「補天」理想涵義之展現

在「補天」之理想涵義中,作者所欲表達,是對於世間女性的同情與憐惜(詳見第三章)。小說中呈現的諸多「紅顏薄命」,絕大部分者,來自於父權社會的壓迫,以及世間「皮膚淫濫之徒」的輕賤。女性雖秉幽微靈秀之質,卻面臨無可奈何之境,難以倖免於悲劇性的集體命運。因此,作者特意築構了「大觀園」,以理想世界,保護女兒的青春與潔淨,不受到現實的污染和壓迫。至於「憐惜女性」之補天寓意,由於面對的是「無可奈何天」的女子集體命運,終須託付予書中男性人物以實際行動展現。這名唯一得以進入大觀園的理想涵義補天者,正是賈寶玉。

《紅樓夢》第一回中,被棄於青埂峰下的畸零石,因自己無材不得入選而日夜悲;小說的最後,賈寶玉因「名士」生命選擇與世俗價值衝突,面臨賈府傾頹而無力挽救的痛心局面。然而,這塊「落墮情根」的頑石,雖無濟世報國之用,不得補末世之天,卻肩負作者賦予的重大任務,也是絕無僅有的任務,便是去補「無可奈何天」。賈寶玉是小說中唯一一名理想涵義補天者,亦傾盡心力去憐惜每一名女兒。女兒不僅是寶玉心中最為憐惜之人,更是寶玉心目中最為美好之人,大觀園不僅是作者所建造的理想世界,替園中女兒帶來純淨安全的庇護,亦使寶玉得以實踐補天者之責;而大觀園的毀滅,影射了世間女兒「無可奈何」的真實處境,亦顯了寶玉身為補天者的無能為力。以下就寶玉作為理想義補天者的重點,分別加以論述。

一、諸艷之冠:情不情及意淫

寶玉是小說中唯一一名進入大觀園實行補天之舉的理想義補天者。這名「係諸艷之冠」的絳洞花主,遂能成為大觀園的守護者。補天理想涵義的內涵,無論是「閨閣昭傳」或是「憐惜女性」,寶玉顯然都深諳其理,不僅僅能夠欣賞女性的生命風采,更發自真心的體貼憐惜。

〔註46〕參見郭玉雯:《紅樓夢人物研究》,頁22。

　　《紅樓夢》人物眾多，寶玉如何能脫穎而出，成為唯一的理想義補天者？作者在描寫寶玉的先天稟賦及性格特質，顯然費盡苦心。第一回木石前盟中，神瑛侍者的甘露之惠，可視為一種泛愛萬物的「博愛」，與下凡後的賈寶玉所秉「情不情」，乃是同理，第八回批語解釋：「凡世間之無知無識，彼俱有一癡情去體貼。」由此可見，「情不情」可視為一種無分別的博愛，範圍包括了有情之人與無情之物，這種博愛或泛愛的行為，則是體貼、憐憫、同情、憐惜、敬愛、保護、寬容、救贖……的綜合表現。〔註47〕使以「情」為規則的大觀園，成為了一個平等的世界。

　　此外，小說中所描寫的女性悲劇，著重於父權社會下的性別壓迫，以及女兒之「情」的無所託付。好色即淫，知情更淫。世間好色之徒，往往僅僅悅樂於容貌，貪圖一晌之歡，狎玩輕侮，而女性內心真情無所託付，既無法主宰自我命運，亦難以逃脫「不潔」的社會判決。寶玉與世間男子的不同之處，在於領會「意淫」一理。關於「意淫」，脂批補充道，「意淫」即「體貼」之意。以「情」釋「淫」，不以肉慾解之，綜觀前八十回，除了「初試雲雨情」的襲人，再不見寶玉與任何人有肉體之歡的行為。〔註48〕由此，使寶玉得以成為大觀園眾女兒的「閨閣良友」，俱秉痴情去平等對待，愛而不瀆，珍而重之。

　　因秉「情不情」與「意淫」兩特點，寶玉的憐惜之情，極為純粹乾淨的。而寶玉的眼中，女兒是「水作的骨肉」（第二回）、「鍾山川之月之精華」（第二十回），值得自己傾盡心力去寶愛。小說中，寶玉對於女兒的「憐惜」，多是做小伏低的體貼工夫：

> 「早上你說頭癢，這會子沒什麼事，我替你篦頭罷。」麝月聽了便道：「就是這樣。」說著，將文具鏡匣搬來，卸去釵釧，打開頭髮，寶玉拿了篦子替他一一的梳篦。（第二十回）

> 「既這麼說，你就拿了扇子來我撕。我最喜歡撕的。」寶玉聽了，便笑著遞與他。晴雯果然接過來，嗤的一聲，撕了兩半，接著嗤嗤又聽幾聲。……寶玉笑道：「古人云：『千金難買一笑。』幾把扇子能值幾何！」（第三十一回〈撕扇子作千金一笑〉）

> 寶玉見他還是這樣哭喪，便知他是為金釧兒的原故；待要虛心下氣

〔註47〕饒慶道：〈重估《紅樓夢》「泛愛」思想的價值——兼論250年「紅學」史上的泛愛研究〉，《紅樓夢學刊》第100輯，第1集，頁169～192。

〔註48〕參見陳玲瑩：《賈寶玉的道家生命型態研究》，頁96。

模轉他，又見人多，不好下氣的，因而便盡方法，將人都支出去，
然後又賠笑問長問短。那玉釧兒先雖不欲，只管見，寶玉一些性氣
沒有；憑他怎麼喪謗，還是溫存和氣；……寶玉自己燙了手倒不覺
的，卻只管問玉釧兒：「燙了那里了？疼不疼？」（第三十五回）

每每甘心為諸丫鬟充役，竟也得十分閑消日月。（第三十六回）

寶玉因自來從未在平兒前盡過心，……不想落後鬧出這件事來，竟
得在平兒前稍盡片心，亦今生意中不想之樂也。……想來此人薄命，
比黛玉猶甚。想到此間，便又傷感起來，不覺灑然淚下。（第四十四
回〈喜出望外平兒理妝〉）

「穿這樣單薄，還在風口裡坐著，看天風饒，時氣又不好，你（紫
鵑）再病了，越發難了。」（第五十七回）

寶玉聽了，喜歡非常，答應了忙忙的回來，一壁里低頭心下暗算：
「可惜這麼一個人，沒父母，連自己本姓都忘了，被人拐出來，偏
又賣與了這個霸王。」因又想起上日平兒也是意外想不到的，今日
更是意外之意外的事了。（第六十二回〈呆香菱情解石榴裙〉）

　　正如姚燮所言：「寶玉於園中姐妹及丫頭輩，無不在細心體貼。」[註49]
寶玉對於女兒的憐惜，不分身份尊卑貴賤，對於服侍丫鬟篦頭、理妝、換裙等
小事怡然自得，向羞怒的玉釧作小伏低，與薄嗔的晴雯撕扇作樂，對衣著單薄
的紫鵑關懷備至，更對自己有機會服務平兒、香菱感到欣喜若狂，足見寶玉絲
毫不因身份自矜，對於服務女兒、甚至有所犧牲，皆是甘之如飴。除卻上述，
寶玉的憐惜對象，更包括了對自己無情感之人，乃至於虛構人物。第十五回秦
可卿路祭，對於村莊裡的二丫頭，寶玉「恨不得下車跟了他去」；第十九回，
東府唱戲熱鬧不堪，寶玉思及小書房內一軸極傳神的美人畫，「今日這般熱鬧，
想那裡自然無人，那美人也自然是寂寞的，須得我去望慰他一回」；第三十九
回，劉姥姥隨口胡謅一茗玉，寶玉信以為真，給了錢命茗煙按方向地名去尋找，
想為茗玉建祠立廟。種種行為，是痴傻可笑，亦是真情赤忱。

　　對於生者，尚如此真愛，對於死者亦祭悼珍重。第四十三回，於鳳姐生日
時私祭金釧；第七十八回，作〈芙蓉女兒誄〉以悼晴雯，可謂寶玉是將這份理
想的寄望昇華到了永恆。在寶玉心中，女兒乃是世間極致美好、亦是他最為深

〔註49〕〔清〕姚燮：《讀紅樓夢綱領》，見一粟編：《紅樓夢資料彙編》，頁168。

愛的存在,他希望這份美好能夠永恆存續,也希望自己能夠永遠停留在女兒環繞的幸福中,這一點,尤其體現在寶玉的死亡觀上。小說中,寶玉對於自己死亡的看法是:

> 只求你們同看著我,守著我,等我有一日化成了飛灰——飛灰還不好,灰還有形有跡,還有知識——等我化成一股輕煙,風一吹便散了的時候,你們也管不得我,我也顧不得你們了。那時憑我去,我也憑你們愛那裡去就去了。(第十九回)

> 比如我此時若果有造化,該死於時的,如今趁你們在,我就死了,再能夠你們哭我的眼淚流成大河,把我的尸首漂起來,送到那鴉雀不到的幽僻之處,隨風化了,自此再不要托生為人,就是我死的得時了。(第三十六回)

> 我能夠和姊妹們過一日是一日,死了就完了。什麼後事不後事。……人事莫定,知道誰死誰活。倘或我在今日明日,今年明年死了,也算是遂心一輩子了。(第七十一回)

深深眷戀不捨的同時,又明白生命必然面臨生離死別,敏感的心靈難以忍受漫長衰敗帶來的凌遲,寧願沈浸在當下的歡樂之中,不去思考現實的殘酷,故而希冀這種「灰飛湮滅」式的死亡——這是一種宛如櫻吹雪般盛放後驟然凋零的幻想,最美好的終結是在極致的美好中死去,迎來徹徹底底的毀滅與終結,「自此再不要托生為人」,不再有機會感受到失落、衰敗和痛苦。

然而,與期待自我「灰飛煙滅式」死亡不同,至於女兒的死亡,寶玉有截然相反的觀點:

> 「規矩這樣人是雖死不死的。……我明兒做一個疏頭,替你化些佈施,你就做香頭,攢了錢把這廟修蓋,再裝潢了泥像,每月給你香火錢燒香豈不好?」(第三十九回,替茗玉立廟)

> 始知上帝垂旌,花宮待詔,生儕蘭蕙,死轄芙蓉。聽小婢之言,似涉無稽;以濁玉之思,則深為有據。……既窀穸且安穩兮,反其真而復奚化耶?余猶桎梏而懸附兮,靈格余以嗟來耶?(第七十八回〈芙蓉女兒誄〉)

面對女兒的死亡,寶玉內心有著無限不捨,更希望女兒的美好能夠永恆存續。因此,他相信劉姥姥的胡謅,派小廝欲替故事中的茗玉立廟;也正因如此,

他聽信了小婢胡言晴雯成為芙蓉花神之語,「不但不為怪,亦且去悲而生喜」。寶玉不願視晴雯(與茗玉)之死為「消滅」,反將死後的「永生」作為冀盼,希望她們那象徵著宇宙至美的生命價值能夠永遠存續,甚至更加恢宏,[註50]故有「此花也須得這樣一個人去司掌」之語,又作〈芙蓉女兒誄〉祭悼。

　　寶玉的死亡觀,或許過於沈浸幻想,或有逃避現實的意味,終歸是難以承受失去女兒的強烈傷痛,亦難以直面生命衰敗的漫長凌遲,因此希冀自己能以「灰飛煙滅」之死亡將此刻幸福定格,也期盼女兒的美好在死後以「永生」狀態下存續。可惜的是,作者替寶玉安排的結局,終究使他最為恐懼的一切在眼前一一發生。

二、諸芳離散:大觀園凋零的見證者

　　第五回太虛幻境對聯:「幽微靈秀地,無可奈何天。」作者建立大觀園一理想世界,並讓寶玉作為補天者,是對世間女兒的憐惜與補償。然而,殘酷的是,大觀園建築於最為骯髒的現實基礎上,註定了它的脆弱與崩毀;一旦大觀園的開始瓦解,現實世界的力量又將重新介入壓迫,扼殺女兒短暫綻放的生命風姿,青春樂園失去了堡壘的安全功能,女兒所面臨的命運,依然是「無可奈何」之困境。

　　大觀園作為補天之理想涵義的具體呈現,乃是專屬於青春女兒的樂土,更是補天者履行職責的專屬場域。作為理想義補天者,寶玉「憐惜女兒」的補天之舉,在大觀園這個場域內,才得以盡情展現。綜觀前八十回文本,寶玉在園外便大口稱頌女兒,小說中最為重要的體貼憐惜之描述,則皆在入園後才發生。大觀園中以「情」為規則,不重禮教倫常等世俗常規,怡紅院的丫鬟更在寶玉的庇護下得以任性自在(如晴雯撕扇、芳官扮男裝等)。只是,寶玉補天的「憐惜」之舉,並非能改變女兒命運的強大力量,而是在力所能及之下,傾盡己力地予以體貼憐愛,例如「平兒理妝」、「香菱換裙」等重要文本,皆是在女兒遭受委屈的狀況下,盡力服侍或給予幫助。寶玉只能感憐她們的身世遭遇,並傾心予以一份尊重、敬愛與憐惜,卻無力更改任何一名女兒的命運。在封建禮教的束縛之下,現實世界對女性依舊殘酷,寶玉的力量無疑是微弱的,因此,一旦大觀園開始崩潰,社會、家族、禮教、倫常等諸多外力入侵後,他無力反抗現實世界的規則,無法改變任何一名女兒的命運,甚至無法決定怡紅

〔註50〕 〔清〕姚燮:《讀紅樓夢綱領》,頁87。

院丫鬟的生死去留。

　　大觀園的毀滅，並非如春櫻驟開後迎來櫻吹雪般盛大壯烈，而似一朵不存於世的嬌嫩鮮花，在枝頭盡態極妍，卻在風刀霜劍下萎靡枯敗。一方面，姊妹們在時間因素下必然出嫁，另一方面，丫鬟的去留亦非寶玉所能決策。雖秉「人只願長聚，花只願常開」〔註51〕之性，卻親眼目睹大觀園迎來沉沉暮日，寶玉所面對的，是對於「存在」如何安頓的疑惑，以及生命「終歸無可尋覓」（第二十八回）的失落。而這份內在的惶惑，在面對大觀園凋零之景，更是被深深觸動：

> 寶玉又至蘅蕪苑中，只見寂靜無人，房內搬的**空空落落**的，不覺吃一大驚。……寶玉聽了，怔了半天，因看著那院中的香藤異蔓，仍是翠翠青青，忽比昨日好似改作淒涼了一般，更又添了傷感。默默出來，又見門外的一條翠樾埭上也半日無人來往，不似當日各處房中丫鬟不約而來者絡繹不絕。又俯身看那埭下之水，仍是溶溶脈脈的流將過去。心下因想：「天地間竟有這樣無情的事！」悲感一番，忽又想到去了司棋、入畫、芳官等五個；**死了晴雯**；今又去了寶釵等一處；迎春雖尚未去，然連日也不見回來，且接連有媒人來求親：大約園中之人不久都要**散**的了。縱生煩惱，也無濟於事。不如還是找黛玉去相伴一日，回來還是和襲人廝混，只這兩三個人，只怕還是同死同歸的。想畢，仍往瀟湘館來，偏黛玉尚未回來。寶玉想亦當出去候送才是，無奈不忍悲感，還是不去的是，遂又垂頭喪氣的回來。（第七十八回）

　　寶玉早慧敏感的性格，早在大觀園形成初期，就意識到了美好消亡的注定，故而在聽聞〈葬花吟〉後觸動大哭（見第二十八回）。「明媚鮮妍能幾時，一朝漂泊難尋覓」，所意指的悲傷，正是美好短暫必然逝去，無法追挽的失落。這份悲傷並不是因為單純貪戀歡聚、恐懼離別，而是對於珍愛「自我」、肯定「個體」價值的人而言，不僅有朝一日，「自我」以外的存在都將風流雲散，連「自我」本身也將會瓦解，〔註52〕被拆卸入龐大的社會價值下，肢解得凌離破碎。生命無處放安放，自我價值亦無處安頓，世間再廣袤無垠，又

〔註51〕第三十一回：「那寶玉的情性只願常聚，生怕一時散了添悲；那花只願常開，生怕一時謝了沒趣；只到筵散花謝，雖有萬種悲傷，也就無可如何了。」
〔註52〕參見陳玲瑩：《賈寶玉的道家生命型態研究》，頁142～143。

有何處為鄉。

　　「抄檢大觀園」可視為外力入侵理想世界，導致大觀園在人為破壞下加速毀滅。丫鬟攆逐、姐妹出嫁，大觀園走向末日。寶玉曾經祈願永遠留在身旁的美好，在他或慟或嘆的目送下，一一離他而去。不過，值得注意的是，作者一方面描寫了寶玉目睹大觀園凋零的痛徹心扉，一方面又不忘在諸多細節提醒讀者，寶玉不過是個十五、六歲的少年，他有他的靈慧通透，同時也有著少年的侷限。例如下列兩段文本：

> 女孩兒未出嫁，是顆無價之寶珠；出了嫁，不知怎麼就變出許多的不好的毛病來，雖是顆珠子，卻沒有了光彩寶色，是顆死珠了；再老了，更變得不是珠子，竟是魚眼睛了。分明一個人，怎麼變出三樣來？（第五十九回）

> 那幾個媳婦不由分說，拉著司棋便出去了。寶玉又恐他們去告舌，恨的只瞪著他們，看已去遠，方指著恨道：「奇怪，奇怪，怎麼這些人只一嫁了漢子，染了男人的氣味，就這樣混帳起來，比男人更可殺了！」守園門的婆子聽了，也不禁好笑起來，因問道：「這樣說，凡女兒個個是好的了，女人個個是壞的了？」寶玉點頭道：「不錯，不錯！」（第七十七回）

　　寶玉憐愛「寶珠」般的青春女兒，卻不明白女兒出嫁後所面臨的現實，會將純粹潔淨的生命消磨得毫無光彩；同樣的，他也想不明白，女人怎麼「嫁了漢子」就「混帳」了，所謂「染了男人的氣味」，實際上是沾染了現實中的污濁骯髒，脫離了深閨女兒最為無憂乾淨的生命本質。同樣的，他不明白，曾經一名清淨女兒，怎救將寶珠消磨成污濁混帳、惹人生厭的模樣？細細思忖，為何女人會「個個是壞」、無一倖免？作者是用寶玉之語的反面，表達了世間對女性的虧欠與憐惜，無論青春女兒或是已婚婦人，所面臨的處境，都是「無可奈何天」。

　　至於說出這些話的寶玉，並不是聖人、完人，或者思想極為成熟的人。從這些話語中，可以感受到一個少年，在思想見識上的侷限。然而，也唯有少年，用他的角度看這個世界，才能擁有他的赤誠和純粹，秉持著永不熄滅的痴情博愛，去憐惜寶愛每一個珍如寶珠的生命。現實殘忍，人心涼薄，如嬌杏者能有幾個？生來莫作女兒身，百年苦樂不由己，寶玉在世人眼中的痴傻瘋癲，對於被上天虧欠的女兒而言，是何等溫柔的補償。

三、理想義補天者之評論

歸根究底,《紅樓夢》所處時代,女性仍舊是父權社會下的附屬品,這是女性悲劇的根本原因。作者所表達的「憐惜」,源於敏銳的觀察力,針對封建社會的深刻反省,必然有超越時代的前瞻性。而「紅顏薄命」的悲劇命運,唯有等待時代觀念的進步,女性得以挺立出自我的獨立性,擺脫附屬地位,昂首走出內宅,活出自我的一片天空,否則,大時代下的集體命運,終非微弱人力所能扭轉。

以補天之理想涵義的成效而言,「憐惜女兒」非關成敗,是在世間對女性虧欠甚深下,帶來一絲溫柔補償。寶玉作為補天者,傾盡生命中的痴情與體貼,不分高低貴賤的憐惜每一名女兒,如此履職奉獻,甚至將此與自我存在價值掛鉤,可謂是至貴至誠。

大觀園是理想涵義的具體呈現,亦可視為寶玉履行補天者職責的場域。小說中「憐惜體貼」的重要描述,皆在寶玉入園後才發生;而大觀園中以「情」為規則,更是讓眾女兒得以擺脫禮教規則的後天束縛,得以一視同仁的享受青春潔淨的生命。然而,大觀園又注定毀滅,一方面是女兒出嫁,必然回歸世俗規範的身份,另一方面,「抄檢」所象徵封建社會的外力入侵,更徹底粉碎了大觀園中的平等安寧,致使這個守護女兒的理想世界,成為哀輓青春的失樂園。

作為目睹大觀園凋亡的見證者,寶玉從天真沈浸到痛徹心扉,從痴情體貼到四大皆空。他曾希望得所有人的眼淚替自己送葬,卻眼睜睜看著珍愛的女兒或死或散。生命中最為珍視的一切,在自己眼中消亡,深愛的無可追挽,自我價值的失落,存在的無處安頓,不僅是面臨生離死別的痛徹心扉,更是過往追奉的價值觀盡被粉碎,自我究竟何以安置的深刻惶惑。由此觀之,見證大觀園的末日,應是寶玉「情悟」的一大關鍵。世間女兒之境,終是無可奈何,由情至悟的長路漫漫,這塊堪可補「無可奈何天」的頑石,終歸刻滿了紅塵的繁華與傷。

第五章　結　論

　　本論文以《紅樓夢》中補天的雙重涵義為主題，將之區分為「世俗涵義」與「理想涵義」，探討補天涵義的內涵，並以賈寶玉視為補天雙重涵義的全幅展現，參照其生命啟蒙經歷，評論其作為雙重涵義補天者的表現。學界歷來對於「補天」的討論，多集中於世俗層面的討論，故筆者期望藉由「世俗」與「理想」兩種價值範疇此研究，獲得更加全面的「補天涵義」探析，作為理解《紅樓夢》的嶄新面向。

　　第二章「補天世俗涵義之探析」，所探討的內容，集中在傳統學界的「補天」研究，圍繞世俗層面展開討論。從第一回女媧救世之石頭神話之寓意為源頭，以「賈府」所位處的公侯富貴之家為切入點，探討其背後所蘊含的富貴與禮教內涵，並分析貴族世家末世衰敗的原因，再評論世俗補天者在小說中的展現。

　　《紅樓夢》所描寫的，正是「富貴場、溫柔鄉」的公侯富貴之家，然而，有別於暴發戶僅於物質上的豪奢，作者並脂硯齋皆清晰地點出「大家」與其之間的差別，並強調詩書禮法教養的重要性，精神內涵在日常禮節中最易窺見，繁瑣細碎的諸多儀節，更是貴族子弟深深內化的教養。

　　然而，《紅樓夢》的背景乃是遭逢「末世」。關於貴族世家的末世衰頹，與「隨代降等」之襲爵制度有密切相關，而賈府衰敗的原因，可總結為兩大類：其一，為物質層面上的財務問題，包括了日常排場和孝養的花費、隨代降等的入不敷出，以及省親帶來的鉅額花銷，加上宦官伸手等「外祟」；其二，為精神層面上的子孫不肖，包含了賈府男性子孫不喜讀書、耽溺富貴，做出種種罔顧孝道禮法的荒唐之舉，可謂是貴族末世精神力量的徹底崩壞。

　　「補天之世俗涵義」所欲解決的主要問題，乃是貴族世家在面臨百年末世之際，是否能夠成功振興家族、延續命脈。在《紅樓夢》當代社會下，唯有得以考取科舉的男性子孫具有補天資格，然而，賈府第四代（玉字輩）卻無一成材，唯一「略可望成」的寶玉也因生命價值的抉擇，厭棄仕途經濟之學，以致於無法成就振興家族的大任；而女性儘管身具不讓鬚眉之才幹，卻因封建社會的限制，對家族的貢獻唯有持家及養育子女，沒有資格直接承擔「補天」重責。就前八十回的線索推測，世俗涵義下唯一成功的補天者，僅有賈蘭一人，在賈府敗落之後，重新考取科舉入仕；另則，賈巧姐因劉姥姥之搭救得以嫁作農婦，在家族傾覆、子孫離散之境況下，得以保續賈府另一支倖存的嫡系血脈，故這兩名賈府第五代子孫（草字輩）單獨另論。

　　第三章「補天理想涵義之探析」，所討論的內容，為學界少有完整討論的部分，乃是承載作者之理想的補天。從小說「大旨談情」與太虛幻境之「警情」之對比隱喻開始，以《紅樓夢》「使閨閣昭傳」及憐惜女性等主要觀點切入，討論書中女性難以逃脫的「薄命」之集體命運的寓意，以及作者為彌補所構築的理想世界「大觀園」之內涵及其傾覆。

　　《紅樓夢》以「使閨閣昭傳」為創作宗旨之一，在肯定女性的才幹之外，更表達出作者身為當代男性，對於女性的深深悲憫。「憐惜女性」之寓意，源於時代社會對於女性的虧欠和不公。小說中「大旨談情」，然而，「情」之一字，卻也是女性遭遇苦難的一大原因——其中，秦可卿的「知情更淫」，表達了女兒之情的無以託付；甄英蓮的「有命無運」，則展現出中國女子的普遍悲劇性。紅顏薄命的悲劇宿命，薄命司所錄之金釵僅是冰山一角，更可映照普天之下所有女性，「無可奈何天」的女兒之境，正是作者未明點而真欲補之天。

　　「補天之理想涵義」所欲補的，在於彌補上天對於女性的虧欠和不公。故而作者構築了「大觀園」這個理想世界，又讓身為「諸豔之冠」的寶玉去憐惜女兒。大觀園是專屬女兒的青春樂園，更是保護生命純粹本質的堡壘，但是，這個構築在現實上的理想世界，必然會因多種因素傾覆，就像告訴我們：理想無法脫離現實單獨存在。小說中的大觀園，註定因時間因素而風流雲散，卻又因現實外力入侵而加速了傾覆，這樣的悲劇過程，正是書中女兒們的寫照：秉幽微靈秀之情性仍無所託付，青春潔淨的生命終將被現實世界所染污，終無一人能逃離紅顏薄命的集體命運。

　　第四章「論『補天』涵義的全幅展現——賈寶玉」，討論寶玉作為雙重補

天者，在《紅樓夢》中的全幅展現。「世俗涵義」與「理想涵義」，分別對應著寶玉生命中的兩種價值範疇，一面是身為貴族子弟所應承擔的繼承之責，另一面是順應生命本性所追求的性靈自由。而欲談論寶玉的生命價值抉擇，必須先回歸其生命歷程加以理解。故本章先以寶玉之「情悟」為切入點，分述生命中的四次啟悟經驗（前八十回），並藉由「以情之悟」作為生命歷程之總結，再分別以世俗涵義與理想涵義評論之。

　　《紅樓夢》第一回以神界與仙界的故事，替寶玉奠定了不凡的秉性。小說在描寫賈寶玉抉擇了生命價值追求的同時，也大筆描寫其「取」與「捨」的兩面，正對照本論文的「理想涵義」與「世俗涵義」。作為世俗義補天者，面對家族責任，寶玉的態度是排斥、逃避的，身為天之棄材的他，所展現的名士生命，正與這些傳統期望背道而馳，最後面臨家族傾覆而無能為力的局面；相對的，作為理想義補天者，秉情不情和意淫的寶玉，可謂傾生命之力在履行職責，以憐惜女兒為己任，不分尊卑貴賤，這亦是他生命價值追求的實踐，然而，大觀園注定傾覆，寶玉唯一能做、也傾盡心血去實踐的，就是秉天份中的癡情，給予女兒一份短暫而溫柔的補償。

　　以後設觀點來看，小說的結局必然走向賈府傾覆、大觀園諸芳離散，寶黛愛戀無果，以證第一回「到頭一夢，萬境歸空」之語，寶玉之資質性情與價值抉擇，可視為小說因發展所需安排的必然元素，展現出兩種價值的截然對立，而寶玉的取與捨，也分別替他帶來了無可替代的獲得與遺憾。這塊無材補末世之天、落入人間試補情天的頑石，註定要刻滿凡塵故事。生命的價值在於生命的歷程，再度回到青埂峰下之際，這塊石頭已不是當初的頑石，或許它會想起，這段旅程之初，不過是凡心偶熾，偶然一次的心意動，紅塵繁華、飽經滄桑，由情至悟的長路上，彼岸遙遙，而它終究不屬於凡世。

　　透過補天雙重涵義的探析，可知《紅樓夢》之補天涵義，在世俗層面之外，確有「理想」層面之涵義存在。「補天」之世俗涵義的探析，圍繞在現實層面的討論，既有貴族末世的墮落衰頹，蘊含作者自我投射的追悼意義；而「補天」之理想涵義所欲補的「無可奈何」天，呈現了小說當代社會下女性的普遍悲劇。無論是「世俗」或「理想」，都是《紅樓夢》豐姿多彩且不可缺少的面向，「世俗」反映了小說中的社會背景，根植於封建貴族文化；「理想」則是作者的寄託與嘆息，源於對封建社會的敏銳觀察及深刻反省。小說的最終，「補天」結果是失敗的——世俗涵義之補天的失敗，源於於世家末世的無人承繼，具有深

深的宿命感；而理想涵義之補天的失敗，源於「無可奈何天」本非人力可改，內在規律注定了理想世界的毀滅，現實外力的摧殘又加劇了毀滅的悲劇性。

賈寶玉兼具雙重涵義之補天者身份，在生命歷程及價值抉擇上，反映了「世俗」和「理想」、「封建禮教」與「性靈自由」的對立衝突。沒有奠基於世俗的理想只是空中樓閣，而沒有理想引領的世俗必然枯萎凋零。世俗與理想無法切割後單獨存在，兩種價值卻往往在現實之中產生衝突。生命在不斷地價值衝突之下，學習與世界、與自我和解，而生命真正的價值在於所經歷的歷程，這正是生命存活於世間的複雜之處。《紅樓夢》是一本悟書、情書、懺書，亦是一曲青春及塵世的輓歌，透過「補天之雙重涵義」的觀點，正可理解作者藉「補天」所表達的世俗現實及理想寄託、以及背後複雜而微妙的生命體悟。

參考文獻

一、古籍（按時代排序）

1. 〔漢〕鄭玄：《禮記注》，北京：中華書局，2021 年。
2. 〔魏〕王弼注：《老子四種》，臺北：大安出版社，1999 年。
3. 〔南朝宋〕劉義慶撰，〔南朝梁〕劉孝標注，楊勇校箋：《世說新語校箋》，北京：中華書局，2006 年。
4. 〔唐〕張鷟撰，王雲五主編：《朝野僉載》，臺北：臺灣商務印書館，1966 年。
5. 〔宋〕歐陽脩、宋祁等撰：《新唐書》，臺北：臺灣商務印書館，2010 年。
6. 〔宋〕朱熹：《四書章句集注》，臺北：大安出版社，1999 年。
7. 〔元〕王實甫原著；王季思校注：《西廂記》，臺北：里仁書局，1995 年。
8. 〔明〕湯顯祖原著；徐朔方、楊笑梅校注：《牡丹亭》，臺北：里仁書局，1995 年。
9. 〔清〕曹雪芹、高鶚著；馮其庸校：《紅樓夢校注》，臺北：里仁書局，2003 年。
10. 〔清〕曹雪芹等著；徐少知新注：《紅樓夢新注》，臺北：里仁書局，2018 年。
11. 〔清〕郭慶藩編，王孝魚整理：《莊子集釋》，臺北：木鐸出版社，1982 年。
12. 〔清〕徐珂：《清稗類鈔》，臺北：臺灣商務印書館，1917 年。
13. 〔清〕袁枚：《隨園詩話》，北京：人民文學出版社，1960 年。

二、近代學術論著（按姓氏筆畫排序）

1. 一粟編：《紅樓夢資料彙編》，北京：中華書局，1964 年。

2. 上官文坤：《盛筵群像——紅樓夢宴飲描寫的文學研究》，北京：文化藝術出版社，2018 年。

3. 王昆侖：《紅樓夢人物論》，臺北：里仁書局，2000 年。

4. 王國維、俞銘衡、林語堂等：《紅樓夢藝術論》，臺北：里仁書局，1984 年。

5. 王佩琴：《《紅樓夢》夢幻世界解析》，臺北：文津出版社，1997 年。

6. 王乃驥：《金瓶梅與紅樓夢》，臺北：里仁書局，2001 年。

7. 王乃驥：《紅樓夢解紅樓夢》，臺北：里仁書局，2010 年。

8. 王慧：《大觀園研究》，北京：中國社會科學出版社，2008 年。

9. 王三慶：《紅樓夢版本研究》，臺北：花木蘭文化出版社，2009 年。

10. 王夢阮、沈瓶庵：《紅樓夢索隱》，北京：北京大學出版社，2011 年。

11. 中國藝術研究院紅樓夢研究所、人民文學出版社編輯部編：《紅樓夢研究稀見資料匯編》，北京：人民文學出版社，2002 年。

12. 白先勇：《白先勇細說紅樓夢》，臺北：時報出版，2016 年。

13. 白先勇、奚淞：《紅樓夢幻：紅樓夢的神話結構》，臺北：聯合文學，2020 年。

14. 牟宗三：《中國哲學十九講》，臺北：臺灣學生書局，2020 年。

15. 牟宗三：《才性與玄理》，臺北：臺灣學生書局，2020 年。

16. 西蒙・德・波娃著；邱瑞鑾譯：《第二性》，臺北：貓頭鷹出版，2015 年。

17. 朱淡文：《紅樓夢研究》，臺北：冠雅出版社，1991 年。

18. 朱一玄：《紅樓夢資料彙編》，天津：南開大學出版社，2001 年。

19. 余英時、周策縱等著：《曹雪芹與紅樓夢》，臺北：里仁書局，1985 年。

20. 余英時：《紅樓夢的兩個世界》，臺北：聯經出版社，2002 年。

21. 宋淇編：《紅樓夢識要：宋淇紅學論集》，北京：中國書店，2000 年。

22. 宋淇等著，王翠豔編：《名家圖說四大丫鬟》，北京：文化藝術出版社，2007 年。

23. 呂啟祥：《紅樓夢尋：呂啟祥論紅樓夢》，北京：文化藝術出版社，2005 年。

24. 李正學編著：《賈寶玉》，北京：中華書局，2006 年。

25. 明文書局編:《大觀園論集》,臺北:明文書局,1985 年。

26. 定宜莊:《滿族的婦女生活與婚姻制度研究》,北京:北京大學出版社,1999 年。

27. 金寄水、周沙塵:《王府生活實錄》,北京:中國青年出版社,1988 年。

28. 周建渝:《才子佳人小說研究》,臺北:文史哲出版社,1998 年。

29. 周汝昌:《曹雪芹傳》,天津:百花文藝出版社,2003 年。

30. 周汝昌、嚴中:《江寧織造與曹家》,北京:中華書局,2006 年。

31. 周汝昌:《紅樓夢與中華文化》,臺北:東大圖書公司,2007 年。

32. 周汝昌:《紅樓小講》,北京:中華書局,2007 年。

33. 周汝昌:《紅樓夢新證(增訂本)》,北京:中華書局,2012 年。

34. 周策縱編:《首屆國際《紅樓夢》研討會論文集》,香港:香港中文大學出版社,1983 年。

35. 周策縱編:《紅樓夢案:棄園紅學論文集》,香港:香港中文大學出版社,2000 年。

36. 林辰編:《才子佳人小說述林》,瀋陽:春風文藝出版社,1985 年。

37. 林景蘇:《不離情色道真如——紅樓夢賈寶玉的情欲與悟道》,臺北:大安書局,2005 年。

38. 俞平伯:《俞平伯論紅樓夢》,上海:上海古籍出版社,1988 年。

39. 俞平伯:《紅樓夢研究》,上海:上海古籍出版社,2005 年。

40. 俞平伯等著:《名家眼中的大觀園》,北京:文化藝術出版社,2005 年。

41. 胥惠民主編:《20 世紀《紅樓夢》研究綜述》,遼寧:瀋陽出版社,2008 年。

42. 洪濤:《紅樓夢與詮釋方法論》,北京:北京圖書館出版社,2008 年。

43. 徐扶明:《紅樓夢與戲曲比較研究》,上海:上海古籍出版社,1984 年。

44. 孫遜:《紅樓夢脂評》,上海:上海古籍出版社,1981 年。

45. 孫遜:《紅樓夢探究》,臺北:大安出版社,1991 年。

46. 梅新林:《紅樓夢哲學精神》,上海:學林出版社,1997 年。

47. 許玫芳:《紅樓夢中夢的解讀》,臺北:文史哲出版社,2000 年。

48. 郭玉雯:《紅樓夢人物研究》,臺北:里仁書局,1998 年。

49. 郭玉雯:《紅樓夢淵源論——從神話到明清思想》,臺北:臺大出版中心,2006 年。

50. 陳慶浩：《新編石頭記脂硯齋評語輯校增訂本》，臺北：聯經出版事業公司，1986 年。

51. 陳美玲：《紅樓夢中的寧國府》，臺北：文津出版社，1999 年。

52. 陳維昭：《紅學通史》，上海：上海人民出版社，2005 年。

53. 陳玲瑩：《賈寶玉的道家生命型態》，臺北：文津出版社，2008 年。

54. 陳大康：《榮國府的經濟帳》，北京：人民文學書局，2019 年。

55. 馮其庸纂校訂，陳其欣助纂：《八家評批紅樓夢》，北京：文化藝術出版社，1991 年。

56. 馮其庸：《曹雪芹家世新考》，北京：文化藝術出版社，1997 年。

57. 張之：《紅樓夢新補》，海燕書局，2005 年。

58. 張世君：《明清小說點評敘事概念研究》，北京：中骨社會科學出版社，2007 年。

59. 張愛玲：《紅樓夢魘》，臺北：皇冠雜誌社，2010 年。

60. 張苹：《從美石到禮玉——史前玉器的符號象徵系統與禮儀文化進程研究》，成都：巴蜀書社，2011 年。

61. 舒蕪：《紅樓說夢》，北京：人民文學出版社，2004 年。

62. 黃一農：《二重奏：紅學與清史的對話》，國立清華大學出版社書局，2014 年。

63. 勞思光：《新編中國哲學史（一）》，臺北：三民書局，2010 年。

64. 葉朗：《中國小說美學》，臺北：里仁書局，1987 年。

65. 葉舒憲：《千面女神——性別神話的象徵史》，上海：上海社會科學與出版社，2004 年。

66. 楊利慧：《女媧的神話與信仰》，北京：中國社會科學出版社，1997 年。

67. 蒲安迪編釋：《紅樓夢批語偏全》，臺北：南天書局，1997 年。

68. 熊秉真、余安邦合編：《情欲明清：遂欲篇》，臺北：麥田出版，2004 年。

69. 廖咸浩：《紅樓夢的補天之恨：國族寓言與遺民情懷》，臺北：聯經出版公司，2017 年。

70. 魯迅：《中國小說史略》，北京：人民文學出版社，1973 年。

71. 劉夢溪：《紅學》，北京：文化藝術出版社，1990 年。

72. 劉夢溪：《陳寅恪與紅樓夢》，臺北：風雲時代，2007 年。

73. 劉世德：《曹雪芹祖籍辯證》，北京：中國大百科全書出版社，1998 年。

74. 劉小萌：《清代北京旗人社會》，北京：中國社會科學出版社，2008年。

75. 蔡元培：《石頭記索隱》，臺北：上海書局，2008年。

76. 蔡義江：《紅樓夢詩詞曲賦全解》，上海：復旦大學出版社，2012年。

77. 蔡義江：《追蹤石頭：蔡義江論紅樓夢》，浙江：浙江文藝出版社，2012年。

78. 蔡義江：《紅樓夢是怎樣寫成的》，北京：求真出版，2015年。

79. 歐麗娟：《大觀紅樓（綜論卷）》，臺北：國立臺灣大學出版中心，2015年。

80. 歐麗娟：《大觀紅樓（母神卷）》，臺北：國立臺灣大學出版中心，2015年。

81. 歐麗娟：《大觀紅樓（金釵卷）》，臺北：國立臺灣大學出版中心，2017年。

82. 歐麗娟：《紅樓夢人物立體論》，臺北：五南書局，2017年。

83. 歐麗娟：《紅樓一夢：賈寶玉與次金釵》，臺北：聯經出版公司，2017年。

84. 鄭慶山：《立松軒本石頭記考辨》，北京：中國文聯出版社，1992年。

85. 鄭慶山：《紅樓夢的版本及其校勘》，北京：北京圖書館，2002年5月。

86. 賴惠敏：《天潢貴冑——清皇族的階層結構與經濟生活》，臺北：中央研究院近代史研究所，1997年。

87. 賴惠敏：《清代的皇權與世家》，北京：北京大學出版社，2010年。

88. 薛海燕：《紅樓夢：一個詩性的文本》，北京：中國社會科學出版社，2003年。

89. 謝貴安：《中國讖謠文化研究》，海口：海南出版社，1998年。

90. 薩孟武：《紅樓夢與中國舊家庭》，桂林：廣西師範大學出版社，2005年。

三、期刊及單篇論文

1. 丁淦：〈元妃之死——「紅樓探佚」之一〉，《紅樓夢學刊》19891年第2輯，頁181～213。

2. 王靖宇：〈脂硯齋評註與《紅樓夢》——脂評文學價值的探討〉，《紅樓夢學刊》1991年第2輯，頁283～303。

3. 王穎卓：〈賈府僅有的「清醒」者〉，（《哈爾濱學院學報》第23卷第7期，（2002），頁66～69。

4. 尤海燕：〈20世紀賈寶玉研究綜述〉，《河南教育學院學報（哲學社會科學版）》2003年第3期，頁5～16。

5. 孔令彬：〈二十世紀以來香菱研究綜述〉，《紅樓夢學刊》2013年第2輯，

頁 41～63。

6. 白盾：〈花襲人辨〉，《紅樓夢學刊》2003 年第 2 輯，頁 61～78。

7. 仲鑫：〈賈寶玉三次劫難與其佛教隱喻——「三毒」與情〉，《紅樓夢學刊》
2020 年第四輯，頁 229～249。

8. 朱淡文：〈賈寶玉形象探源（上）〉，《紅樓夢學刊》1996 年第 1 輯，頁 1
～37。

9. 朱淡文：〈賈寶玉形象探源（下）〉，《紅樓夢學刊》1996 年第 2 輯，頁 179
～189。

10. 李惠儀：〈警幻與以情悟道〉，《中外文學》第 22 卷 2 第期，（1993 年 7
月），頁 46～66。

11. 李劼：〈論紅樓夢中的補天者形象〉，《上海社會科學院學術季刊》1994 年
01 期，頁 175～185。

12. 宋德胤：〈《紅樓夢》中的滿俗初探〉，《紅樓夢學刊》1984 年第 4 輯，頁
269～292。

13. 李桂奎：〈論中國古代小說的「百年」時間架構及其敘述功能〉，《求是學
刊》第 32 卷第 1 期，（2005 年），頁 109～113。

14. 金啟孮：〈論《紅樓夢》中的北俗（上）〉，《學習與探索》1980 年第 4 期，
頁 88～94。

15. 金啟孮：〈論《紅樓夢》中的北俗（下）〉，《學習與探索》1980 年第 5 期，
頁 96～103。

16. 金蓉：〈清代對襲人形象的闡釋研究〉，《齊齊哈爾師範高等專科學校學報》
2007 年第 3 期，頁 44～46。

17. 周思源：〈紅樓鎖鑰話「受享」〉，《紅樓夢學刊》1995 年第 4 輯，頁 177
～131。

18. 林方直：〈多姑娘與燈姑娘〉，《紅樓夢研究集刊》第五輯，（上海：上海古
籍出版社，1980 年）。

19. 林宗毅：〈《牡丹亭》之情理衝突與翻轉——兼論「文房四寶」與「花間四
友」之寓意〉，《藝見學報》第 18 期，（2019），頁 1～11。

20. 胥惠民：〈20 世紀曹雪芹研究綜述〉，《河南教育學院學報（哲學社會科學
版）》2004 年第 1 期，（2004），頁 18～26。

21. 胥惠民：〈《石頭記》甲戌本研究綜述——20 世紀《紅樓夢》版本研究綜

述之一〉,《河南教育學院學報（哲學社會科學版）》2005 年第 4 期,頁 55
～59。

22. 胥惠民:〈《石頭記》己卯本、庚辰本研究綜述——20 世紀《紅樓夢》版本研究綜述之一〉,《河南教育學院學報（哲學社會科學版）》2006 年第 5期,頁 15～23。

23. 段江麗:〈女正位乎內:論賈母、王熙鳳在賈府中的地位〉,《紅樓夢學刊》2002 年第 2 輯,頁 201～218。

24. 段亞廣:〈《紅樓夢》中佛道合一的度脫模式〉,《紅樓夢學刊》2020 年第四輯,頁 250～264。

25. 孫洪軍:〈管家有術,補天無力——賈探春理家改制片論〉,《濱州教育學院學報》第 6 卷第 2 期,(2000),頁 53～59。

26. 孫偉科:〈關於襲人形象的評價問題〉,《河南教育學院學報（哲學社會科學版）》2005 年第 3 期,頁 1～8。

27. 徐軍華:〈20 世紀曹雪芹家世研究綜述〉,《河南教育學院學報（哲學社會科學版）》2005 年第 3 期,頁 22～33。

28. 徐祝林:〈《紅樓夢》以「女媧補天」開篇的結構內涵〉,《內江師範學院學報》第 26 卷第 3 期,(2012 年),頁 6～9。

29. 徐軍華:〈20 世紀脂硯齋研究綜述〉,《河南教育學院學報（哲學社會科學版）》2003 年第 4 期,頁 20～29。

30. 展靜:〈《紅樓夢》兩個神話的意義〉,收於崔川榮、蕭鳳芝主編:《紅樓夢研究輯刊（第一輯)》,(香港:文匯出版社,2010),頁 139～160。

31. 陳柏霖:〈《紅樓夢》與滿族禮俗文化〉,《黑龍江民族叢刊》1996 年第 1期,頁 112～118。

32. 陳永宏:〈晴雯悲劇作為性格悲劇思考時的心理文化機制:晴雯悲劇成因組論之二〉,《紅樓夢學刊》1997 年第 2 輯,頁 166～180。

33. 陳維昭:〈「紅學」何以為「學」〉,《紅樓夢學刊》2013 年第 3 輯,頁 1～16。

34. 陳國學:〈《紅樓夢》的性靈文學色彩與禪宗思想〉,《紅樓夢學刊》2020年第二輯,頁 252～265。

35. 黃立新:〈清初才子佳人小說與《紅樓夢》〉,《紅樓夢研究集刊》第 10 輯,(上海:上海古籍出版社,1983),頁 259～280。

36. 崔瑩：〈20世紀晴雯研究綜述〉，《河南教育學院學報（哲學社會科學版）》第23卷第2期，（2004），頁11～16。

37. 莫珊珊：〈從《紅樓夢學刊》來看二十年來晴雯形象研究〉，《四川職業技術學院學報》第15卷第1期，（2005），頁25～28。

38. 程潔：〈賈寶玉的成年禮：從「儀式」的角度解讀賈寶玉兼談曹雪芹的精神世界〉，《明清小說研究》2008年第4期，頁91～105。

39. 趙文序：〈是逆子貳臣還是孽子孤臣——曹雪芹補天思想淺談〉，《北京宣武紅旗業餘大學學報》2001年第001期，頁21～25。

40. 趙云芳：〈「女媧補天」與《紅樓夢》新解〉，《紅樓夢學刊》2007年第一輯，頁177～192。

41. 趙繼承：〈回歸渾沌：「釵黛合一」的另一種可能——香菱形象的深層內涵兼論湘雲〉，《河南教育學院學報（哲學社會科學版）》2008年第1期，頁38～43。

42. 趙靜嫻：〈20世紀襲人研究綜述〉，《河南教育學院學報（哲學社會科學版）》2008年第4期，頁16～21。

43. 張季皋：〈怎樣理解「榴花開處照宮闈」〉，《紅樓夢學刊》1985年第1輯，頁238～240。

44. 張麗：〈補天之才與末世之命——析《紅樓夢》中探春的心理機制〉，《安康學院學報》第20卷第1期，（2008），頁52～55。

45. 張慧芳：〈論《紅樓夢》賈瑞與秦可卿之死複線並行的結構與意義〉，《靜宜人文社會學報》第七卷第一期，（2013），頁265～294。

46. 葉長海：〈理無情有說湯翁〉，《戲劇藝術》2006第三期，頁24～39。

47. 葉舒憲：〈玉石神話信仰與文明起源〉，《政大中文學報》第15期（2011年6月），頁25～56。

48. 葉舒憲：〈女媧補天和玉石為天的神話觀〉，《民族藝術》第1期（2011年），頁30～39。

49. 楊婕：〈《紅樓夢》肖像描繪考察——以「影身人物」為核心〉，《紅樓夢學刊》2012年第3期，頁153～172。

50. 霍彤彤：〈20世紀賈母研究綜述〉，《河南教育學院學報（哲學社會科學版）》，2004年第4期，頁13～17。

51. 霍彤彤：〈賈政、王夫人研究綜述〉，《河南教育學院學報（哲學社會科學

版)》，2005 年第 4 期，頁 72～77。

52. 歐麗娟：〈《紅樓夢》論析——「寶」與「玉」之重疊與分化〉，《國立編譯館館刊》第 28 卷第 1 期，（1999），頁 221～229。

53. 歐麗娟，〈曹雪芹與漢魏文士新探〉，《紅樓夢學刊》2014 年第 3 期，頁 63～89。

54. 歐麗娟：〈身分認同與性別越界——《紅樓夢》中的賈探春新論〉，《臺大中文學報》第 31 期，（2009），頁 197～241。

55. 歐麗娟：〈《紅樓夢》中的神話破譯——兼含女性主義的再詮釋〉，《成大中文學報》第 30 期，（2010），頁 101～139。

56. 歐麗娟：〈論《紅樓夢》中的隱識系譜與主要表述策略〉，《淡江中文學報》第 23 期，（2010），頁 55～98。

57. 歐麗娟：〈《紅樓夢》中詩論與詩作的偽形結構——格調派與性靈說的表裡糾合〉，《清華學報》第 41 卷第 3 期，（2011），頁 477～521。

58. 歐麗娟：〈林黛玉前期性格論——「真」與「率」的辨析與「個人主義」的反思〉，《臺大文史哲學報》第 76 期，（2012），頁 229～264。

59. 歐麗娟：〈論《紅樓夢》中人格形塑之後天成因觀——以「情痴情種」為中心〉，《成大中文學報》第 45 期，（2014），頁 287～338。

60. 歐麗娟：〈何以為「大觀」——大觀園的寓意另論〉，香港大學《東方文化》第 47 卷第 2 期，（2014），頁 1～35。

61. 歐麗娟：〈論《紅樓夢》的追憶書寫——兼及「作者原意說」的省思〉《紅樓夢學刊》2015 年第二輯，頁 102～129。

62. 歐麗娟：〈《紅樓夢》「正邪兩賦」說的歷史淵源與思想內涵：以氣論為中心的先天稟賦觀〉，《新亞學報》第 34 卷，（2017），頁 1～56。

63. 劉華冰、宋祥雙：〈論青梗頑石與神瑛侍者的合一〉，《紅樓夢學刊》2004 年第 4 輯，頁 310～317。

四、學位論文

1. 黃懷萱：〈《紅樓夢》佛家思想的運用研究〉，國立中山大學中國語文學系研究所碩士論文，2003 年。

2. 鄭靜芸：〈紅樓夢人物死亡研究〉，國立彰化師範大學國文學系碩士論文，2005 年。

3. 楊淑如:〈玫瑰與紅杏——論《紅樓夢》中探春的性格與處境〉,佛光大學文學系碩士論文,2006 年。

4. 黃清順:〈「紅學史」相關議題研究——自《紅樓夢》作者家世至「新紅學」的若干課題探討〉,國立臺灣師範大學國文學系博士論文,2008 年。

5. 張美玲:〈紅樓夢的死亡覺知研究〉,國立高雄師範大學回流中文碩士班碩士論文,2008 年。

6. 梁瑞雅:〈《紅樓夢》的婚與非婚〉,國立中央大學中國文學系研究所碩士班論文,2009 年。

7. 陳竣興:〈兼美論——《紅樓夢》人物關係研究〉,國立臺灣師範大學國文學系在職進修碩士班論文,2009 年。

8. 楊筠如:〈以鏡子意象探討《紅樓夢》的虛實意涵〉,東吳大學英文學系碩士論文,2010 年。

9. 呂皓渝:〈論《紅樓夢》中花的意涵與作用〉,國立中山大學中國文學系研究所碩士論文,2012 年。

10. 黃宏仁:〈《紅樓夢》中賈寶玉的同性關係研究〉,南華大學文學系碩士論文,2012 年。

11. 汪品潔:〈《紅樓夢》悲劇意識研究〉,國立高雄師範大學國文學系碩士論文,2013 年。

12. 邱麗靜:〈從盛筵必散探討紅樓夢不二禪思〉,玄奘大學中國語文學系研究所碩士論文,2013 年。

13. 趙旻佑:〈《紅樓夢》中的替身、夢境與對話:以巴赫汀「複調」理論為中心的考察與詮釋〉,國立臺灣大學中國文學系研究所碩士論文,2013 年。

14. 尤嬋娟:〈《紅樓夢》「意淫」研究〉,國立臺灣師範大學國文學系在職進修碩士班論文,2014 年。

15. 江佩珍:〈儒家文化與《紅樓夢》性別意識〉,國立東華大學中國語文學系研究所博士論文,2014 年。

16. 林宜臻:〈《紅樓夢》的青春樂園〉,國立彰化師範大學國文學系碩士論文,2014 年。

17. 劉惠華:〈木石為盟:花／園、情／書、紅樓夢〉,國立中央大學中國文學系博士論文,2014 年。

18. 羅偉伶:〈《紅樓夢》宗教思想研究——以宿命論及歷劫回歸論為主的探

討〉，玄奘大學宗教學系碩士論文，2014 年。

19. 黃詣庭：〈《紅樓夢》中的禁忌敘事結構研究〉，東海大學中國文學系碩士論文，2015 年。

20. 林沛柔：〈《紅樓夢》人物性別氣質研究〉，國立中正大學中國文學研究所碩士論文，2015 年。

21. 劉依琪：〈賈寶玉心理成長的啟蒙與回歸〉，輔仁大學中國文學系碩士論文，2015 年。

22. 李瑞竹：〈庄農進京——紅樓夢續書的偽富貴敘事〉，國立臺灣大學中國文學研究所碩士論文，2016 年。

23. 張寶雲：〈探討「紅樓夢」的性樣態和性別角色之研究〉，樹德科技大學人類性學研究所碩士論文，2017 年。

24. 鄭淳鎂：〈《紅樓夢》賈寶玉及林黛玉的言談分析〉，國立臺中教育大學語文教育學系碩博士班碩士論文，2017 年。

25. 徐琬婷：〈論紅樓夢人物的名士精神與樣貌〉，靜宜大學中國文學系碩士論文，2017 年。

26. 廖斯泙：〈花開易見落難尋——《紅樓夢》的情緣禮法〉，國立政治大學法律學系碩士論文，2018 年。

27. 李奕青：〈阿德勒觀點下的《紅樓夢》人物研究——以薛寶釵、林黛玉、王熙鳳為對象〉，國立嘉義大學中國文學系研究所碩士論文，2019 年。

28. 林琳：〈明末清初女性傳統規訓藩籬中的反叛—以《紅樓夢》女性敘事為藍本的研究〉，銘傳大學應用中國文學系博士論文，2018 年。

29. 王世鋒：〈《紅樓夢》之歲時禮俗與文學功能研究〉，銘傳大學應用中國文學系博士論文，2020 年。

30. 許惠貞：〈《紅樓夢》中的儒家倫理思想探討〉，嘉南藥理大學儒學研究所碩士論文，2020 年。

31. 郭靜文：〈《紅樓夢》「四春」薄命之研究〉，銘傳大學應用中國文學系碩士論文，2020 年。

32. 郭晉嘉：〈情文與情痴——論《紅樓夢》與《長生殿》情的書寫〉，東海大學中國文學系碩士論文，2021 年。

33. 黃子殷：〈《紅樓夢》賈寶玉眼淚的「情」詮解〉，國立臺灣師範大學國文學系碩士論文，2021 年。